# 한국경제
## 3.0 시대로
### 가자

한국경제 3.0 시대로 가자
윤호중 지음

초판 인쇄 | 2013년 12월 05일
초판 발행 | 2013년 12월 10일

지은이 | 윤호중
펴낸이 | 신현운
펴는곳 | 연인M&B
기  획 | 여인화
디자인 | 이희정
마케팅 | 박한동
등  록 | 2000년 3월 7일 제2-3037호
주  소 | 143-874 서울특별시 광진구 자양로 56(자양동 680-25) 2층
전  화 | (02)455-3987  팩스 | (02)3437-5975
홈주소 | www.yeoninmb.co.kr
이메일 | yeonin7@hanmail.net

값 15,000원

ⓒ 윤호중  2013 Printed in Korea

ISBN 978-89-6253-148-0 03810

가치관과 방향을 잃은 한국경제에 바치는 고언

# 한국경제
# 3.0 시대로
# 가자

윤호중 지음

수출이 잘되고 기업이익이 늘어도
국민의 삶은 어려워져만 간다.
한국경제의 구조적 병폐! 돌파구는 있는가!

연인M&B

## 여는 글

한국경제가 중병을 앓고 있다. 경제 관료들은 우리 경제가 서서히 활력을 되찾고 있다지만, 국가 부채와 가계 부채는 각각 1천조를 넘어섰다. 소수 수출 대기업들의 '어닝 서프라이즈(Earnings Surprise)'가 이어지고 그들이 국민총생산에서 차지하는 비중이 늘어나고 있지만, 그들의 호황이 나머지 기업들과 국민 개인들의 활황으로 이어지지는 않는다. 10억을 수출해도 7명의 고용 효과밖에 없는 이른바 '고용 없는 성장' 탓이다.

한국경제는 이미 삼각파도를 맞고 있다. 그 하나는 저성장이고, 다른 하나는 인구의 고령화이며, 나머지 하나는 극단적인 양극화다. 우리 경제는 국제경제 위기 뒤의 일시적 반등기를 제외하고 연간 4% 이상의 성장을 기록하지 못하고 있다. 연말이면 정부와 연구기관들이 희망 섞인 경제 예측을 내놓고 있지만, 새해만 되면 예측치 수정하기를 반복해 오고 있다. 경제의 저성장은 세수의 감소로 이어져서 정부는 6년째 적자재정을 편성하고 있다. 그러나 정부는 재정지출을 줄일 수 없는 상황이다. 오히려 재정수요는 늘어날 뿐이다.

현재 우리 노령 세대는 OECD 국가 중 노인자살률이 가장 높고, 그 증가율도 가장 높은 최악의 복지 빈곤에 내몰려 있다. 게다가 이른바 베이비붐 세대에 해당하는 현재의 50대와 60대 초반 인구의 다수가 준비된 연금 없이 노년 진입을 앞두고 있다. 이들 예비노령 세대 중 중소득층 이상이 연금 대신 축적해 놓은 부동산 자산도 이젠 과거처럼 재산증식 수단이나 노후대책 수단이 되지 못하는 시대로 가고 있다. 이들은 일생을 부동산의 노예로 살다 갈 위기인 셈이다.

한편 실업의 위기는 양쪽에서 발생하고 있다. 청년 세대의 실업과 고령 세대의 실업이다. 청년 세대들은 줄어드는 신규 일자리로 이전 세대들보다 점점 더 실업화, 비정규화되어 가고 있다. 한편 예비노령 세대들은 이미 IMF 위기 때부터 직장을 나와 거대한 자영업자 군을 형성하였다. 지금은 이들이 내수 부진의 쓰나미를 맞아 파산과 실업으로 내몰리고 있다. 이쯤 되면, 한국경제는 이미 시스템 위기에 접어들었다고 봐야 한다.

'한국경제 3.0'은 이러한 한국경제의 현실을 어떻게 타개해 나갈까에 대한 나름의 해법을 찾아본 결과이다. 한국경제 3.0을 이야기하려면, 한국경제 1.0과 2.0이 무엇인지 말하지 않을 수 없다.

'한국경제 1.0'은 미국의 원조경제 시기를 넘어 한국경제에 대한 독자적인 구상이 시작된 때부터의 이야기다. 바로 박정희 시대로부터 시작되는 수출주도형 경제체제를 일컫는 것이다. 수출주도형 경제체제는 60년대부터 80년대까지 30여 년간 우리 경제를 이끌어 온 경제정책의 표현이자 그 결과물이었다. 선진국들에서는 케인즈주의 정책의 융성과 그 한계에 대한 대응이 주조를 이루었던 시기로, 우리 대한민국은 강력한 국가권력을 동원한 자원과 정책의 집중을 통해 한국형 재벌경제체제를 완성시킨 때였다. 한국경제 1.0 시대는 정부 주도로 민간 부문의 의사결정을 교란시켜 효율적 자원 배분에 부작용을 초래하는, 이른바 정부의 실패로 귀결된다.

'한국경제 2.0'은 90년대 초부터 20여 년간 우리 경제정책을 지배해 온 신자유주의의 시대와 일치한다. 한국의 재벌들은 80년대부터 미국과 영국, 일본을 풍미한 신자유주의에 편승하고 국내의 탈권위주의 민주화 흐름에 조응하며 국가권력으로부터 독립을 구가하게 된다. 대외개방형 경제체제와 자유경쟁 시장경제체제는 IMF 위기를 통해 더욱 진행 속도를 높여 현재에 이르고 있다.

적어도 2013년을 살고 있는 우리는 이러한 신자유주의적 경제기조가 안정된 경제성장과 서민생활의 안정에 실패했다는 점을 인정하지 않을 수 없다. 1997년의 아시아 금융 위기, 그리고 208년의 글로벌 금융 위기는 시장이 혼란스럽게 폭주하며 수많은 사람들을 고통에 빠트리는 것이라는 점을 일깨워 준다. 시장은 더욱더 독과점화되어 가고 있으며 국내적 국제적 양극화는 더욱 심화되고 있다. 시장이 실패하고 있는 것이다. 이제 세계는 이러한 탐욕스러운 시장 권력에 자신의 운명을 맡기는 어리석은 선택을 더 이상 요구하지 않는다. 이것이 '한국경제 3.0'이 필요한 이유다.

그렇다면 '한국경제 3.0'은 무엇인가? 하루아침에 스웨덴식 사회민주주의 모델의 복지국가를 만들자는 것이 아니다. 좀 더 양보해서 독일식 보수주의 모델의 복지국가도 아직은 요원하다. 한국경제는 2차 세계대전 후 일본과 마찬가지로 미국식 자본주의가 이식된 토대 위에서 발전해 왔다. OECD 국가 중 미국과 일본과 한국이 국민의 담세율이나 복지비 지출 규모 등 여러 지표에서 동조현상을 보이는 이유이기도 하다. 더욱이 한국은 복지와 분배에 대한 정부의 역할 면에서는 일본보다, 시민사회의 역할 면에서는 미국보다 취약하다. 최악의 상황인 것이다. 더구나 민주 정부에서부터 사회적 안전망 확충을 위해 늘려 온 정부의 복지지출도 복지제도의 발전과 복지투자의 증가로 연결되기보다는 복지관료주의만을 강화시키고 있다는 지적 또한 있는 것도 현실이다.

그래서 나는 '한국경제 3.0'을 '공공(公共)이 함께하는 시장경제체제'라고 규정하고자 한다. 여기서 공공(公共)이란 공(公)적인 역할과 공(共)적인 역할이 강화된 시장경제이며, 따라서 정부와 지역공동체의 역할이 보강된 자유시장 경제시스템을 의미하는 것이다.

먼저 공(公)적인 역할은 정부의 사회보장 정책을 뜻하는 것이며, 이것은 조세정의와 사회복지 정책을 통한 사후적 사회보장 정책과, 교육 기회의 평등보장과 일자리 창출을 통한 사전적 사회보장 정책을 포함한다.

다음으로 공(共)적인 역할은 지역공동체의 강화를 통해 이루어 낼 수 있다. 이탈리아의 트렌티노, 스페인의 몬드라곤, 캐나다의 퀘벡 등 많은 선진국에서의 경험은, 사회적 기업이나 협동조합 등 사회적 경제 영역이 강화된 경제시스템의 안정성과 효율성을 잘 보여 주고 있다. 우리 한국에 이와 같은 자조와 협동의 경험이 없는 것이 아니다.

그 성공 사례에도 불구하고 지나친 국가 주도로 시민의 자발성이 질식당하고 사회적 경제를 통한 지역공동체로 발전해 가지 못한 경험을 가지고 있다.

돌이켜 보면 지난 대선에서 우리 국민은 모든 대선 후보에게 실패한 경제시스템의 대안으로 '공공(公共)의 역할 강화'를 주문하였다. 또 모든 대선 후보들은 보수 후보든 진보 후보든 자신의 이념적 성향과 무관하게 이러한 국민의 요구에 호응하였다. 그런데 대선 결과 들어선 새 정부의 모습은 전혀 그렇지가 못하다. 오히려 선거 때 내놓았던 공약을 후퇴시키고 있다. 국민은 한국경제를 3.0 시대로 변화시키라고 하는데, 박근혜 대통령은 이명박 정부의 정책에서 크게 벗어나지 못하고 아직도 '한국경제 2.03'의 '마이너 체인지업'을 보여 줄 뿐이다.

이렇게 가서는 한국경제의 희망이 없다. 한국경제의 시스템 위기는 그 시스템이 유지되는 동안 위기를 더욱 심화시킬 뿐이라는 데 있는 것이다. 우리 경제의 무역 의존도는 110%가 넘는다. 이는 OECD 국가 중 최고이고, 우리와 여러 지표에서 유사점을 보이고 있는 미국과 일본이 20~30%대인 것과 비교하면 비상하게 높다는 것을 알 수 있다. 미국은 국제금융 위기를 기축통화의 발권력뿐 아니라 대량의 부존자원과 내수시장을 통해 극복해 나가고 있으며, 일본은 그동안 축적된 국민저축과 내수를 기반으로 20년의 장기 침체를 버텨 왔다. 과연 한국경제에 이런 내구성이 있을까? 한국경제의 시스템 전환이 미국, 일본보다 더 시급한 이유가 여기에 있다.

한국의 경제 관료들은 몇 년째 대외경제 여건의 호전을 한국경제의 유일한 희망인 것처럼 학수고대해 왔다. 무역 의존도가 110%를 넘는 나라로서는 당연한 것일지도 모른다. 과연 대외경제 여건이 호전되어 수출이 잘되고 재벌 대기업들이 수익을 많이 내면, 한국경제는 살아나는 것일까? 국민은 과연 행복해지는 것일까? 이미 아닌 것을 우리는 잘 알고 있다.

그래서 '한국경제 3.0'으로의 업그레이드를 지금 심각하게 고민해야 하는 것이다. 한국경제는 굉장히 많은 가능성과 긍정적 요소를 가지고 있다. 부지런한 국민, 뜨거운 교육열, 민주주의와 경제성장을 압축적으로 이뤄 낸 저력, 세계 제일의 IT기술 진보를 이끌어 온 경험 등등.

국민을 뛰게 하라! 한국경제를 여기까지 이끌어 온 힘은 군부도, 재벌도, 어느 권력자도 아닌 대한민국 국민임을 잊지 말자! '정부의 실패'와 '시장의 실패'로 귀결된 '한국경제 1.0~2.0'의 시대는 모두 국민의 희생 위에 경제발전을 이룩해 왔다. 그러나 이제는 달라져야 하는 것 아닐까? '한국경제 3.0' 시대에는 국민의, 국민에 의한, 국민을 위한 경제발전이 이뤄져야 하는 것 아닐까?

그래서 경제민주주의가 중요하다. 경제민주주의는 정치적 민주주의와 다르다. 경제민주주의는 선거로 완성되는 것이 아니다. 현대의 민주주의는 대의정치로서 이뤄지고 있지만, 국민의 경제행위는 크든 작든 시장에서 일상적으로 이뤄지는 것이다. 그러므로 대의제적 위임과 다수결의 원리보다 사회적 합의가 중요하다. 지금이야말로 여야 정치권은 물론 정부와 기업, 시민사회와 소비자로서의 국민이 '한국경제 3.0'을 합의해 낼 필요가 있다. 우리 대한민국이 가야 할 미래의 사회상이 어떠해야 하는지, 사회보장의 수준은 어느 정도까지 가능한지, 또 그것을 앞으로 높여 나갈 계획과 조건은 무엇인지, 그것을 위한 조세 부담의 수준은 어느 정도일지, 또 어떻게 그 부담을 나누는 것이 정의로운지, 사회적 경제의 영역으로서 지역공동체를 어떻게 키워 나갈지에 대해 대한민국은 결론이 나올 때까지 끊임없이 토론하고 마침내 합의를 이끌어 내야 한다. 그것만이 대한민국을 '지속가능한' 나라로, 한국경제를 지속가능한 경제로 만들 수 있을 것이다.

이 책을 처음 기획할 때에는 이만큼 절박한 심정은 아니었다. 그러나 시간이 가면 갈수록 한국경제에 대한 나의 걱정은 커져만 간다. 그렇다 보니 완결된 추론의 결과가 아닌 미완의 단상들도 이 책에는 많이 포함되어 있다. 이 책이 전문적인 경제학자나 이론가의 작품이 아닐진대, 독자들의 이해의 품이 좀 넓으리라 기대하며 졸저의 발간에 이르게 되었음을 널리 혜량하여 주기 바란다. 이 책에서 부족하게 다룬 점들은 다른 기회에 보충하고자 한다.

그동안 방대한 자료를 정리해 준 보좌진들과 한국경제에 대한 많은 영감을 얻게 해 준 한양대 국제대학원의 김종걸 교수, 촉박한 시간에도 불구하고 편집 출판의 과정을 묵묵히 감당해 준 연인M&B의 신현운 대표와 직원 여러분에게 감사의 인사를 드린다.

2013년 11월

윤호중

## 미래의 신성장 동력 - 남북 경제협력

## 한국경제 3.0으로 가는 길

제1부

# 국민은 왜 가난해지나?

# 가계 부채 시한폭탄

## 1,000조 넘는 가계 부채

우리나라의 가계 부채 문제는 심각한 상태이다. 언제 터질지 모르는 시한폭탄이라고 말하는 사람이 있는가 하면, 지난 7월 3일에는 국회에서 가계 부채 청문회를 개최했을 정도이다. 한국은행이 발표한 자료에 따르면 이미 1,000조를 넘어섰다.

살다 보면 일시적으로 부족한 자금을 빚을 내서 쓰고 나중에 갚을 수도 있다. 그런 점에서 가계 부채의 증가가 반드시 부정적인 것만은 아니다. 어느 수준까지는 가계의 소비지출을 늘려서 경제성장에 긍정적으로 작용하는 측면도 있기 때문이다. 그런데 어느 수준을 넘어서면 문제가 된다. 이 수준을 임계치(critical value)라고 하는데, 가계 부채가 임계치를 넘으면 원리금 상환 부담을 증가시켜 소비 위축을 초래할 뿐 아니라 자칫하면 채무불이행으로 이어질 수 있다.

세계경제포럼(WEF)은 가계 부문의 과다 부채 여부를 판정하는 임계치로 GDP 대비 75%를 제시하고 있다.[1] 그런데 우리나라의 경우 GDP 대비 가계 부채 비중이 2010년 86.7%로 임계치를 훨씬 넘어서고 있다. OECD 국가들과 비교해서도 30개국(평균 73.7%) 가운데 11위로서 경제 및 소득 규모에 비해 높은 수준에 속한다.

〈표1〉 우리나라 가계 부채 규모 (단위: 조 원)

|  | 1999 | 2003 | 2007 | 2010 | 2011 | 2012 |
|---|---|---|---|---|---|---|
| (A) 가계 신용 | 214.0 | 447.6 | 630.7 | 843.2 | 911.9 | 963.8 |
| 가계 대출 | 191.9 | 421.0 | 595.4 | 793.8 | 857.1 | 905.9 |
| 판매 신용 | 22.1 | 26.6 | 35.3 | 49.4 | 54.8 | 57.9 |
| (B) 가계 및 비영리단체 부채 | 243.6 | 559.3 | 927.7 | 1,016.6 | 1,106.0 | 1,158.8 |
| (C) 명목 GDP | 549.0 | 767.1 | 975.0 | 1,173.3 | 1,235.2 | 1,272.5 |
| (D) 가처분소득 | 347.6 | 442.3 | 545.5 | 643.3 | 678.8 | 707.3 |
| GDP 대비 가계 부채(B/C) | 44.4% | 72.9% | 81.5% | 86.7% | 89.5% | 91.1% |
| 가처분소득 대비 가계 부채(B/D) | 70.1% | 126.5% | 145.7% | 158.0% | 162.9% | 163.8% |

자료: 한국은행

한국은행이 발표하는 가계 부채 관련 지표는 두 가지이다. '가계 신용'과 '가계 및 비영리단체 부채'인데, 흔히 가계 부채라고 할 때는 가계 신용을 가리킨다. '가계 및 비영리단체[2] 부채'는 가계 부채의 국가 간 비교를 위해 작성하는 것이다. OECD 등에서 국가 간 비교를

---

1) 한국은행, 「부채경제학과 한국의 가계 및 정부부채」, 2012. 4, 7쪽
2) 여기에서 가계는 소규모 개인사업자를 포함하고 비영리단체는 소비자단체, 자선구호단체, 종교단체, 노동조합, 학술단체 등 민간비영리단체를 의미한다.

할 때의 가계 부채는 '가계 및 비영리단체 부채'를 가리킨다.

'가계 신용'은 금융권의 개인 담보대출 및 신용대출과 카드할부 구입 등 신용구매를 포함한다. 반면에 '가계 및 비영리단체 부채'에는 개인과 소규모 자영업자, 그리고 비영리단체 등의 부채가 포함된다. 별도의 언급이 없으면 가계 부채는 '가계 신용'을 가리키는 것이고, 국제 비교에서는 '가계 및 비영리단체 부채'가 쓰이기 때문에 수치가 약간 다르다.

2012년 말 우리나라의 가계 신용 규모는 963조 8,000억 원으로 국민 1인당 부채는 1,927만 원이고 가구당 부채는 5,369만 원이다. 이 가계 신용에 결국은 가계 부담으로 이어질 수밖에 없는 소규모 자영업자의 대출 잔액 173조 원을 합산해서 '가계 부채가 1,000조 원을 넘어섰다'고 말하는 것이다.

우리나라의 '가계 및 비영리단체 부채'는 2012년 현재 1,158조 8,000억 원으로 GDP의 91.1%에 달한다. 이는 OECD 평균 76.0%(2011년 기준)를 크게 웃도는 수치이다. 아래 〈표1〉에서 '가처분소득 대비 가계 부채'는 가계가 견딜 수 있는 정도를 나타내는 지표인데, 163.8%로 OECD 평균 135.7%과 비교했을 때 훨씬 더 심각한 수준임을 알 수 있다.

### 빠르게 증가하는 가계 부채

우리나라 가계 부채는 외환 위기 이후 빠르게 증가하기 시작했다. 그 이후 2008년 글로벌 금융 위기를 계기로 미국, 영국, 독일 등 주요 선진국들은 가계 부채 비중을 줄여 가는 데도 우리는 계속 증가하고 있다. 이는 정부의 경제 운용에 문제가 있다는 의미이다. 또한 가계 부채의 증가 속도가 경제 규모와 소득 증가에 비해 매우 빠르다. 가계 부채 증가가 본격화된 1999년부터 2012년까지 GDP는 6.9%, 가처분 소득은 5.6%의 연평균 증가율을 보였는데 반해, 가계 부채는 12.4% 씩 늘어나서 2배나 되는 높은 증가율을 보이고 있다. 가처분소득 대비 가계 부채 비중이 계속 상승하고 있는 것이다.

우리나라 가계 부채는 양과 질 모두에서 매우 위험한 수준이다. 이미 내수를 위축시키는 단계를 넘어 경제성장률을 끌어내리고 금융부문의 자산 부실화 요인으로 작용하는 단계까지 들어섰다고 봐야 한다. 아직까지는 금융시스템의 건전성을 크게 악화시킬 정도까지는 아니지만, 경기 침체가 지속되고 혹시라도 세계적인 금융 충격이라도 온다면 뇌관처럼 터지는 상황이 될 수도 있다.

가계 부채 증가는 원리금 상환 부담으로 소비를 둔화시켜 내수를 위축시키고 고용과 소득 감소로 이어져 경기 침체를 장기화시키는 역할을 하고 있다. 더구나 2008년 글로벌 금융 위기 이후에는 생계형 가계 대출이 늘어나고 상환 부담이 갈수록 커지면서 우리 경제에 커다란 위험요인으로 자리 잡았다.

## 가계 대출 구조의 부실 위험성

가계 대출 구조 역시 잠재적 위험 요소가 매우 크다. 우리나라 주택 담보대출은 부동산 경기를 활성화하려는 정부 정책이 크게 작용했다. 부동산이 거주 목적보다는 투자 목적으로 이용되고, 금융권도 손쉬운 부동산 담보대출을 통해 이자 수입을 올리는 데 주력하면서 가계 대출 구조가 변동금리, 단기, 일시상환 위주로 구성되어 있다. 따라서 대출금리가 오르거나 경기가 하강해 이자 및 원금상환 압력이 증가하면 부실 대출이 될 가능성이 매우 높은 것이다.

우리나라 은행권 대출의 변동금리 비중은 2013년 4월말 기준으로 78%이다. 이는 10% 수준인 미국, 독일에 비해 매우 높으며 금융기법이 발달한 영국의 62%보다도 월등히 높은 수치이다. 특히 전체 금융권 대출의 65%를 차지하는 주택담보대출의 경우 변동금리 비중이 2012년 9월말 기준으로 63.0%에 달해 미국(10%), 프랑스(13%), 독일(10%) 등 주요 선진국(2009년 말 기준)보다 매우 높은 수준이어서 금리 인상 등 경기변동이 곧바로 가계 부담으로 이어질 수밖에 없는 매우 취약한 구조이다.

현재의 저금리 기조는 미국이 팽창적인 통화정책을 실시하고 있기 때문에 가능한 것이다. 따라서 미국이 긴축적인 통화정책으로 돌아설 경우 금리는 자연히 상승할 수밖에 없다. 그렇게 되면 변동금리가 적용되는 가계 대출 잔액은 금리 상승폭만큼 증가할 수밖에 없는 것이다.

주택담보대출의 만기가 매우 짧다는 점도 간과할 수 없는 문제이다. 주요 선진국들의 경우 주택담보대출은 만기가 20년에서 30년에 걸친 장기간 분할상환 방식인데 반해 우리나라는 만기가 10년 이내인 비율이 42.1%이고 3년 이하도 28.8%에 달한다. 따라서 경기변동으로 대출 연장이 어려워질 경우 단기간에 대출금 상환 압력이 크게 높아질 수밖에 없다.

또한 일시상환 비중이 35.3%로 높다는 점도 문제이다. 미국

9.7%(2011년 말 기준), 유럽연합 7.5%(2009년 말 기준)과 비교해 보면 우리나라는 주택담보대출의 일시상환 비중이 매우 높다. 대출 연장이나 차환이 어려워질 경우 일시적인 상환 압력이 그만큼 높아지게 된다.

### 저소득, 다중채무자의 상환능력 악화

정부 보고서에 따르면 경기 침체가 장기화됨에 따라 저소득층과 고령층의 소득대비 부채비율이 높아지면서 상환 능력이 악화되어 가계 대출의 부실화 위험이 매우 커지고 있다. 한국은행과 통계청에 따르면 저소득층의 채무 상환 능력이 날로 떨어져서 연소득이 2,000만 원 미만인 가구의 연체율은 2012년 1월 현재 0.84%로 연소득 6,000만 원 이상인 가구의 연체율 0.44%보다 2배 가까이 높다.

또한 현대경제연구원의 분석에 따르면 가처분소득이 중위소득 50% 미만인 412만 1,000가구 중 금융 대출이 있는 156만 4,000가구가 매달 갚아야 할 원리금 및 이자 부담이 월소득의 101.4%에 달한다.

게다가 신용등급이 7등급 이하이면서 3개 이상의 금융회사에 부채가 있는 다중 채무자 23만 명이 25.6조 원의 채무를 지고 있고, 이들 가운데 98.9%가 비은행권의 고금리 대출에 의존하고 있다는 점도 심각한 문제이다. 이들 가운데 9만 명이나 되는 50세 이상자의 대출 잔액이 11.1조 원에 달해 은퇴 등 고령화로 인한 소득 감소로 상환 불능에 처할 위험성이 매우 높은 상황이다.

사실상 가계 대출의 부실화는 이미 진행되고 있다고 봐야 한다. 2012년 말 기준으로 금융권의 가계 대출 부실채권 비율은 1.3%로

2008년 말 1%보다 높아졌고, 주택담보대출의 연체율도 1.18%로 금융 위기 직후인 2008년 말 0.88%보다 크게 높아진 상태이기 때문이다.

현재 우리나라의 가계 소득은 대출 원금과 고금리 이자를 갚기는커 녕 간신히 돌려막는 수준에 불과한 것으로 보인다. 그 과정에서 가계 부채는 더 늘어날 수밖에 없다. 이미 가계 부채의 원리금 상환 부담으로 내수를 위축시킬 만큼 규모도 과다한 수준인데다 질적 구조도 악화되어 있기 때문에 가계의 소득여건이 개선되거나 부채가 조정되지 않는다면 조만간 상환 불능에 처할 위험성이 큰 것이다.

## 가계 부채 폭등의 원인

우리나라 가계 부채가 증가한 데에는 다양한 요인이 작용했다. 우선은 가계의 채무상환 능력을 고려하지 않고 과잉 대출을 일삼아 온 '금융권의 탐욕' 이 한 요인이었다. 1997년 외환 위기 이후 저금리 기조로 유동성은 풍부해졌지만 기업 대출은 감소하자 금융회사들은 앞다투어 가계 대출 확대 경쟁을 벌였다. 다음으로는 부동산 불패(不敗) 신화에 대한 '가계의 잘못된 믿음' 도 한 요인이다. 부동산 가격 상승에 따른 추가 상승 기대 심리로 대출 수요가 늘어난 것이다. 또한 저소득층은 경기 침체로 인한 소득 감소로 생활을 위해 가계 대출에 의존해야 했다. 이런 여러 요인들이 복합적으로 작용해서 가계 부채의 급증을 낳은 것이다.

가계 대출 부실화의 책임은 일차적으로는 자기 능력 이상으로 돈을 빌린 채무자에게 있다. 그러나 상환 능력을 제대로 검증하지 않고 경쟁적으로 가계 대출을 확대해 온 금융회사와 대출을 부추기고 채무 조정을 지연해 온 정부, 금융회사의 약탈적 대출을 방치하고 가계 부채를 관리하지 못해 사태를 악화시킨 금융 당국도 책임을 면하기는 어렵다.

그러나 가계 부채 문제가 국회 청문회를 열어야 할 정도로 심각해진 것은 정부의 정책 실패에 기인하는 바가 크다. 2008년 글로벌 금융위기를 맞아 선진국들은 낙수효과에 근거한 신자유주의를 버리고 경제정책의 전환을 추진했다. 양극화를 해소하고 경제민주화를 적극적으로 추진하고 가계 부채를 줄이기 위한 채무 조정에도 적극 노력했다. 그 결과 미국, 영국, 독일, 일본 등 주요 선진국에서는 2009년 이후 가계 부채 규모가 줄어들고 있는 것이다.

그런데 이명박 정부는 금융 위기 이후에도 정책 전환 없이 신자유주의 정책을 계속 밀어붙였다. 이에 따라 2008년 금융 위기 이후 2011년까지 연평균 가계 부채 증가율이 8.55%에 보였다. 같은 기간 개인 가처분소득의 증가율은 5.6%에 그쳤으므로 3% 포인트나 격차가 벌어진 것이다. 결국 가처분소득 대비 가계 부채 비율은 2007년 145.7%에서 2012년 163.8%로 증가하게 되었다.

### 가계 부채 급증을 부른 잘못된 정책

이명박 정부는 집권 초기부터 저금리, 고환율, 부자감세 정책을 밀어붙였다. 금융 위기 직전 5.25%였던 기준금리를 2009년 2월에는 2%까지 인하했고 2010년 6월까지 유지했다. 시장금리는 경기가 회복되던 2009년 상반기를 지나면서 4%대 중반까지 오른 상태였다. 그럼에도 정부는 2%의 낮은 저금리를 인위적으로 유지하여 가계 대출 금리를 시장금리 이하로 끌어내림으로써 가계 대출 수요를 부추긴 것이다.

수출 촉진을 위한 고환율 정책 또한 가계 대출 증가에 일조했다. 2007년 929원이었던 달러 환율이 한때 1,500원 근처까지 치솟기도 했다. 이 덕분에 수출 대기업은 가격경쟁력이 높아졌지만, 수입 물가에 영향을 받는 소비자와 원자재를 수입하는 중소기업의 부담은 더 늘어났다. 이 같은 서민 경제의 어려움이 가계 부채 증가로 이어진 것이다.

또한 이명박 정부는 감세와 4대강 사업으로 5년 내내 적자재정이었고 국가 채무도 144조 원이나 늘어나게 했다. 만일 이런 정책으로 빠져나간 재원을 서민 경제 활성화와 중소기업 지원에 썼다면 가계 부채가 이렇게 늘어나지는 않았을 것이다.

정부 정책의 실패 가운데 가계 부채의 증가와 악화에 가장 직접적인 영향을 미친 것은 잘못된 부동산 정책이었다. 이명박 정부는 집권 5년 동안 부동산 관련 주요 대책만 30여 차례 넘게 발표했다. 그 가운데 모두 12차례에 걸쳐 투기지역을 해제하고, DTI(총부채상환비율)와 LTV(주택담보대출비율)를 완화하고, 전세자금과 주택구입자금을 확대하는 정책을 폈다.

DTI란 개인의 소득에 비례해 대출 한도를 정하는 비율로 대출할 때 개인의 상환 능력을 우선 고려하는 제도이며, LTV는 주택가격대비 대출비율을 제한함으로써 주택가격 하락에 따른 부실화를 방지하기 위한 제도이다. 이 두 가지 비율을 완화하는 부동산 정책은 결국 상환 능력 이상으로 빚을 내서 집을 사고 전세자금을 마련하라는 것과 마찬가지였다. 결국 가계 부채를 늘리고 우리 경제의 체질을 약화시키는 결과를 초래한 것이다.

### 카드론의 폭발적 성장

우리나라는 충성스런 소비자들 덕분에 카드 결제 비율이 신용카드 대국인 미국을 제치고 당당히 세계 1등으로 올라섰다. 2008년 우리나라 민간 소비지출 가운데 신용카드 결제 비중은 49.7%로, 34.6%에 그친 미국을 멀찌감치 따돌렸다. 2011년에는 59.6%를 기록했으며 연간 카드 사용액이 500조 원을 돌파했다. 신용카드 시장의 무한한 성장성을 감지한 금융회사들도 카드사를 분사하고 통신사와 손을 잡는 등 공격적으로 나섰다. 이들은 최근 폭발적으로 성장하고 있는 카드론 등의 개인 대출 시장을 선점하기 위해서이다.

성장세의 한계를 보이고 있는 결제 수수료 시장과 비교했을 때 카드론 시장은 그야말로 노다지이다. 카드채 조달 금리가 저금리 기조 속에서 2010년 후반 연 4% 미만으로 떨어진 반면 소비자들에게서 걷어 들이는 이자율은 연 10%대 후반에서 20%대 초반에 달한다. 이렇게 대단한 마진을 챙길 수 있는 시장을 본 카드사들은 영혼이라도 팔 것처럼 영업에 나섰다. 이미 담보대출을 받았고 그 대출마저 겨우 이자만 상환하고 있으면서도 신용카드 결제 금액이 월급 수준인 사람들이 카드 대출까지 받고 있다. 2010년 한 해 동안만 카드론 시장은 무려 40% 이상 성장했다.

## 가계 부채 절감의 대책은

가계 부채가 우리 경제의 안정성을 저해하지 않는 범위에서 안정적으로 유지되도록 하기 위해서는 거시적이고 종합적인 관점에서 다음과 같은 정책이 필요하다.

첫째, 가계의 가처분 소득을 늘려 주기 위해서 가계 소득을 늘려 주고 가계 부담을 완화시켜야 한다. 재정투자의 확대 등을 통해 일자리를 창출하고, 최저임금 인상 등 강력한 노동보호정책을 통해 노동소득분배율을 높이고, 저소득·취약 계층에 대한 지원을 통해 가계의 소득 여건을 개선해 나가야 한다. 가계 부담 완화를 위해서는 반값등록금 실현, 공공임대주택 확충, 의료보험보장성 확대, 통신공공성 확대 등 사회경제정책을 통하여 주거비, 교육비, 의료비, 통신비 등 가계의 필수 지출 부담을 낮추어야 한다.

둘째, 지속적으로 사회문제가 되고 있는 과중 채무자 문제에 대한 대응책으로 신속하고 과감한 채무 조정과 법률 지원이 필요하다. 이미 빚이 많아서 자신의 자산과 소득으로 원리금을 상환할 수 없는 가계에는 채무 조정을 통하여 새 출발의 기회를 광범위하게 제공해야 한다. 파산상태에 처한 가계의 채무 조정이 지연되면 될수록 그로 인한 사회적 비용은 기하급수적으로 증가한다. 개인파산, 개인회생제도를 활성화하고 지방자치단체의 복지 지원과 연계한 채무 조정제도 도입이나 시민단체, 사회적 기업, 비영리기관 등을 통한 채무 조정 지원 등 다양한 채무 조정 활성화 방안을 추진해야 한다.

셋째, 고금리에 시달리는 서민들에게는 적절한 정책금융과 서민금융 지원을 통하여 고금리에서 해방될 수 있도록 해야 한다. 현재 대출 시장은 10% 이하의 은행 중심 대출 시장과 25%를 초과하는 카드, 캐피탈 등 제2금융권 중심의 대출 시장, 30%를 초과하는 대부업 시장만 있고 10%대의 중간 대출 시장은 존재하지 않아 신용등급이 낮아 은행을 이용하지 못하는 사람들은 25%가 넘는 고금리로 제2금융권이나 대부업체에서 대출하고 있다. 이들이 이러한 고금리를 감당하기는 어렵기 때문에 10%대의 시장을 형성하는 미소금융, 햇살론 제도 등을 정비하여 10%대의 중간 대출 시장 형성을 위한 정부의 서민금융정책이 필요하다. 또한, 불법 고금리 및 채권추심 등 불법 사(私)금융으로 인한 저소득 · 취약 계층의 피해가 발생하지 않도록 '불법 사금융대책'을 체계적이고 지속적으로 추진해 나갈 필요도 있다.

넷째, 가계 대출 수요의 안정화를 위하여 그동안 가계 대출 수요의 주요 원인이 된 주택시장의 안정 기조를 지속적으로 유지하고 생활물가의 상승을 억제해 나갈 필요가 있다. 또한, 금융회사들이 채무 상환 능력을 고려하지 않고 과잉 대출을 하는 것을 방지하기 위하여 금융회사들이 가계 대출 취급 시 가계의 소득 · 재산 부채 상황 신용 및 변제 계획을 확인하도록 의무화하고, 가계의 채무 상환 능력에 적합하지 않은 대출은 하지 못하도록 법제화할 필요가 있다.

끝으로, 과중 채무에 시달리면서 소득 창출 능력이 없는 계층에게는 금융지원이 아무런 도움이 되지 않으므로 기존의 과중 채무를 채무 조정을 통하여 정리할 수 있게 한 후에 사회 안전망으로 대응해야 한다. 즉, 복지로 대응할 일을 금융으로 해결하려고 해서는 안 된다.

금융은 그것이 정책금융, 서민금융이라도 갚을 수 있는 능력이 있는 사람에게 제공되어야 하는 것이지 복지를 대체하는 수단이 될 수는 없다.

# 약탈적 대출 사회

약탈적 금융이란 소득수준을 뛰어넘는 신용을 제공하는 것이다. 갚을 수 없는 줄 알면서도 돈을 빌려 주는 것은 만약 갚지 못할 경우 담보로 제공한 자산을 채권 대신 회수하면 되기 때문이다. 처음부터 채권 대신 담보자산을 회수할 가능성이 큰 줄 알면서도 소득수준 이상의 돈을 빌려 주는 것은 약탈적 대출이라고 부르기에 조금도 지나치지 않다. 담보자산 없이 과도하게 주어지는 신용 대출도 마찬가지이다. 우리나라처럼 채권 추심이 지독하게 이루어지는 나라에서는 금융회사가 고리 이자뿐 아니라 원금이 회수될 때까지 악착같이 빚 상환을 독촉하고 채무자들은 노예처럼 빚을 갚으며 살게 된다. 담보자산이 없는 약탈적 대출은 결국 힘없고 약한 사람들을 노예 같은 삶으로 내모는 잔인함을 지녔다.

2008년 금융 위기 전까지 미국에서도 이와 같은 약탈적 대출이 만연했다. 소득과 재산, 직업이 없는 사람들에게도 집을 사라는 명분으로 대출이 이뤄졌다. 이른바 닌자(NINJA) 대출이 그것이다. 채무자들은 몇 년간 이자만 내다가 자신이 살던 집을 은행에 고스란히 빼앗기게 될 것을 미처 몰랐다. 하지만 은행은 채무자가 부채를 갚을 수 없다는 사실을 뻔히 알면서도 돈을 빌려 주었다. 더구나 금리와 상환액이 시장 상황에 따라 요동치는 매우 위험한 형태의 담보대출이었다. 금리가 변하지 않는다고 가정해도 은행은 20~30년 동안 빌려 준 돈의 2배 이상을 돌려받을 수 있다. 이자 수입과 집 가운데 하나는 챙길 수 있는 일방적으로 유리한 게임이었기 때문에 채무자 서류를 조작해 신용 등급을 올리는 과잉 친절도 마다하지 않았다. 저소득층이 미래에 받을 노동의 대가까지 철저하게 약탈해 간 셈이다.

채무자의 상환 능력을 고려하지 않는 대출은 가계의 파산과 주거 불안정을 초래하고 궁극적으로는 국가 경제 전체에 심각한 위협이 될 수 있다. 미국은 1994년 제정된 주택 소유권 및 자산 보호법 (HOEPA, Home Ownership and Equity Protection Act)에 이어 2012년 7월 21일부터 발효된 금융개혁법을 통해 약탈적 대출을 규제하기 시작했다. 그러나 우리나라에는 여전히 겉으로는 달콤하지만 속을 들여다보면 황당할 정도로 이자를 챙기는 대출 상품이 즐비하다. 이처럼 왜곡된 금융 상품 정보에 일상적으로 노출된 금융 소비자들은 금융 비용으로 인해 빚의 그물에 빠져 버린다.


## 서민 182만 신음

자본주의 사회가 발전하면 소비자 신용이 증가한다. 우리나라도 외환 위기를 거치면서 금융기관의 개인 대출이 대폭 강화되었다. 소비자신용 증가는 금융기관에는 새로운 수익 창출 수단이고, 기업에는 대량 생산, 대량 소비를 뒷받침하는 수단이 되며, 소비자에게는 미래 소득을 현재로 끌어 쓸 수 있는 수단이 된다. 이렇게 설명하면 소비자신용의 증가는 금융기관, 기업, 소비자 모두에게 이익인 것처럼 보이지만 그런 것만은 아니다.

우선 금융기관 입장에서 개인 신용 시장이라는 새로운 성장 동력을 확보하는 것은 전혀 손해 볼 것이 없다. 기업 입장에서도 소비자신용이 증가하면 소비자의 구매력이 늘어 기업의 매출이 늘어나므로 매우 바람직하다. 반면 소비자의 경우에는 미래 소득을 당겨서 소비하는 것이므로 당장은 효용이 증가하지만, 미래 소비 여력이 감소하고 이자와 수수료 등 금융 비용이 추가로 발생해 가계 재정이 악화된다. 결과적으로 소비자의 미래 소득이 금융 비용으로 환산되어 금융기관과 기업의 주머니를 채워 주는 재원이 되는 것이다. 이처럼 소비자신용의 증가는 금융기관과 기업에는 이익만 있고 손해는 없는 반면에 소비자에게는 일시적인 효용을 주지만 장기적으로는 큰 부담을 남긴다. 소비자로서는 필요한 물건이 있을 때 신용으로 소비하고 나중에 갚는 것보다는 저축을 해서 목돈을 만들어 소비하는 것이 대체로 더 이익이 된다. 일반적으로 물건 값은 시간이 갈수록 저렴해지고, 돈은 저축할 때보다 대출 받을 때 이자율이 더 높기 마련이다.

그렇다면 경제학에서 합리적인 인간이라고 가정하는 소비자는 왜 돈을 모아서 소비하지 않고 빚을 내서 소비한 후에 그 빚을 갚느라고 허덕이는 것일까? 경제학 책 속에 나오는 소비자는 합리적일지 몰라도 실제 소비자는 그다지 합리적이지 않다. 충동에 휩싸이기 쉽다. 모든 상황을 고려하여 소비하기보다는 충동적으로 소비한 후 합리화하는 경향이 강하다. 홍수처럼 쏟아지는 광고와 신문 기사를 이용한 기업의 이미지 조작도 소비자에게 강력한 영향력을 발휘한다. 소비자는 빚을 내서라도 소비하지 않으면 자존감을 지킬 수 없을 것처럼 느낀다. 쇼핑 중독도 흔하다. 쇼핑에 중독된 사람은 갖고 싶은 물건을 사지 못하면 극도의 초조함과 죽을 것 같은 느낌에 시달린다. 빚을 내서라도 물건을 사야 행복하다. 쾌락을 느끼게 하는 도파민이 쇼핑을 해야만 분비되기 때문이다.

더 중요한 이유는 빚을 내지 않고는 일상생활을 유지할 수 없을 정도로 가계의 재정 상황이 악화되어 있다는 것이다. 주거와 교육을 비롯한 필수 지출은 계속 늘어 가는데 실제 쓸 수 있는 가처분소득은 별로 늘지 않아 빚을 내기 싫어도 빚을 낼 수밖에 없는 가계가 허다하다. 부동산이나 주식 등 자산 가격이 폭등하는 시기에는 빚을 내서 아파트나 주식을 사면 큰 이익을 보리라 생각하고 빚을 투자의 지렛대(레버리지)로 활용하는 경우도 많다. 그러나 오르막이 있으면 내리막이 있기 마련이다. 경기 하강 국면이 닥치면 그 빚은 고스란히 소비자가 갚아야 할 몫으로 남는다.

결론적으로 소비자신용의 증가는 금융회사와 기업에는 크게 이익이 되지만 소비자에게는 상처뿐인 영광이다. 소비자신용의 증가는 필연적으로 소비자의 파산 증가로 이어진다. 따라서 소비자신용의 증가를 통해서 금융회사와 기업이 수익을 얻고 국가 경제가 성장하였다면 그로 인한 부담도 소비자만이 아니라 금융회사, 기업, 사회 전체가 나누어야 한다. 그러나 지금 우리 사회에서는 소비자신용의 증가에 따른 이익은 금융회사, 기업, 국가 모두가 누리면서 그에 따른 손해는 소비자들만 부담하라고 하는 매우 이상한 논리가 판치고 있다.

약탈적 금융사회를 만든 데는 언론도 한몫을 했다. 언론은 빚에 대한 새로운 인식 체계를 제시하고 빚이 답답한 현실을 뛰어넘는 지렛대 역할을 할 것처럼 연일 보도했다 여기서 멈추지 않고 좀 더 자극적인 소재를 가지고 행동을 주문하기 시작했다. 빚보다 금융자산이 두 배 더 많다는 둥 빚 잘 굴려 부자가 되었다는 둥 하는 이야기를 들먹이며 부자가 되기 위해서는 빚을 이용해 빨리 머니게임에 올라타라고 주문을 했다.

각종 언론이 쏟아 내는 성공담에 현혹된 평범한 사람들은 그 성공담에 취해 이미 자산 시장의 수익이 꼭짓점에 도달한 상황에서 앞다퉈 투자에 올라탔다. 결국 그들은 먼저 투자한 소수가 싼값에 구매한 투자 물건을 비싸게 인수할 투자자를 확보하게 해 주는 좋은 미끼가 되었다. 그들의 잘못이 아니다. 대부분의 직장인이 언제 어떻게 직장에서 밀려날지 모를 처지이거나 1년 단위로 자신의 노동력이 팔릴지 안 팔릴지를 걱정해야 하는 비정규직 신세다. 큰 맘 먹고 있는 돈 없는 돈 모두 모아 조그만 가게를 열었지만 인근의 대형 마트에 손님을 빼앗기고 하루하루 투자한 돈을 까먹고 있는 자영업자, 학자금 대출까지 받아 겨우 대학을 졸업했으나 수십 장의 이력서를 뿌려도 어느 한 곳 오라는 데 없는 청년 실업자가 수두룩하다. 과연 지금 대한민국에서 돈 앞에 나약한 바보가 되지 않을 사람이 몇이나 될까.

결국 언론은 독자들을 위해 정보를 공급한 것이 아니라 자신들의 광고주, 언론사 물주들에게 유리하도록 정보를 가공하고 끊임없이 독자를 세뇌시켰다. 그러는 사이 빚은 없어야 할 것에서 없으면 손해 보는 것으로까지 발전했다. 이제 우리는 빚 없이 사는 것이 건전하고 건강한 경제생활이라는 상식 대신 빚도 없는 것은 미련하고 답답한, 시대에 뒤쳐진 사람이라는 이상한 상식을 갖게 되었다.

흥분으로 선동에 가까운 기사를 쓰는 것도 모자라 언론은 시장 과열을 우려한 정부 규제에 조직적으로 반기를 들기도 했다. 정부 규제에 반대하는 목소리는 누군가에게 유리하게 작동했다. 2000년대 이후 부동산 시장의 2차 폭등기였던 2006년부터 시장 과열을 걱정하는 목소리가 여기저기에서 터져 나왔다. 설마 더 오르겠어 하는 생각으로 무리하게 집을 매입하지 않고 있던 사람들조차 정부에 배신감을 느꼈다. 다급해진 정부는 2005년 8.31대책부터 2006년 3.30대책까지 종합부동산세 등 부동산 세제와 총부채상환비율(DTI) 같은 금융 규제를 강화하고 나섰다. 그러자 언론에서는 정부의 이러한 규제가 시장 원리에 반한다고 비난을 쏟아 냈다. 나중에 2008년 미국발 금융 위기의 확산을 막는 데 DTI가 공헌했다며 칭송한 언론도 당시엔 엄청난 독설을 퍼부었다. 마치 정부가 계층 상승을 꿈꾸는 사람들의 욕망을 억압이라도 한 것처럼 몰아갔다.

## 쉽게 빌려주는 것 자체가 약탈적 대출

재테크 기사에 자주 등장하는 것이 신용 등급을 관리하라는 말이다. 신용 등급을 우수하게 유지해야만 대출을 받을 때 우대금리를 적용 받을 수 있고 부채 한도도 늘릴 수 있다는 것이다. 당장 빚이 급한 상황이 아님에도 이런 기사를 접하면 신용 등급 관리를 소홀히 할 경우 손해 볼 것 같은 기분이 든다.

손해 볼 것 같은 기분을 자극하는 것은 사람의 비합리적인 행동을 유발하는 전형적인 경우로 행동경제학자들이 강조하는 사례이다. 일반적으로 이런 상황에 처하면 손해를 피하고자 하는 강력한 방어기제가 작동한다. 바꾸어 말하면 손해를 볼 것 같은 기분이 들게 만드는 것은 대단히 유용한 마케팅 수단이다. 그래서 손해 보지 않으려면 신용 등급을 잘 관리해야 하고 신용 등급을 잘 관리하기 위해서는 빚을 내야 한다는 어처구니없는 결론에 이르고 만다. 금융회사는 언론을 이용해 이런 마케팅을 효과적으로 전개한다. 신용 등급을 소홀히 관리하면 대출을 받을 때 다른 사람에 비해 금리를 손해 볼 수 있다는 정보를 흘리는 것이다. 실제 언론을 통한 금융회사의 마케팅 가운데 대표적인 것이 바로 이 같은 손실 회피 심리를 자극하는 것으로 너무나 자주 등장한다. 물론 독자들에게 유용한 정보를 제공해야 하는 언론으로서는 이런 정보에 민감할 수 있다. 문제는 언론이 신용 등급 관리의 근본적인 문제는 외면한 채 사람들의 손실 회피 심리만 자극해 왜곡된 신용 관리 지침을 홍보할 위험이 있다는 것이다.

현재 우리나라의 신용 등급 체계는 신용정보회사의 '신용평점모형'을 통해 1등급부터 10등급까지 총 10개 등급으로 구분된다. 문제는 이렇게 등급을 구분하는 신용 평가 기준 자체가 소비자에게 명확하게 전달되지 않는다는 점이다. 언론을 통해 자주 거론되는 신용 등급 관리 요령만이 평가 기준을 짐작하게 할 뿐이다. 그런데 그 내용이란 게 주로 신용카드를 써라, 주거래 은행을 이용하라, 연체하지 마라 등이다. 결국 신용 등급 우수자가 되려면 한 군데 은행에 거래 실적을 몰아주고 그 은행에서 빚을 내서 잘 갚으라는 이야기로 정리된다.

그러나 실제 신용 등급이 매겨지는 현실은 그럴듯한 포장을 걷어내고 나면 더 냉혹하다. 우선 빚은 없고 예금 자산이 많은 사람과 예금은 거의 없으나 빚이 많은 사람 중 누가 더 신용 등급이 높을까? 상식적으로 생각해 보면 전자가 더 높아야 한다. 예금이 많으니 돈을 빌리더라도 더 잘 갚을 수 있지 않겠는가. 하지만 현행 신용 등급 체계에서는 후자의 신용 등급이 더 높다. 그래서 간혹 현금을 쓰지 말고 신용카드를 더 써라, 적절한 빚도 필요하다는 식의 왜곡된 기사가 나오기도 한다. 금융회사와 신용정보회사는 신용을 사용한 실적이 없는 사람은 신용을 평가할 수 없으므로 기본적인 등급밖에 줄 수 없다고 설명한다. 언뜻 그럴듯하다. 그러나 조금만 생각해 보면 위험한 이야기라는 걸 알 수 있다. 예금을 하기보다는 빚을 빌린 뒤 부채 상환을 우선하는 충성심이 신용 평가의 기준이라는 말이지 않은가.

현재 신용 등급 시장은 당사자인 소비자의 참여 기회는 원천 봉쇄한 채 신용정보회사가 정보를 독점하고 일방적으로 등급을 부여하는 상황이다. 최근 감사원의 감사 결과 금융권이 소액의 단기 연체까지 등급에 바로 연결해 가산 금리를 부당하게 챙겨 왔다는 사실이 드러났는데 이런 행태는 부당한 신용 등급 체계에서 비롯된 것이다. 소비자는 무슨 근거로 신용 등급이 오르고 내리는지 정확한 기준과 원칙을 모른다. 그저 현금을 사용하면서 늘 비상금을 통장에 쌓아 두고 있는 착한 소비자에 비해 카드 결제금이 높고 대출도 많으며 그럼에도 빚을 갚지 않고 예금통장에 일정액의 돈을 남기는 비합리적인 소비자가 우수 등급을 받는 비상식적인 결과를 받아들이도록 강요당할 뿐이다.

이제 신용등급제도는 상식적인 수준으로 개정되어야 한다. 그 기준과 원칙을 누구나 알 수 있어야 하고 연체 정보 같은 부정적인 부분만을 강조해서도 안 된다. 또 신용을 사용하지 않고 현금 소비와 예금 잔액을 적절히 관리하는 소비자에게 우수한 등급이 주어져야 한다. 그래야 부채를 안게 될지 모를 만약의 사태를 위해 필요하지 않은데도 신용을 사용하는 비상식적인 일이 벌어지지 않을 것이다. 언론 역시 신용 사용을 부추기는 왜곡된 신용 등급 기사를 마치 고급 정보인 양 다루는 꼼수를 이제는 그만 부려야 한다.

신용카드는 공짜가 아니다. 겨우 한 달 동안 결제를 늦춰 주는 도구일 뿐이다. 할부금이 쌓여 당장 자를 수도 없고 이미 월급이 카드 대금으로 빠져나가 방법이 없다고 손 놓고 있어서만은 안 된다. 빚의 거미줄에 갇혀 채무 노예처럼 살고 싶지 않다면 끝도 없이 우리의 뒤통수를 치는 신용카드를 던져 버릴 방법을 찾아야 한다.

## 법정이자 낮추고 파산법, 이자제한법 정비해야

현재 우리 사회의 과다 채무자들이 겪는 어려움은 신용 회복 시스템만 제대로 되어 있어도 크게 줄어들 수 있다. 물론 우리나라에도 개인 워크아웃부터 회생, 파산/면책에 이르는 다양한 신용 회복 제도가 있다. 하지만 이 제도가 채무자의 부담을 덜어 주기는커녕 절망감만 키우고 있는 현실이다.

신용회복위원회에 따르면 2011년에 월 300만 원 이상 소득자의 개인 워크아웃 신청 건수가 470건으로 전년보다 27%나 늘었다. 이처럼 중상위 계층에서도 가계 부채 문제가 심상치 않은 상황으로 번져 가면서 앞으로는 저소득층뿐 아니라 전 계층에 신용 회복 및 채무 구제의 손길이 필요하게 될 듯하다. 그러나 지금의 신용 회복 제도는 진입 장벽이 높을 뿐더러 그 과정 또한 과다 채무자에게 그리 친절하지 않다.

현재 과다 채무를 정리하는 방법은 운영 주체가 어디냐에 따라 두 가지로 나뉜다. 첫째는 법원이 운영 주체인 법적 채무 조정 방식으로 개인 회생, 개인 파산이 이에 해당한다. 둘째는 신용회복위원회가 운영 주체인 사적 채무 조정 방식으로 프리 워크아웃(사전채무조정)과 개인 워크아웃이 있다.

신용회복위원회는 언뜻 공적 기관 같지만 전국은행연합회, 여신금융협회, 손해보험협회, 생명보험협회 같은 채권자들이 만든 사적 기관이다. 금융권 대표들이 '신용회복지원협약'을 만들고 이에 동의하는 금융회사의 채무에 대해 신청을 받아 채무 조정을 해 준다. 비영리 사단법인이기는 하나 정부 기구가 아닌 금융기관의 자체 조직이라고 봐야 한다. 당연히 신용회복위원회의 주된 목적은 신용 회복보다는 채권 회수 즉 가능하면 많은 빚을 회수하는 것이다. 그러나 이미 상환 불능 상태인 사람들을 더 쥐어짜 봐야 상황은 나아지지 않고 더 큰 사회적 비용만 발생한다.

미국이나 일본 등 선진국에서는 사적 채무 조정이라도 원금을 감면해 주고 간혹 변제 기간도 유예해 채무자의 기본 생활을 보장한다. 최대한 자립할 수 있도록 지원하여 생활이 안정되면 부채 상환을 할 수 있게 돕는 것이다. 그에 비해 우리나라의 신용 회복 시스템은 기본 생활 보장은 고려치 않고 오로지 채권 회수에만 역점을 두고 있다. 유일한 신용 회복 운영 주체인 신용회복위원회가 채권자 편향인 탓에 채무 조정을 받고도 중도 탈락하면 다시 파산과 사채로 내몰릴 위험이 크다. 따라서 채무자들의 진정한 재기를 돕기 위해서는 신용 회복 시스템의 근본적인 점검과 개선이 절실하다.

신용회복위원회를 통한 사적 채무 조정뿐 아니라 공적 채무 조정인 회생과 파산 제도에도 여러 문제가 있다. 현재 채무 과다자를 구제하는 방식은 크게 두 가지다. 하나는 프리 워크아웃과 개인 워크아웃, 개인 회생처럼 부채 구조를 조정해서 상환하는 방식이고 다른 하나는 파산처럼 부채 전체의 상환의무를 소멸시키는 방식이다.

부채 구조조정을 통한 상환은 다시 원금을 감면해 주는 방식과 이자만 감면해 주는 방식, 원금과 이자 모두를 갚되 이자율을 조정해 주는 방식으로 구분된다. 채무자가 경제생활을 원활하게 할 수 있는 범위에서 가능한 채무 상환을 도모하자는 취지로 채무자의 소득 수준에 따라 적합한 제도를 취할 수 있다.

채무자들은 대부분 채무 전체가 소멸되는 파산을 가장 선호하고 그게 여의치 않으면 원금이라도 감면되길 바란다. 그렇다고 채무자 마음대로 제도를 고를 수 있는 것은 아니다. 채무자의 부채 현황과 재정 상태에 따라 이용이 제한된다. 문제는 제도의 진입 장벽이 지나치게 높은 데다 제약이 많아 채무자들이 제도 이용 자체를 꺼린다는 것이다. 가장 큰 이유는 채권 추심에 일정 기간 시달려야 한다는 것과, 자신들을 도덕적 해이로 보는 사회의 시선이 만들어 내는 죄의식이다.

우선 회생이나 워크아웃 제도를 이용하려면 신용 불량으로 등록이 돼 있어야 하는데, 연체가 3개월 이상 지속돼야 신용 불량자로 오를 수 있다. 결국 채무자는 3개월이 넘는 동안 채권 추심을 버텨 내야 한다. 불법 채권 추심이 과거보다 많이 줄었다고는 하지만 채무자의 인격을 모독하거나 공포심을 유발하는 등 추심업자의 폭력적 행태는 여전하다. 가장 경미하다 하더라도 하루 종일 수십 통의 추심 전화를 접하는 자체가 일상을 파괴하기에 충분하다. 이런 생활을 3개월 이상 지속해야만 신용 불량 등록이 가능하다는 것 자체가 신용 회복 제도의 모순을 드러낸다.

구제 제도 이용을 도덕적 해이로 보는 채무자 자신의 죄의식도 커다란 걸림돌로 작용한다. 부채 상환을 의도적으로 회피하는 채무자보다 스스로 죄의식에 빠지는 채무자가 더 많다. 이러한 죄의식은 구제 제도의 이용 자체를 꺼리게 만든다. 나아가 제도를 이용할 경우에도 자존감에 심한 상처를 입어 자립과 회생 동기가 꺾인다. 그래서 절박한 상황에서도 제도 이용을 회피하면서 빚을 무리하게 갚으려고 한다. 여력이 없는데 갚으려 하다 보니 부채가 더욱 악성화할 수밖에 없다.

제도가 현실을 제대로 반영하지 못하고 이용자에게 엄격한 상환 조건을 적용하는 것도 문제다. 즉 수입에서 최저생계비(2012년 4인 가족 기준 월 149만 5550원)의 150%만 남기고 나머지는 전부 부채상환에 써야 한다. 이런 여건에서는 최소한의 저축조차 불가능하다. 최저 생계비가 말 그대로 굶어 죽지 않을 정도이기 때문이다. 이런 비현실적인 운영 탓에 구제 제도를 이용하는 많은 사람이 조정된 부채를 끝까지 상환하지 못하는 실정이다.

지나치게 긴 변제 기간도 부채 상환을 어렵게 하는 요인이다. 사실상 5년, 7년 동안 정해진 액수를 계속 상환하기란 쉽지 않다. 그 사이 일자리를 잃어 갑자기 소득이 끊기거나 가족의 신상에 문제가 생겨 목돈을 써야 할 수도 있다. 가계에도 전세금 인상과 같은 여러 변수가 존재한다. 이 때문에 워크아웃 등을 통해 빚을 모두 갚고 신용을 회복한 이용자 비율은 20% 안팎에 불과하다. 아직 50% 가량이 채무 변제 과정에 있음을 감안해도 30% 정도는 중도에 포기한다는 얘기다. 그 과정에서 가계 재무 건전성은 이전보다 오히려 악화되고 다른 가족에게까지 재무 위험이 전이되는 양상이 나타난다. 그렇다면 우리나라 채무 조정 제도에는 어떤 문제가 있는지 각 제도별로 살펴보자.

프리 워크아웃은 신용회복위원회와 협약을 맺은 3600여 개 금융회사에만 적용이 되므로 등록되지 않은 대부업체나 사채의 경우에는 대상에서 아예 제외된다.(2010년 기준으로 등록 대부업체는 1만 5000개, 미등록 대부업체는 4만 개 정도로 추산된다.) 또 원금 감면 없이 상환 기간을 10~20년으로 늘리고 이자율만 조정하는데 이때 적용되는 이자율은 최대 연 30%이며 실제 이자율 인하폭은 3% 포인트 정도이다. 부채 상환이 어려워 채무 조정을 신청하는 사람으로서는 최대 30%에 달하는 고리 부채를 10년 이상 상환해야 하는 상황에 처하게 된다.

개인 워크아웃도 프리 워크아웃과 마찬가지로 협약된 금융기관의 부채에만 적용된다. 개인 워크아웃의 경우 신청 자격 자체가 90일 이상 연체자로 제한돼 그동안 채권자의 무자비한 추심을 견뎌 내야만 한다. 게다가 대출이 여러 건일 경우에는 하나라도 90일을 경과하면 워크아웃을 신청할 수 있지만 대부업체에서 빌린 채권은 5개월이 경과하지 않은 경우 원칙적으로 해당이 안 된다.

워크아웃을 신청하는 사람들은 대부분 처음부터 작정하고 빚을 안 갚는 것이 아니라 대부업 대출까지 받아 어떻게든 갚으려고 노력하다가 더 이상 버틸 수 없어서 찾아온다. 그런데도 폭력에 가까운 대부업체의 추심을 5개월 이상 견뎌야 한다는 것은 채무자에게 너무 가혹하다.

그리고 워크아웃 신청이 받아들여진다 해도 채권자 중심이다 보니 최대한 원금을 많이 회수하는 방향으로 진행된다. 워크아웃 기간인 8년 동안 원금을 갚도록 하는 것은 채무자를 갱생시키는 것이 아니라 8년간 '채무 노예'로 만드는 것이다.

희생은 매월 최저생계비 이상의 금액을 상환하는 것을 전제로 한다. 그러다 보니 소득이 최저생계비에 못 미치는 사람은 신청 자체가 불가능하다. 더구나 면제 재산 범위가 최대 2500만 원 정도인데 이는 수도권의 전세 보증에 비해서도 턱없이 낮은 수준이라 주거 안정을 보장받기 어렵다. 7500달러(약 8000만원)를 면제 재산으로 인정해 주는 미국과는 차이가 크다.

소득이 일정 규모가 되어 회생 신청이 받아들여진다 해도 비현실적으로 낮은 최저생계비를 기준으로 생계비를 인정하기 때문에 최대

150%까지 인정받더라도 채무 변제 기간인 5년 동안 저축 한 푼 없이 월 가용 소득을 변제해야 한다. 이것은 파산도 마찬가지이다. 따라서 주거를 월세로 전환하지 않는 한 회생이나 파산 제도의 도움을 받을 수 없다.

우리와 달리 미국이나 일본에서는 극히 예외적인 경우를 제외하고 는 변제 기간이 3년인데 그중에서도 최초의 변제 계획안을 그대로 유지하는 경우는 10% 정도이고 나머지는 중도에 변제 계획을 완화하거나 특별 면책을 적용하는 방식으로 종결된다고 한다.

최근 6개월 이내의 부채가 총채무의 30%를 넘거나 1년 이내의 부채가 총채무의 50% 이상이라면 파산에는 해당이 안 된다. 빚을 내든 어떻게 하든 6개월에서 1년 정도를 버텨야 파산 신청이 가능한 것이다.

더구나 법원 판례를 보면 3000만 원 이하 소액 부채에서는 파산·회생이 기각되는 경향이 강하다. 3000만 원 이하도 갚을 수 없는 사람들은 고액 채무자보다 더 절박한 취약 계층인 경우가 많다는 현실을 외면한 것이다.

특히 최근 파산 신청이 증가하면서 파산/면책 심리가 더 엄격해졌다. 이로 인해 파산관재인 선임이 늘어나고 있는 추세이다. 파산관재인은 법원의 감독 하에 채무자의 재산, 면책 불허가 사유, 부인권 대상 행위 등을 조사하며 채무자에게 재산이 있을 경우 이를 환가(換價)해 채권자들에게 배당하는 임무를 수행한다. 파산관재인을 선임하면 법원에 150만~300만 원 정도 예납금을 납부해야 했다. 불과 얼마 전까지만 해도 대부분 파산관재인의 보수로 쓰이는 이 예납금을 채무자가 내지 않으면 파산 신청을 기각하는 관행이 있었다. 당장 부채도 갚지 못하는 상황에 있는 채무자에게는 큰 부담으로 작용할 수밖에 없었다.

물론 최근 법원이 파산관재인 제도를 대폭 개선하면서 피산 신청자는 모두 파산관재인을 선임하게 하고 그 비용도 30만 원으로 대폭 낮추긴 했다. 또 파산/면책은 확정판결까지 최장 1년 이상이 걸리는데 앞으로 법원은 이 기간도 줄여 파산 접수 후 3개월 내에 면책 결정을 할 계획이다. 그러나 파산에 따른 비용을 채무자에게 전가하고 파산을 보수적으로 결정하기 위해 파산관재인 선임을 의무화한 것은 여전히 문제다.

세금은 대상이 되지 않는 것도 문제다. 자영업자들은 사업이 어려우면 장기간 부가세를 연체하는 경우가 많은데 부가세는 회생·파산에서 제외되다 보니 실패한 자영업자들의 사회 복귀가 어려워진다. 게다가 파산선고 시점부터 1년 이내에 추가로 대출을 받으면 면책이 안 된다.

상환 능력이 없는 채무자에게는 계속 빚을 갚으라고 요구해도 빚을 받아 낼 수 없다. 그런 사람들이 돈을 갚았다는 것은 주변의 도움을 받았거나 범죄를 저질렀거나 장기 매매, 성매매 같은 비정상적인 방법을 동원했다는 얘기다. 이것은 결국 채무자를 약탈하는 짓이나 다름없다.

빚을 갚지 못하는 사태가 발생했을 때도 계속 채무자를 괴롭히는 것은 도덕적으로도 옳지 못할 뿐 아니라 사회적 경제적으로도 바람직하지 못하다. 채무자가 파산 상태에 처했을 때 광범위한 채무 조정 기회를 제공하는 것은 채무자의 경제적 새 출발을 위하여 매우 중요하다. 한 번 망했다고 영원히 망한 채로 있을 수는 없는 것 아닌가. 그들에게 패자부활전의 기회를 제공해야 한다.

파산 상태에 처한 개인에게 '계약은 지켜야 한다'며 무슨 수를 써서라도 돈을 갚으라고 계속 요구할 경우 결국은 자포자기하기 쉽다. 돈을 열심히 벌어도 빚 갚는 데 다 들어가는데 무슨 낙으로 돈을 벌겠는가. 그래서 사회보장제도에 안주하거나 법적 강제 집행이 금지되는 정도의 돈만 벌거나 채권자가 추적할 수 없도록 타인 명의로 거래하는 경우가 다반사다. 무책임하다고 비난하기는 쉽지만 그런 비난은 문제 해결에 도움이 되지 않는다. 사회적 비난이 거세질수록 파산에 처한 사람들의 자립 동기는 점점 낮아지기 때문이다. 파산 상태에 처한 사람들의 새 출발을 막아 이들이 자립하지 못하고 빈곤층에 머무르게 되면 복지비 지출이 늘어나는 등 국민 전체가 손해 보는 결과로 이어진다.

채무 조정 제도는 도산한 채무자의 노동 능력이 사장되는 것을 막고 다시 활용할 수 있도록 하여 사회적 생산력 감소를 방지함으로써 국가 경제에 순기능을 한다. 도산한 채무자들은 대부분 노동 능력을 갖고 있고 전문 기술을 가진 사람도 있다. 그들이 채권 추심을 피해 도피 생활을 하거나 장래 수입을 모조리 과도한 채무 변제에 빼앗긴다는 생각에 생산 활동을 포기한다면 사회적 생산력만 감소할 뿐이다. 특히 '인간 자본'은 시간이 지나서 노화될수록 그 생산성이 감소하므로 너무 늦기 전에 채무자들이 생산 활동에 다시 복귀하게 해야 한다.

이뿐 아니라 채무 조정 제도는 재정 파탄 상태에 처한 사람들의 자살, 범죄 행위나 행려의 증가 등으로 인한 사회 혼란을 방지하고 절대적 빈곤층을 부양하는 데 드는 사회적 비용을 절감하는 효과도 가져올 수 있다. 이런 의미에서 과중 채무자들에게 새 출발 기회를 제공하는 것은 가장 기초적인 사회보장제도인 셈이다. 게다가 재정적으로 파탄에 이른 사람들의 채무 상환 의무를 완화하거나 면제함으로써 채무자의 급격한 소비 감소를 막아 주는 보험 역할도 한다. 과중한 빚을 상환해야 한다는 부담을 진 사람이 정상적인 소비생활을 할 리는 없잖은가. 결국 시장경제의 희생자인 과중 채무자들의 경제적 회생을 돕는 것은 자본주의 시장경제 발전에도 도움이 되는 일이다.

# 거꾸로 가는 정부 정책

　언론이 집요하게 빚을 예찬하며 빚에 대한 사회 인식을 근본적으로 바꾸려 했듯이 정부 역시 주요 복지 정책을 이른바 '서민 금융'으로 대체하고 있다. 심지어 복지는 '공짜'여서 문제인 반면 서민 금융은 공짜가 아니라 취약 계층의 책임까지 요구하는 진일보한 민생 정책으로 포장하고 있다.

　전세가가 폭등하자 전세난 대책으로 전세 자금 대출을 확대하고, 대학 등록금이 치솟으니 학자금 대출을 확대해 준다. 일자리가 부족해 실업률이 오르니 햇살론이나 미소금융 같은 무담보 대출을 제공하고, 내 집 마련이 어려워지니 '생애 첫 내 집 마련 대출' 같은 상품을 내놓는다. 대부업체의 폭리가 기승을 부리자 연 10%가 넘는 고금리 전환 대출 상품을 제시한다. 무슨 정부 정책이 문제만 생기면 돈 빌려 주겠다는 것밖에 없는지, 하나하나 열거하다 보면 어이가 없다. 개그 유행어에 빗대 "대통령 하는 것 어렵지 않아요. 돈만 잘 빌려 주면 돼

요."라고 해도 무리한 표현이 아닐 듯하다.

언뜻 보면 높디높은 대출의 문을 정부에서 친절하게 열어 주는 것 같지만 알고 보면 법 개정과 복지로 해결해야 할 일을 모조리 빚으로 해결하는 셈이다. 정부가 약자를 보호하고 강자의 탐욕을 통제하는 것이 아니라 탐욕조차 시장의 한 부분으로 인정하면서 서민의 살림살 이에 빚을 보태고 있다. 이는 시장 질서를 유지하고 모든 사람이 장기 적으로 더 나은 삶을 설계할 수 있도록 미래를 여는 일이 아니다. 오 히려 공돈과 같은 빚을 서민 금융이라는 이름으로 푸는 동안 썩어 가 는 상처 부위를 반창고로 슬쩍 가려 본질적인 문제 해결을 회피하는 것이다.

전세난 해법을 예로 들어 보자. 전세금은 폭등하고 세입자들은 2년 마다 주거 불안에 시달린다. 심지어 집이 텅 비어 있는데도 집주인들 은 오른 집값에 대한 기대로 전세 대신 매매를 원하는 탓에 공급 부족 까지 겹친다. 이런 상황이라면 전세 자금 대출을 늘릴 게 아니라 주거 약자를 보호하도록 제도 개선을 검토해야 한다. 주거라는 삶의 기본 요소가 이런저런 이유로 위협받는 것은 정부가 해결해야 할 중요한 과제이다.

게다가 전세금이 오르는 것은 부동산 투기와 관련이 깊다. 전세를 끼고 투기하기 위해 전세금을 올리거나 이미 과도한 빚을 끼고 집 여 러 채에 투기해서 금융 비용이 문제가 될 때 전세금이 폭등할 수 있기 때문이다. 특히 지금처럼 주택 공급량이 부족하지 않은 시기에 전세 금이 오르는 것은 집주인들의 과도한 레버리지 투자에 따른 금융 비 용이 전세 가격에 반영되었다고 봐야 한다. 따라서 전세 가격 안정은 곧 부동산 시장 안정과도 연결되어 있다. 다시 한 번 강조하지만 전세제도 자체가 은행권의 대출 못지않은 투기 레버리지 역할을 한다. 따라서 전세 가격 안정을 위한 정부 정책은 주거 약자를 보호할 뿐 아니라 투기에 따른 위험을 줄여 장기적으로는 부동산 시장 전체를 안정시키는 중요한 토대가 될 수 있다.

그러나 전세금이 폭발적으로 상승했던 2009년부터 지금까지 정부의 정책은 언제나 전세 자금 대출 확대였다. 폭등한 전세금만큼 돈을 더 빌려 주겠다는 것이다. 늘 시장 논리를 들먹이는 전문가와 정부에 제대로 따져 물어보자. 신용도 이상으로, 혹은 은행보다 더 낮은 금리를 제시하는 전세 자금 대출 확대가 과연 시장 논리에 맞는 것인가?

세입자를 위한 전세 자금 대출 확대는 반시장적일 뿐 아니라 전세 수요를 늘려 전세 보증금이 오르도록 도와주는 것이 될 수 있다. 특히 2011년은 폭등이라는 표현이 무색하지 않을 정도로 전세금의 상승폭이 컸다. 지역에 따라 전년도에 비해 16~35%, 즉 일반 물가지수에 비해 3배 넘게 폭등했다. 이쯤 되면 집주인들의 전세금 인상을 자유시장 원칙으로만 해석하면서 손 놓고 있어서는 안 된다. 재산권 행사는 자유라고 하지만 이 정도면 재산권 남용, 즉 시장 질서를 저해하는 횡포라고 봐야 한다.

물론 집주인들이 모두 양심이 없어서 전세금을 무리하게 받는다고 해석할 수는 없다. 어디서부터 시작됐는지는 가늠할 수 없으나, 거의 67만 가구가 자기 집이 있으면서도 전세를 살고 있다. 살고 있는 집의 전세금이 올라서 어쩔 수 없이 자신도 세입자에게 똑같이 전세금을 인상할 수밖에 없는 가구가 67만이나 된다는 말이다. 모두가 연결되

어 있는 경제 구조 특성상 정부의 적절한 통제가 없으면 재산권 남용
은 불가피한 흐름이 될 수밖에 없다.

이런 상황에서 정부가 금융정책을 통해 시장의 수요를 확장시키는
것은 불난 곳에 기름 붓는 격이나 다름없다. 특히 정부는 식료품 등의
물가 상승에는 가격 조사를 하거나 정부가 직접 공급 확대를 주도하
는 등 매우 적극적인 가격 통제 신호를 보내면서도 경제재와 관련한
3대 수요 중 하나인 주거 문제만큼은 언제나 시장 원칙을 내세워 개
입을 꺼린다. 심지어 2010년에는 국토해양부 장관이 급증하는 전세
난을 두고 "전세난은 심각한 수준이 아니며 정부 차원에서 별도로 준
비 중인 전세 대책은 없다."라며 무대책을 자랑하는 황당함을 연출하
기도 했다. 뒤늦게 2011년 1월과 2월, 두 차례에 걸쳐 긴급 전·월세
시장 대책을 내놓기는 했으나, 여전히 공공 부문의 공급 확대 정책이
나 주택임대차보호법 개정을 통한 주거 약자 보호책은 빠진 채 전세
자금 대출을 가구당 8000만 원으로 늘리고 금리를 연 4%로 낮추는 금
융정책으로 일관했다.

제대로 된 정부라면 전세 제도가 투기의 지렛대 역할을 하지 못하
게 하면서 동시에 과도한 재산권 남용을 규제해 주거 약자를 보호해
야 한다. 주택 시장이 안정된 유럽의 경우 각 지역별로 공정 임대료를
정하거나 평균적인 임대료를 정하고 그 이상으로 임대료를 책정하지
못하도록 금액 상한제를 운영하는 곳도 있다. 인상률 상한제를 채택
하고 있는 것은 기본이고 영국의 경우에는 집주인이 정한 임대료에
세입자가 이의를 제기하면 임대료 조정관이나 조정위원회가 임대료
를 조정할 수 있다. 특히 세입자가 계약 종료 의사를 표시하지 않는

한 임대차 계약이 계속 유지된다. 만약 집주인이 계약 연장을 거부하고자 한다면 정당한 사유가 있어야 하는데, 영국은 그 사유를 법률로 정해 놓았고 일본은 법원이 판단한다. 이렇게 선진국은 주거 약자를 보호하는 정책을 통해 임대 시장의 급격한 가격 변동에 따른 사회의 충격을 최소화함으로써 혼란을 방지하고 있다.

아직까지 우리나라에서는 세입자 보호 정책이 개인의 사유재산권을 침해한다고 보는 정서가 강하다. 그러나 집을 가지고 과도한 부를 챙기지 못하게 하는 정도의 규제는 사회정의에 부합하는 것으로 받아들여야 한다. 그런 부분적인 제한을 통해 부동산 시장 전체가 안정되면 국가 경제 전반에도 긍정적인 영향을 미친다. 실제로 부동산 투기가 지나치면 장기적으로 금융시장 전체가 혼란에 빠진다. 제로섬 게임 혹은 공멸을 자초할 수도 있는 부동산 투기의 자유를 제한하는 것은 국가의 안정을 위해 반드시 필요하다. 모든 것을 개인의 자유로운 권리 행사로 내버려 둘 거라면 신호등은 왜 만들고 횡단보도는 왜 만드는가.

전체 시장을 보호하려는 적절한 규제는 시장 참여자 간에 공정한 룰로 이해되어야 한다. 특히 주거 약자를 보호하는 정책은 정부의 중요한 역할 중 하나이다. 이것을 오로지 재산권 보호에만 초점을 맞춰 과도할 정도로 주거 시장을 불안하게 만드는 것은 정부의 심각한 직무 유기이다. 정부가 이처럼 중요한 역할을 방기하면서 우리는 부동산 계급이 존재하는 세상에 살게 되었다(표 참조).

그런데도 정부는 여전히 주거 약자 보호는커녕 금융권의 수익을 더 늘려 주는 정책을 취한다. 전세 자금 대출을 확대하게 되면 전세금 인

## [표] 부동산 계급

| 주택 가격 | 주택 수(만 채) | 비율(%) |
|---|---|---|
| 11억 2500만 원 초과 | 10.3 | 0.8 |
| 9억~11억 2000만 원 | 10.7 | 0.8 |
| 7억 5000만~9억 원 | 8.1 | 0.6 |
| 6억~7억 5000만 원 | 28.9 | 2.1 |
| 3억 7500만~6억 원 | 63.8 | 4.7 |
| 2억 5000만~3억 7500만 원 | 106.2 | 7.8 |
| 1억 2500만~2억 5000만 원 | 272.8 | 20.1 |
| 1억 2500만 원 이하 | 854 | 63.1 |

資料: 손낙구, 『부동산 계급사회』

상과 더불어 서민들이 은행에 이자를 더 많이 내야 한다. 전세 자금 대출이 상대적으로 저금리라고 하지만 이자가 없는 것은 아니다.

대출 한도를 늘려서 전세난을 해결하는 사이, 집을 가진 하우스 푸어에 이어 집조차 없는 '하우스리스 푸어(houseless poor)'라는 신조어까지 등장했고 서민들은 2년마다 전세 난민이 되고 있다. 정부는 주거 복지 대신 금융정책을 선택함으로써 주거 불안을 해결하지 못했을 뿐 아니라 서민을 빚으로 내몰고 금융권에는 전세 보증금을 담보로 안정적인 이자 수입을 챙길 수 있게 해 줬다.

주거 복지뿐만이 아니다. 정부는 이런저런 금융정책을 서민 금융 기반 강화라는 명분하에 강력하게 추진해 왔다. 금융위원회가 2011년 내놓은 '서민금융 기반강화 종합대책'도 돈을 빌려 주는 것에만 초점을 맞췄다. 미소금융과 햇살론을 확대하고 고금리 대출을 저금리 대출로 바꿔 주는 전환 대출의 활성화가 골자로, 주로 제1금융권을 이용할 수 없는 저신용 저소득 계층을 위한 대책이라고 한다.

당장 긴급 자금이 없어 사채를 이용할 수밖에 없는 서민에게는 어느 정도 반가운 소식일 수 있다. 그러나 비교적 낮은 이자로 돈을 빌려 쓰는 것이 한계상황에 내몰린 저소득 가구에 근본적인 도움이 될 수는 없다. 급한 불 껐다고는 하지만 그 또한 빚이기 때문에 갚아야 할 의무는 여전하다. 특히 햇살론과 전환 대출은 연 10%가 넘는 또 하나의 고금리 상품이다. 연 20% 이상인 카드 대출이나 30%가 넘는 사금융을 이용하는 것보다는 낫지 않느냐고 반문할 수도 있지만 이자율이 연 10% 이상이라면 저소득층에게 감당하기 어려운 것은 마찬가지이다. 저소득 계층을 위해 정부가 할 일은 복지 정책이지 돈을 빌려주는 대부업이 아니다. 이미 늘 돈에 쫓겨 빚에 허덕이는 마당에 정부까지 나서서 사회복지로 해결해야 할 것을 대출 상품으로 대신하는 것은 근본적으로 문제가 있을 수밖에 없다.

정부가 저소득 서민 가구에 금융 지원을 하고 싶다면 이렇게 빚을 늘리는 정책으로 가선 안 된다. 오히려 극단적인 상황은 사회복지로 해결하고 자립의 동기를 끌어올리기 위해 저축을 장려해야 한다. 서울시의 '희망플러스 통장'이 좋은 예이다. 저소득 서민 가구가 저축을 하면 서울시도 같은 액수를 저축해 주는 제도인데, 이를테면 저소득 가구가 10만 원을 저축하면 서울시에서도 10만 원을 보조하는 식이다. 이러한 정책은 저소득 서민 가구에 큰 희망을 주고 말 그대로 자립을 지원한다. 정부는 나서서 빚을 늘리는 대신 서민을 살리는 방법이 진정 무엇일지를 고민해야 할 때이다.

지난 2011년 한 해 우리나라 신용카드 이용 금액은 총 558조 5000억 원으로 카드 대란 직전인 2002년 이후 가장 큰 규모를 기록했다. 또 발급된 카드 수는 1억 2000만 장을 넘어섰다. 우리나라는 1987년 신용카드업법을 만들어 신용카드 제도의 기틀을 마련하였지만 신용카드 사용이 활성화된 것은 그로부터 10년 정도가 지난 뒤의 일이다.

정부는 1998년 외환 위기 와중에 신용카드업법을 폐지하고 여신전문금융업법을 제정하여 본격적인 신용카드 사용 활성화에 나섰다. 외환 위기 이후 경기 부양 수단으로 가계 부채에 의존하는 정책을 폈는데, 그 핵심이 신용카드였다. 외환 위기에 이은 구조조정으로 극심한 소득 감소를 겪고 있는 국민에게 정부가 일자리 대신 신용카드를 쥐어 준 것이다. 정부는 신용카드 영수증 복권제와 신용카드 사용액 소득공제 제도를 도입하고 현금 서비스 한도 철폐, 길거리 모집 허용 등을 통해 신용카드 사용을 적극 장려했다. 신용카드사들도 이러한 정부 정책에 편승해 공격적인 영업을 펼쳤다. 소득이나 재산, 직업의 유무는 신용카드 발급에 아무런 장애가 되지 않았다. 그 결과 신용카드 사용이 폭발적으로 증가했다. 2002년 신용카드 이용 금액은 623조 원(현금 서비스 328조 원 포함)에 달했고 개인의 신용도를 고려하지 않은 무분별한 카드 발급으로 2003년 신용카드 위기가 찾아왔다.

처음에는 단순히 소비자신용을 제공하는 수단으로 등장했지만 그 사용 규모가 늘면서 신용카드는 보편적 지급 결제 수단의 지위를 얻었다. 보편적 지급 결제 수단은 국가 경제를 위해 필수적인 인프라에 해당하는 만큼 공공재로 취급되어야 한다. 예를 들어 대표적인 보편적 결제 수단인 화폐는 그 발행과 폐기에 드는 비용을 모두 국가가 부담한다.

정부는 신용카드 가맹점 가입 의무화, 신용카드 지출 법정 증빙 인정, 신용카드 차별 대우 금지 등을 통해 신용카드에 사실상 강제 통용력을 부여하고 있다. 결국 신용카드는 국가가 보편적 지급 결제 수단의 지위를 보장한 '신용 화폐'인 셈이다. 따라서 관련 인프라는 공공재로 취급되어야 하고 국민의 부담도 최소화해야 한다. 신용카드 사용에 따르는 비용인 카드 수수료, 카드 단말기 설치 비용, 신용카드 결제 시스템 구축 및 운영에 공적 개입과 비용 부담이 이루어져야 한다. 또 통화정책의 하나로 신용카드 사용 전반에 관한 공적 관리가 필요하다. 그러나 실제로는 신용카드 관련 비용은 소비자와 소규모 자영업자에게 집중되어 있다. 화폐 발급에 따른 비용은 국가가 관리하고 부담하면서 신용카드는 시장 논리에 그대로 맡겨 둠으로써 카드사의 배를 불리는 데 악용되고 있다.

[표] 신용카드 가맹점 수수료 현황

| 구분 | 업종 | 평균 수수료율(%) |
|---|---|---|
| 대형 가맹점 | 통신 서비스 | 1.43 |
| | 종합병원 | 1.51 |
| | 대형 할인점 | 1.63 |
| | 국산 신차 | 1.7 |
| 중소형 가맹점 | 음식점 | 2.38 |
| | 미용실 | 2.47 |
| | 자동차 정비 | 2.66 |
| | 문구 | 2.59 |

資料: 삼일피더블유시컨설팅

　정말로 시장 논리를 따른다면 애초 정부가 나서 신용카드 소액 결제 거부권을 막아서도 안 됐다. 카드사는 상인들이 카드 결제를 거부하지 못하게 정부가 강제하는 데는 입을 다물면서도 불평등한 카드 수수료를 바로잡아야 한다는 의견에는 시장 논리에 맞지 않는다고 아우성이다. 그렇게 시장 논리를 최고의 가치로 여긴다면 애초 카드 결제 거부 불가 원칙에도 똑같은 반응을 보였어야 했다.

　결과적으로 정부가 개입해 카드사의 수익만 안정적으로 확보해 준 셈이다. 카드사는 그 길을 편안히 걸어가면서 힘없는 중소 영세 상인에게 착취에 가까운 영업을 하고 있으니 황당할 수밖에 없다. 카드 가맹점 수수료는 고스란히 상품 가격에 반영된다. 따라서 결국은 소비자의 주머니를 털어 카드사 수익을 늘려 주고 있는 셈이다. 더 큰 문제는 대형 가맹점은 상대적으로 적은 비용을 부담하기 때문에 상품 가격에서도 우월한 위치를 점할 수밖에 없다는 것이다. 중소 영세 상인들이 대형 마트와 기업형 대형 슈퍼마켓(SSM)에 골목 상권을 내줄 수밖에 없는 것도 이 때문이다.

길게 보면 소비자는 단순한 소비자가 아니다. 언제든 비정규직으로 밀려나거나 일을 그만둘 수 있는 불안한 노동 환경에 처한 노동자이다. 내 주머니에서 나온 수수료가 돌고 돌아 카드사와 대형 가맹점에 절대적으로 유리한 시장 환경을 만들고 있다. 내가 신용카드를 사용하는 탓에, 직장에서 밀려나면 작은 동네 슈퍼라도 하면 된다는 믿음조차 설자리가 없어지는 것이다.

힘의 쏠림 탓에 공정한 시장 경쟁이 불가능하고 공공재나 다름없는 신용카드를 시장에만 맡겨서는 안 된다. 결국 약자들만 손해 보는 제로섬 게임이 되기 때문이다. 기업도 마냥 좋은 것이 아니다. 당장은 신용카드 덕분에 소비가 늘어 기업 매출에 도움이 되겠지만 길게 보면 소비자가 파산하고 동네 슈퍼조차 들어설 수 없는 상황이라면 결국 기업도 손해이다. 누구나 이용하고 모두의 삶에 영향을 미치는 것은 철저히 공적으로 관리되어야 한다. 바로 '신용 화폐'인 신용카드에 공적 관리가 필요한 이유이다.

# 제2부

# 덫에 걸린 한국경제

# 신자유주의와 불평등의 세계화

'신자유주의(Neo-liberalism)'란 경제에 대한 정부의 역할을 최소화하고 시장의 기능을 중시하는 경제 이론으로 1980년대 이후에 본격적으로 대두되었다. 1970년대 이후 세계적인 불황이 닥치자 케인스 이론에 기반을 둔 수정자본주의에 대한 반론으로 다시 경제적 자유방임주의로 회귀할 것을 주장하면서 나왔다. 레이거노믹스와 대처리즘의 근간이 된 경제이론이다.

제2차 세계대전 종전 이후 서구 자본주의는 1970년대 이후 급격한 이윤율의 하락에 직면하면서 스태그플레이션으로 표현되는 장기 침체 국면을 맞이하게 된다. 특히 미국의 장기 침체는 매우 심각했다. 미국 경제는 세계 제조업 시장에서 퇴조의 징후가 뚜렷해진 자국 기업의 경쟁력을 회복하고 이를 통해 하락 국면에 있던 이윤율을 끌어올리는 것이 가장 시급한 과제가 되었다.

이에 레이건 정부는 고금리 정책을 통해 경쟁력을 상실한 기업들에 대한 강도 높은 구조조정을 추진했다. 그와 동시에 노조를 무력화하는 강력한 반노조 정책과 세금 인하, 그리고 대대적인 규제 완화를 단행함으로써 구조조정 과정에서 살아남은 기업들에 대해서는 경쟁력 회복과 이윤율 상승을 위한 강력한 제도적 지원을 아끼지 않았다. 모든 정책의 우선순위를 기업과 자본의 경쟁력 및 이윤율 회복에 두었던 이른바 레이거노믹스(Reaganomics)는 이렇게 탄생했다.

### 공급 중시 경제학의 주장

신자유주의 성장 모형은 1980년대 초반 이후 펠드스타인(Martin Feldstein)과 래퍼(Arthur Laffer) 등 이른바 '공급 중시 경제학'에 속하는 일단의 경제학자들에 의해 제시되었다. 이들은 미국 내 사회복지 시스템과 이를 실현하기 위한 과도한 세금의 징수가 민간 부문의 가처분 소득과 저축 여력을 감소시켰고, 이로 인해 기업의 투자가 감소함으로써 기업 부문의 생산성 및 경쟁력이 쇠퇴하고 미국 경제 전체가 저성장 국면에 빠질 수밖에 없었다고 주장했다.

따라서 이들 공급 중시 경제학자들이 미국 경제의 회복을 위해 제시한 일차적 과제는 사회복지 시스템의 해체와 세금 인하를 통해 민간 부문의 저축 여력을 회복하고 기업의 투자를 자극함으로써 기술혁신 및 생산성 증가를 달성하는 데 있었다. 미국 경제를 위한 이들의 처방은 당연히 시장에 대한 국가 개입 반대와 '작은 정부'에 대한 옹호로 나타났다.

한편 기업 투자의 증대를 위해서는 감세를 통한 저축 여력의 증대와 더불어 낮은 금리가 필요했다. 이를 위해서는 인플레이션을 억누

르기 위한 반인플레이션 정책이 필수적이었다. 인플레이션 억제를 위해서는 임금을 억제할 필요가 있었고, 당연히 노동조합을 시장경제와 경제성장의 적으로 간주하는 '정책적' 반노조주의를 낳을 수밖에 없었다. 또한 일정한 통화준칙에 따른 통화량 조절을 요구하는 통화주의 정책이 옹호될 수밖에 없었으며, 이러한 통화주의의 옹호는 시장에 대한 정부 개입 무용론으로 이어지면서 시장 내 자본 및 기업 활동에 대한 탈규제화를 정당화했다.

### 신자유주의 성장 모델

신자유주의 정책은 경쟁력을 상실한 기업들의 경쟁력을 회복하기 위한 정책적 수단으로 도입된 것이어서 기업의 극대화된 이윤과 효율성의 추구에 방해가 되는 시장 내 다른 경제주체들에 대해서는 매우 적대적일 수밖에 없었다. 그럼에도, 신자유주의 이데올로기는 '기업의 효율성'을 '시장의 효율성'과 등치시키고 기업 이윤을 극대화하기 위한 정책을 시장의 효율성을 극대화하기 위한 정책으로 부름으로써 기업과 시장을 동일시할 것을 요구하였다. 이를 통해 이른바 '보이지 않는 손'이란 시장이데올로기에 기대어 극대화된 이윤을 추구하고자 하는 기업과 자본의 탐욕에 지적 권위와 정당성을 부여할 수 있었다.

신자유주의는 그것이 갖는 '완전한 시장'에 대한 이데올로기와는 별개로 정책으로서는 심각한 자기모순을 지니고 있었다. 즉 정책으로서 신자유주의는 경제의 공급 측면을 강조하면서 자본과 기업의 혁신을 통해 지속적인 경제성장을 달성하기 위한 것이었지만, 신자유주의자들 스스로 강조하고 있듯이, 이를 달성하기 위해서는 노조 분쇄를 통한 임금의 억제와 감세 및 작은 정부의 추구를 통한 재정 규모의 축소가 필수적으로 요구되었다. 따라서 신자유주의 정책은 경제의 또 다른 한 축인 수요에 대해서는 매우 적대적일 수밖에 없었다. 결국 신자유주의 정책에는 한편으론 반노조주의와 임금 억압을 통한 사회적 소비 기반의 축소를 요구하면서, 또 다른 한편으론 이를 유지하거나 부양해야 하는 치명적 모순이 내재되어 있었다.

그렇다면 임금 억압을 통해 노동자들의 소비 기반을 제약하면서 동시에 이를 유지하거나 부양하는 것이 어떻게 가능할 수 있을까? 신자유주의 정책에 내재된 이러한 모순을 정당화하기 위한 이론이 이른바 '자산효과(wealth effect)' 이론이다. '자산효과' 란 임금과 가처분 소득의 증가가 아닌 주택, 부동산, 주식 등과 같은 자산 가격의 상승을 통해 소비의 창출이 가능하다는 것이다. 즉 '자산효과' 에 기초해 '임금 억압 및 낮은 인플레이션→저금리→물적 자본에 대한 기업 투자의 증가→기술혁신 및 생산성 증가→기업 이윤의 증가→자산(주식) 가격의 상승→소비의 증가→경제성장' 이라는 신자유주의 성장 모델이 완성된 것이다.

이와 같은 신자유주의 성장 모델은 기본적으로 낮은 인플레이션 하에서만 자신의 실질적 부를 증대시킬 수 있기 때문에 임금 상승과 인플레이션에 적대적인 금리 생활자들의 이해관계를 반영한 것이라 할 수 있다. 이러한 성장 모형이 원활하게 작동하기 위해서는 금리 생활자들의 이해관계를 정당화하는 금융 및 자산시장 중심으로 국민경제적 기반이 재편되어야만 했다. 미국 경제에서 금융 및 자산시장의 비약적 성장과 이를 기반으로 하는 국민경제의 재편은 클린턴 행정부의 집권기 및 연방준비제도이사회 의장이었던 앨런 그린스펀(Alan Greenspan)의 18년에 걸친 재임기간(1987~2005년) 동안에 완성되었다.

## 신자유주의와 금융 위기

2001년 주식시장의 거품 붕괴로 인해 '자산효과'에 기초해 미국 경제의 성장을 이끌었던 소비가 급격히 위축되었다. 미국 경제는 마이너스 성장을 기록하는 등 위기에 직면한다. 이에 대응해 연방준비제도이사회는 금리를 1% 수준까지 낮추고 통화를 대량으로 공급함으로써 경기 후퇴를 저지하고자 하였다. 이러한 확장적 통화정책에 힘입어 미국 경제는 다시 정상을 되찾는 듯했다. 그러나 주식시장 붕괴에 이은 경기 후퇴와 그에 대응한 과잉 유동성의 공급은 주식시장을 대신할 또 다른 자산시장으로 엄청난 자금이 유입되는 결과를 낳는다. 그로 인해 2003년 이후 미국의 주택 가격이 폭등하면서 주택 및 부동산 시장에서 새로운 거품이 형성되기 시작했다.

2003년 이후 미국 주택 가격은 매년 평균적으로 10%씩 올라서 금융위기 직전인 2007년 무렵에는 주택 가격이 2000년 초반에 비해 거의 두 배 가까이 상승하였다. 주택 가격의 가파른 상승은 대출을 통한 가계 부문의 주택 구입을 부추겼고, 주식시장 호황 때와 마찬가지로 미국경제의 성장동력이었던 왕성한 소비를 지탱해 주었다. 저금리로 제공되는 풍부한 유동성은 서브프라임모기지를 통해 신용도가 낮은 사람들에게도 집값의 90%를 대출해 주는 것을 정당화했으며, 주식시장 붕괴로 투자처를 잃은 미국의 금융기업들은 서브프라임모기지 채권이 편입된 펀드와 파생금융 상품을 판매함으로써 고수익을 얻을 수 있었다. 세계 각 지역에서 '고위험 고수익' 상품인 서브프라임모기지 관련 펀드와 파생금융 상품 구입을 위해 1조 달러가 넘는 자금이 미국으로 흘러들었다. 주택 가격 상승에 기초해 되살아난 소비와 대규모 해외자금 유입은 금융 위기 직전 마지막 호황을 이끌며 미국 경제에 누적된 모순을 노골적으로 은폐하는 데 일조했다.

그러나 당시의 호황 국면이 2001년 주식시장 붕괴 때와 마찬가지로 투기적 붐에 기초한 성장이었음이 증명되는 데에는 채 5년이 걸리지 않았다. 2006년 말부터 미국의 주택 가격은 하락하기 시작했으며, 서브프라임모기지의 연체율과 주택 압류율이 급증하면서 서브프라임모기지 관련 파생금융 상품은 자산가치 평가가 곤란한 휴지조각으로 전락했다. 주택 대출금 상환이 불가능해진 가계의 소비는 급격히 위축되기 시작했고, 고수익을 쫓아 미국의 파생금융 상품에 투자했던 해외 투자자들의 막대한 손실 또한 불가피해지면서 자금이탈이 가속화되었다. 미국 자산시장에서의 거품붕괴는 파생금융 상품을 매개로 세계화된 금융거래망을 통해 전 세계로 신용 위기를 확산시켰다. 이는 결국 유동성 부족으로 인한 은행 위기와 금융 위기를 촉발시킴으로써 세계적인 경제 위기로 귀결되었다.

### 신자유주의와 불평등의 확산

신자유주의는 사회보장 시스템을 시장경제의 적으로 간주하여 해체하거나 축소하였다. 기업에 대한 강력한 구조조정을 통해 대량해

고와 실업이 정책적으로 조장되었고, 국가정책의 목표는 완전고용 달성에서 반인플레이션 정책으로 바뀌었다. 노조를 분쇄하고 파괴하기 위한 대대적인 공격이 가해졌고, 그 결과 중산층 이하 노동자들의 시간당 실질임금은 정체되거나 하락했다. 경기 호황과 낮은 실업률에도, 공장의 정규직 노동자는 저임금의 비정규직 노동자로 대체되었으며 고용의 질은 지속적으로 악화되었다. 반면 실질소득에서 상위 10%의 소득이 차지하는 비중은 빠르게 증가해 1930년대 대공황기 이후 가장 높은 수준에 도달했다. 당연한 결과이지만, 미국 사회 내 소득불평등도는 지속적으로 상승했다.

1980년대 이후 세계적으로 신자유주의 정책 기조가 확산되면서 사회 양극화가 극심해졌다. 자본주의와 시장경제는 시장의 자율조절 기능을 강조하는 자유 경쟁을 토대로 하기 때문에 발전하면 할수록 부익부빈익빈 현상이 심해지는 내재적 한계를 갖는다. 이런 내재적 한계 때문에 이를 완화하고 시정하기 위한 정부의 역할이 요구된다. 그러나 신자유주의는 '보이지 않는 손'이라는 시장의 자율적 조정 기능에 대한 절대적 믿음을 전제로 해서 정부의 개입을 반대했다.

우리나라도 세계화와 민영화를 정책의 기조로 내세웠던 1990년대 초반 김영삼 정부 때 신자유주의를 받아들였다. 금융자유화와 금융 개방 정책들이 속속 도입되고 재벌 규제가 급속히 완화되었다. 이는 결국 우리 경제의 구조적 문제를 심화시키고 불안정을 키워 1997년 외환 위기를 불러오는 결정적 원인이 되었다.

2008년에 글로벌 금융 위기가 닥치자 세계 각국은 신자유주의에서 벗어나기 위한 정책 전환을 본격적으로 추진했다. 그런데 우리나라의 경우에는 당시 집권한 이명박 정부가 정책 기조의 전환 없이 신자유주의를 그대로 받아들여 부자감세와 대기업 규제 완화 등을 시행했다. 그 결과 경제를 살리기는커녕 사회적 양극화와 갈등만 심화시키고 말았다. 서민들은 빚을 내어서 생활을 영위할 수밖에 없었고 이렇게 늘어난 가계 부채가 결국 지금에 와서는 우리 경제의 뇌관이 되고 말았다.

## 낙수경제론의 실패

신자유주의를 뒷받침하는 이론적 논거의 핵심에 낙수경제론 (Trickle-down Economics)이 있다. 낙수경제론이란, 대기업과 부자가 잘살게 되면 그 혜택이 낙수효과(Trickle-down Effect)를 통해 아래로 떨어져 나머지 국민도 잘살게 된다는 이른바 하향식 경제론 (Top-down Economics)이다. 부자와 대기업에 대한 규제를 완화하고 세금을 깎아 주면 서민과 중소기업은 자연히 잘살게 되리라는 믿음 때문에 신자유주의를 받아들인 각국 정부는 대규모 감세정책과 규제 완화정책을 추진했다.

그런데 그 결과는 참담했다. 미국의 경우에도 사회적 양극화가 심화되면서 중산층의 몰락을 가져왔고, 결국 2008년 금융 위기의 원인이 되고 말았다. 2000년대에 들어 미국에서는 금융 규제 완화와 연방준비은행의 저금리 정책을 배경으로 주택시장의 거품이 심각한 수준에 도달했다. 결국 거품이 터지면서 금융시스템이 붕괴하고 글로벌 금융 위기가 촉발되었다. 2008년 금융 위기를 촉발한 서브프라임 모기지는 미국 정부가 소득불평등 확대에 따른 사회불안을 완화하기 위해 저소득층에게 주택 구입을 위한 대출을 촉진하면서 가계 부채가 증가하고 주택 가격의 거품이 나타남으로써 시작된 것이다.

# 신자유주의의 덫에 걸리다

    한국은 불과 60여 년 전만 해도 전쟁의 폐허 속에서 국제 원조를 받아야 했던, 세계에서 가장 가난한 국가였다. 그런데 이제는 세계 10위권의 경제 규모를 자랑하는 국가로 성장하여 세계경제의 대표적 성공 모델로 꼽히고 있다. 원조를 받던 국가에서 원조를 하는 국가로 발전한 나라는 한국이 유일하다고 한다. 이러한 경제 규모의 외형적 성장을 놓고 많은 국가들이 찬사와 부러움을 보내고 있다.

    국민들은 과연 짧은 기간에 이렇게 놀라운 성장을 이루어 낸 국가의 구성원이라는 사실에 자부심을 느끼고 있을까? 아니, 좀 더 직설적인 질문으로 바꾸어, 행복하다고 느낄까? 선뜻 그렇다고 답할 수 없다는 게 문제이다.

    현재 우리 사회의 현상에 대해 자조적인 표현들이 사람들의 입에 자주 오르내리고 있다. 그 가운데 몇 가지만 적어 보자면 이렇다. 어떤 이는 우리 사회가 미끄럼틀만 있고 사다리가 없다고 한다. 계층이

동의 가능성이 희박해서 꿈과 희망을 가질 수 없다는 말이다. 또 어떤 이는 패자부활전이 없는 나라라고 한다. 특히 외환 위기 이후 경쟁에서 뒤처진 사람들이 양산되었는데, 그들이 재기하도록 도와줄 사회적 안전망이 취약한 현실을 꼬집는 말이다.

한국은 지금 경제의 성장 동력을 잃고 저성장의 늪에 빠져 있다. 곳곳에서 우리 경제의 지속가능한 발전에 대해 우려하는 목소리를 내고 있다. 국민 대다수는 불안한 일자리와 극심한 양극화, 범죄율의 증가를 비롯한 여러 사회적 위험 요소를 체감하며 미래를 걱정하고 있다. 이런 미래 불안감을 그대로 보여주는 지표가 세계 최고의 자살률과 국가의 미래가 걱정스러울 정도로 낮은 출산률 등일 것이다.

우리나라의 50대 남성 자살률은 1988년 10만 명당 14.6 명에서 2011년 61.9 명으로 크게 증가했다. 무려 4배 이상이나 늘어난 것이다. 외환 위기와 금융 위기 시기에 구조조정과 도산 등으로 길거리로 내몰린 50대 중년 가장들을 우리 사회가 지켜 주지 못한 것이다. 이는 우리 사회의 사회안전망이 얼마나 취약한가를 보여 주는 가슴 아픈 사례이다.

한국은 노인 인구가 전체 인구의 14% 이상을 차지하는 고령화사회로 급속히 진입하고 있다. 이런 추세대로라면 머지않아 전체 인구의 20% 이상이 노인층인 초고령화사회에 도달할 것이라고 한다.


**감세 효과로 투자가 늘 것이라는 거짓말**

성장이 고용을 수반하지 않는 현재의 경제시스템에서 낙수효과를 기대할 수는 없다. 부자들을 위한 경제정책이 저소득층에 대한 소득

재분배와 지역경제 활성화로 연결되기는커녕 오히려 불공정 거래와 경제력 집중, 사회 양극화와 같은 시장의 실패를 낳고 말았다. 결국 2008년 글로벌 금융 위기와 함께 전 세계는 신자유주의의 폐해를 확인하고 정책 기조를 전환하게 되었다.

그런데 우리나라의 경우에는 이러한 세계적 흐름에 한참 뒤떨어져 있었다. 이명박 정부는 이미 파산선고를 받은 신자유주의 경제정책을 완고하게 밀어붙였다. 집권 초반부터 수출대기업을 지원하기 위한 고환율 정책, 고소득자와 대기업의 소득을 늘려주기 위한 부자감세, 대규모 토목공사로 건설 경기를 부양하기 위한 4대강 사업 등을 강력하게 추진한 것이다. 그 결과 우리 경제는 고물가, 고유가, 서민경제 파탄, 재정건전성 악화, 지방재정 황폐화, 사회 양극화와 계층 간 갈등의 심화 등 중병에 걸려 신음하는 현실을 맞이하게 되었다.

경제성장을 선도하는 대기업들이 외환 위기 이후 생산성과 효율성을 높이는 투자에 주력하면서 대기업의 일자리 창출 능력이 현저히 줄어들었다. 2000년부터 2010년까지 최근 10년간 대기업과 중소기업의 신규 고용창출 효과를 보면, 대기업의 고용은 21만 5,000명 감소한 반면에 중소기업의 고용은 358만 2,000명이나 증가하였다.[1] 대기업 친화적인 정책이 고용과 경제 활성화에 더 이상 기여하지 못하는 이유이다. 중소기업을 육성하는 것이 더 많은 일자리를 창출하는 길임을 알 수 있다.

현재 우리나라 대기업이 보유하고 있는 유보소득은 수백조 원에 이

---

1) 중소기업중앙회, 2012 중소기업 위상지표, 2012. 12.

른다. 특히 10대 재벌 대기업의 내부 유보액은 2012년 말 현재 405조 2,484억에 달한다. 돈이 없어서 투자를 못하고 있는 것이 아니다. 따라서 감세 혜택을 통해 대기업의 소득이 증가하면 투자가 늘어날 것이라는 말은 현실을 모르고 하는 소리이다. 게다가 최근 대기업들의 투자를 보면 국내 고용을 수반하지 않는 해외투자가 급속히 증가하고 있다. 국내 고용을 창출하는 중소기업들의 투자가 더욱 소중한 이유이다.

### 신자유주의의 덫 1 : 고용 악화

최고의 복지는 좋은 일자리이다. 국민 대다수에게 안정적이고 질 좋은 일자리가 보장되지 않는다면 소득불평등에 따른 사회 양극화는 더욱 심화될 수밖에 없다. 수출 제조업 중심의 산업화 단계였던 한국경제 1.0 시절에는 성장 자체가 좋은 일자리 창출 정책이었다. 경제의 성장에 힘입어 일자리가 늘었고 결국 이것이 고용복지였던 셈이다. 그러나 이제는 옛날이야기가 되고 말았다. 제조업이 고용 없는 성장을 하면서 성장이 고용으로 이어지지 않고 있기 때문이다. 게다가 글로벌 금융 위기 이후 한국경제가 저성장의 늪에 빠지면서 일자리 창출이 갈수록 어려워지고 있다.

그 결과 경제 규모는 계속 커지는데 고용률은 그에 상응하여 오르지 못하고 있고 고용의 질도 갈수록 악화되고 있다. 15~64세 기준으로 우리나라의 고용률을 보면 아래 〈표〉에서 보는 것처럼 2012년 말 현재 64.2%로 주요 선진국들은 물론 OECD 평균보다도 낮다.

제조업 중심의 산업사회에서 서비스업 중심의 지식기반사회로 급속히 바뀌어 가면서 최근 고용의 질도 갈수록 악화되고 있다. 생산성

<표> OECD 주요국가의 15~64세 고용률 (단위: %)

|  | 2005 | 2006 | 2007 | 2008 | 2009 | 2010 | 2011 | 2012 |
|---|---|---|---|---|---|---|---|---|
| 독일 | 65.6 | 67.2 | 69.0 | 70.2 | 70.4 | 71.2 | 72.6 | 72.8 |
| 영국 | 70.7 | 72.6 | 72.4 | 72.7 | 70.6 | 70.3 | 70.4 | 70.9 |
| 일본 | 69.3 | 70.0 | 70.7 | 70.7 | 70.0 | 70.1 | 70.3 | 70.6 |
| 미국 | 71.5 | 72.0 | 71.8 | 70.9 | 67.6 | 66.7 | 66.6 | 67.1 |
| OECD 평균 | 65.3 | 66.0 | 66.5 | 66.5 | 64.8 | 64.6 | 64.8 | 65.1 |
| 한국 | 63.7 | 63.8 | 63.9 | 63.8 | 62.9 | 63.3 | 63.9 | 64.2 |
| 프랑스 | 63.7 | 63.6 | 64.3 | 64.8 | 64.0 | 63.9 | 63.9 | 63.9 |

자료: OECD employment database, 2013.

이 낮은 서비스업 일자리가 신규 일자리의 대부분을 차지하면서 일자리의 질이 예전보다 나빠지고 있는 것이다. 최근 10년간 소득 수준별 일자리 비중의 추이를 보면 고소득 일자리는 2003년 29.5%에서 2012년 25.7%로 줄어든 반면에 저소득 일자리는 10.5%에서 14.0%로 증가한 것을 알 수 있다. 일자리의 양도 줄어드는데다 질조차 악화되고 있어서 갈수록 저소득층이 늘고 있는 것이다.

<표> 최근 10년간 소득별 일자리 비중 변화 (단위: %)

|  | 2003 | 2004 | 2005 | 2006 | 2007 | 2008 | 2009 | 2010 | 2011 | 2012 |
|---|---|---|---|---|---|---|---|---|---|---|
| 고소득 | 29.5 | 27.6 | 29.7 | 22.8 | 24.3 | 27.0 | 27.8 | 28.3 | 25.0 | 25.7 |
| 중소득 | 60.0 | 59.6 | 58.3 | 61.9 | 61.2 | 61.4 | 59.6 | 59.5 | 61.0 | 60.3 |
| 저소득 | 10.5 | 12.8 | 12.0 | 15.3 | 14.4 | 11.6 | 12.5 | 12.2 | 14.1 | 14.0 |

자료: 현대경제연구소, '최근 10년간 일자리 구조 변화의 특징'
* 고소득: 중위소득의 150% 이상, 중소득: 50% 이상 150% 미만, 저소득: 50% 미만

우리나라 실업률은 2013년 6월 기준으로 3.1%이다. 일본(4.2%), 독일(5.3%), 호주(5.5%), 미국(7.8%), 프랑스(10.5%) 등 주요 선진국과

비교하면 상당히 낮은 수준이다.[2] 이렇게 우리나라의 실업률이 낮은 이유는 통계상의 문제 때문이다. 실업률은 '경제활동인구 중 실업자의 수'로 계산하는데, 우리 정부가 발표하는 공식실업률은 경제활동인구에서 제외되는 사람이 많아서 국민들이 피부로 느끼는 체감실업률보다 훨씬 작게 나타난다. 경제활동인구를 현실적으로 잡을 경우에는 사실상 실업률은 15.1%에 달하는 것으로 추정된다.

이런 통계상의 문제 때문에 국가 간 비교에는 한계가 있다. 그래서 OECD는 실업률과 함께 고용률을 적극 활용할 것을 권장하고 있다. 고용률은 15세 이상 생산가능인구 중에서 취업자가 차지하는 비율로 실질적인 고용 창출 능력을 나타낸다. OECD 주요 국가들의 2012년 성별·연령별 고용률을 보면 다음과 같다.

〈표〉 OECD 주요국가의 성별·연령별 고용률 (2012년 기준, 단위: %)

| | 성별 고용률(15~64세) | | | 연령별 고용률 | | |
|---|---|---|---|---|---|---|
| | 전체 | 남자 | 여자 | 15~24세 | 25~54세 | 55~64세 |
| 독일 | 72.8 | 77.6 | 68.0 | 46.6 | 83.2 | 61.5 |
| 영국 | 70.9 | 76.1 | 65.7 | 50.0 | 80.3 | 58.1 |
| 일본 | 70.6 | 80.3 | 60.7 | 38.5 | 80.5 | 65.4 |
| 미국 | 67.1 | 72.3 | 62.2 | 46.0 | 75.7 | 60.7 |
| OECD 평균 | 65.1 | 73.2 | 57.2 | 39.7 | 75.6 | 55.6 |
| 한국 | 64.2 | 74.9 | 53.5 | 24.2 | 74.7 | 63.1 |
| 프랑스 | 63.9 | 68.0 | 60.0 | 28.8 | 80.8 | 44.5 |

자료: OECD stat.

---

2) 자료: 통계청, 2013 고용동향, 2013. 6. 일본·호주·독일·프랑스는 2013년 5월 기준, 미국은 2013년 6월 기준, 독일과 프랑스의 실업률은 15~74세 기준.

특히 눈에 띄는 부분은 여성의 고용률과 청년 고용률이 다른 선진국에 비해 크게 낮다는 점이다. 물론 우리나라 청년의 경우 높은 대학 진학률, 군복무, 취업 준비 장기화 등으로 선진국에 비해 노동시장에 진입하는 시기가 늦긴 하지만, 그것을 감안하더라도 청년실업 문제가 얼마나 심각한지 위 표를 통해서도 알 수 있을 것이다. 실제로 우리나라 청년 실업률은 2013년 6월 기준으로 7.9%로 전체 실업률(3.1%)보다 2배 이상이다. 청년 고용률도 전체 고용률 65.1%보다 매우 낮은 40.0%에 불과하다.

반면에 이 표에는 없지만 65세 이상 고용률을 보면 2012년 기준 30.1%로 미국(17.3%), 일본(19.5%), 영국(9.1%), OECD 평균(12.3%)보다 훨씬 높다. 이는 농촌 고령층이 활발한 근로 활동을 지속하기 때문이기도 하지만, 연금제도 등 사회안전망이 부족한 우리 현실을 반영하는 수치이기도 하다.

특히 55세에서 64세 사이의 고용률이 높게 나타나는 것도 이들 장년층이 은퇴 후 새로운 직장을 구하기 어려워 상대적으로 낮은 임금을 감수하면서 생산성이 낮은 서비스업 등의 취업 활동에 나서거나 영세 자영업에 뛰어들고 있는 현실을 반영하는 것이다.

### 신자유주의의 덫 2 : 노동시장의 양극화

우리나라는 최근 국민소득 중에서 노동자의 몫이 갈수록 떨어지는 추세이다. 국민소득에서 노동소득이 차지하는 비율을 노동소득분배율이라고 한다. 통계청에 따르면 1999년 59.0%였던 노동소득분배율은 2006년 61.3%까지 상승했으나 2007에 61.1%로 하락 추세로 들어섰다. 결국 2010에는 58.9%로 다시 떨어지고 말았다.

이명박 정부 5년간 전체 취업자 중 임금노동자 비율은 해마다 증가했다. 2008년 68.7%에서 2012년에는 71.8%로 증가했다. 그런데도 전체 국민소득 중에서 임금노동자에게 돌아가는 몫은 오히려 줄어든 것이다. 이는 앞에서 이미 살펴봤듯이 이명박 정권의 기업 친화적인 정책 기조로 인해 비정규직이 늘고 고용의 질이 악화되었기 때문에 벌어진 일이다. 결국 이런 흐름이 소득과 자산의 양극화를 가져와 가계소비를 위축시키고 궁극적으로는 투자와 경제성장을 저해하는 결과를 낳은 것이다.

우리나라 대기업들은 정규직 채용을 최소화하고 외주화를 늘리고, 인력절감투자를 갈수록 확대하면서 고용흡수력이 크게 저하되고 있다. 2000년대 중반 이후에는 대기업의 정규직 고용증가율이 중소기업을 밑돌고 있다. 우리나라에는 현재 비정규직이 사실상 850만 명(2013년 3월 기준 정부통계에 따르면 573만 명)에 달한다. 이들은 고용불안과 차별에 고스란히 노출되어 있는 상태이다.

또한 심각한 문제는 대기업과 중소기업의 임금 격차 또한 갈수록 벌어지고 있다는 점이다. 우리나라 중소기업의 대기업 대비 임금 수준은 1999년 71%에서 2008년에는 63.6%, 2011년에는 62.6%로 갈수록 떨어지고 있다. 대기업의 고용 흡수력이 크게 저하되고 있는 반면에 중소기업들이 일자리 창출을 주도하고 있기는 하지만, 이렇게 임금격차가 심하게 벌어지는 상황이 계속되면 사회 양극화는 더욱 심화될 수밖에 없다.

OECD 보고서에 따르면 우리나라는 저임금 노동자의 비율이 2009

년 기준으로 25.7%로 OECD국가 가운데 가장 높다. OECD 평균은 16.3%이다. 더구나 우리나라는 최저임금을 받는 노동자가 전체 노동자의 14.5%인 256만 5,000명에 달한다. 최저임금위원회는 2014년도 최저임금을 시간당 5,210원으로 결정했다. 주 44시간 사업장 기준으로 한 달에 받을 수 있는 임금을 계산해 보면 고작해야 97만 9,480원(월 188시간 기준)에 불과하다.

이처럼 1차적인 분배가 이루어지는 노동시장에 존재하는 고용의 불안정성과 임금 격차를 해소하지 않고서는 우리 경제가 안고 있는 사회 양극화, 빈곤화, 저출산, 가계 부채 증가, 높은 자살률 등 각종 사회 문제를 해결할 수 없다. 최저임금을 현실화하고 단체교섭의 영향력을 확대하는 등 노동시장에서 임금 격차를 줄일 수 있는 제도들의 실효성을 높여야 한다. 그리고 비정규직 차별을 해소하고 고용의 안정성을 높이기 위한 노력을 강화해야 한다.

### 신자유주의 덫 3 : 소득의 양극화

자본주의 역사를 보면 경제 불평등이 심화되었을 때 위기가 닥치고 경제 불평등이 완화되었을 때 경제가 발전했음을 확인할 수 있다. 미국의 경우 대공황 직전인 1928년에 전체 소득 가운데 상위 1%의 소득이 차지하는 비중이 사상 최고치인 23.9%까지 치솟았다. 반면에 대공황을 극복하기 위해 국가가 뉴딜정책을 실시하는 등 경제에 적극 개입하면서 부의 불균형이 완화되기 시작했고 1970년대에는 상위 1%의 소득 비중이 10% 이하로 떨어지기까지 했다. 그 이후 레이건 정부의 신자유주의 정책으로 불평등이 다시 심화되어, 글로벌 금융 위기 직전인 2007년에는 상위 1%의 소득이 대공황 직전 수준에 버금가는 23.7%까지 치솟았다.

우리나라는 2006년부터 2011년까지 5년 동안 기업의 영업이익은 10% 증가했으나 임금은 5.8% 증가했다. 자영업자의 영업이익도 크게 하락해서, 1990년대 연평균 10.2%였던 영업이익률이 2001년부터 2011년 사이에는 겨우 1.5%에 불과했다. 임금과 자영업 영업이익의 하락은 가계의 소득증가율 감소로 이어져서, 지난 10년간 가계의 연평균 소득증가율은 5.8%로 국민총소득의 연평균 증가율(6.8%)에 미치지 못하고 있다. 반면에 기업의 연평균 소득증가율은 10.5%에 달했다.

이것이 의미하는 바는 GDP는 지속적으로 증가하고 기업은 성장했지만 고용은 늘지 않았고, 대기업과 중소기업의 임금 격차와 비정규직의 증가 등으로 기업의 소득이 임금을 통해 가계소득으로 이어지지 못했다는 것이다. 취업 대신 자영업을 선택한 사람들도 영업이익이 급감하여 가계가 성장하지 못한 것이다. 그 결과 소득불평등이 계속 심화되었다.

소득의 양극화를 측정하기 위해 가장 흔히 활용되는 것이 바로 지니계수이다. 그러나 지니계수는 어떤 계층의 소득이 다른 계층의 소득으로 이전되더라도 동일한 값을 가지기 때문에 소득불평등의 큰 추세를 보여 주기는 하지만 정교한 소득불평등 변화를 정밀하게 보여 주는 지표로 활용하기에는 어려움이 따른다. 게다가 지니계수는 누가 어떤 자료를 가지고 어떻게 측정하느냐에 따라 차이를 보이기 때문에 항상 신뢰할 만한 것도 아니다. 지니계수보다 좀 더 신뢰할 만한 방법으로, 상위 가구 10%의 소득과 하위가구 10%의 소득 사이의 격차를 통해 소득불평등의 정도를 측정할 수도 있다. 그러나 그 격차를 표시하는 숫자가 추상적일 뿐만 아니라 그 측정에도 이론이 개입할 수 있다. 따라서 여기에서는 또 다른 지표 즉 빈곤화의 정도를 나타내는 상대적 빈곤율[3]을 통하여 소득 양극화의 정도를 살펴보자.

우리나라의 상대적 빈곤율의 추이를 보면, 외환 위기 전후 예외적으로 큰 변화가 발생하였지만, 대체로 한국 사회가 본격적으로 세계화를 시작한 1990년 이후 상대적 빈곤율이 꾸준히 상승되어 왔다. 한국정부(통계청) 자료에 따르면 1990년부터 2011년까지 전체 가구의 가처분소득 기준 상대적 빈곤율, 즉 소득이 중간 소득의 50%도 못 미치는 저소득계층의 인구비율의 변화는 다음 [그림]과 같다.

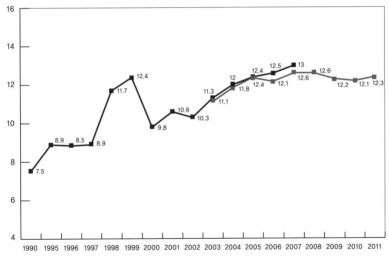

[그림] 상대적 빈곤율 추이 (자료: 통계청, 단위: %)

----

3) 소위 빈곤선(poverty line) 이하의 소득을 얻기 때문에 인간다운 생활을 영위하기에 충분한 소득을 얻지 못하는 계층을 빈곤층이라 하는데, 통상 평균소득이나 중위소득의 50% 이하의 소득을 가진 계층을 빈곤층으로 추정한다. 여기에서는 가처분소득 50% 이하 소득을 기준으로 한 것이다.

비록 중간에 등락은 있지만 전체적으로는 지난 20년간 상대적 빈곤율이 꾸준히 상승되어 온 것을 확인할 수 있다. 그 만큼 소득 양극화가 진행되고 있다는 의미이다. 참고로 2008년 현재 다른 OECD 국가들과 수치를 비교한 다음 〈표〉를 보면 우리나라는 OECD평균보다도 빈곤율이 높은 것을 알 수 있다. 주목할 만한 사실 하나는 미국, 일본 등 신자유주의를 주도했던 국가들의 빈곤율이 매우 높다는 점이다.

[표] 2008년 주요국가의 상대빈곤율 비교

| 스웨덴 | 노르웨이 | 프랑스 | 벨기에( '07) | 일본( '06) | 미국 | 한국 | OECD평균 |
|---|---|---|---|---|---|---|---|
| 8.4 | 7.8 | 7.2 | 9.1 | 15.7 | 17.3 | 14.7 | 11.1 |

출처: OECD(1인 및 농가포함 전체가구의 가처분소득 기준 중위 50% 이하), (단위: %)

다음으로 우리나라 상위 10%와 하위 10%의 소득 증가율의 변화 추이를 보아도 역시 우리나라 소득 기준 빈부 격차가 심화되었다는 것을 알 수 있다. 아래 그림에서 보듯이 상위 10%의 2006년 대비 2012년 가처분 소득 증가율은 34.5%인 반면에 하위 10%의 증가율은 26.7%에 불과하다. 이 기간 동안 소득 증가율이 8%p만큼 더 벌어졌다는 의미이다.

이른바 사회 양극화의 심화는 대다수 국민들로 하여금 극심한 상대적 박탈감과 소외감을 느끼게 하고 일할 의욕조차 떨어뜨리고 있다. 경제가 어쨌든 성장하고 있다고들 하지만 서민들의 가계소득이 늘기는커녕 소득의 양극화 현상만 심화시킨다면 결국 우리 경제는 창조와 혁신의 동력을 잃게 되고 말 것이다. 경제의 지속가능한 발전을 결코 이룰 수 없을 것이다. 따라서 나날이 극심해지고 있는 사회 양극화와

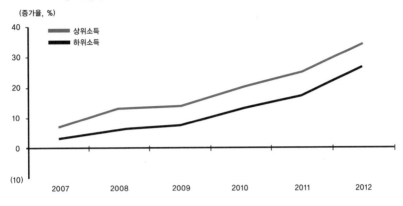

[그림] 우리나라 상위 10%와 하위 10%의 소득 증가율 변화

이로 인한 사회적 갈등과 분열을 해소하지 못한다면 우리 사회의 미래는 없다고 해도 지나친 말이 아닐 것이다.

과거에는 가난해도 열심히 일하면 잘살 수 있다는 희망이 있었다. 그러나 신자유주의 정책이 확산되면서 가난이 대물림되고 미래에 대한 꿈은 사라지고 있다. 양극화 문제의 핵심에는 중산층의 몰락이 있다. 중산층이 엷어질수록 사회갈등이 심화되고 성장동력이 약화되어 경제는 갈수록 어려워진다. 중산층이 두터워야 사회 전체적으로 연대의식과 공동체 의식이 높아지면서 사회 갈등이 줄어들고 경제 번영을 구가할 수 있다.

### 신자유주의 덫 4 : 교육의 양극화

우리 부모 세대만 해도 찢어지게 가난한 살림살이에도 미래에 대한 꿈과 희망을 잃지 않고 살 수 있었다. 어떻게 해서든 자식들을 교육시키면 가난과 불평등을 대물림하지 않을 수 있으리라는 믿음이 있었기 때문이다. 그런데 이제 우리 사회는 이런 믿음마저도 포기하게끔 몰아가고 있다. 이른바 교육의 양극화 현상 때문이다. 결혼과 출산을 포기하는 젊은이들이 갈수록 늘고 있는 한 가지 이유이기도 하다.

교육은 가난과 불평등의 대물림을 끊고 계층 이동을 가능하게 하는 가장 핵심적인 통로이다. 지금 거론되고 있는 교육의 양극화 현상은 부의 불평등이 교육 기회의 불평등으로 이어지고, 그것이 다시 부의 불평등으로 이어지는 매우 우려스러운 악순환 구조를 만들어 내고 있다. 대다수 국민이 꿈과 희망을 잃어 가고 있는 현실을 좌시한다면 대한민국은 얼마 안 가서 소수의 사람들만이 행복을 누리는 암울한 사회가 되고 말 것이다. 그런 미래를 원하지 않는다면, 부모의 경제적 지위가 아니라 개인의 노력과 능력에 따라 사회적 성공이 보장되는 사회를 만들어야 한다. 그러려면 누구에게나 최소한의 교육, 의료, 소득이 보장되어야 한다.

# 한국경제, 시스템 위기에서 벗어나야

　현재 우리나라는 저성장의 늪에 빠져 있다. 신자유주의적 성장지상주의 정책을 펼수록 성장률이 떨어지는 현상이 빚어지고 있다. 성장과 분배 둘 다 실패하고 있는 것이다. 이제 신자유주의적 정책으로는 국민의 삶의 질 보장은 물론이고 지속가능한 성장조차도 이룰 수 없다는 것이 명약관화해졌다. 안타깝게도 우리는 '묻지 마 성장' 정책이 가져온 현실의 고통을 절감하면서 뼈아픈 교훈을 얻고 있는 것이다.

　물론 지난 세월 성장 위주 정책이 우리 경제 규모를 세계 10위권으로 키우는 데 크게 공헌했던 점은 부인할 수 없는 사실이다. 그러나 이제 한국경제는 그동안 양적 성장을 견인해 왔던 성장 동력이 심각하게 위축되어 있다. 우리나라의 경제성장률을 보면 1970년대에는 연평균 10.3%였으나, 1980년대 8.6%, 1990년대 6.7%, 2000년대 4.4%, 2010년 이후 4.0%로 급격히 떨어지고 있다.

　성장률이 떨어지는 이유를 두 가지로 설명할 수 있다. 첫째는, 경제

성장으로 소득 수준이 높아짐에 따라 과거와 같은 고도성장이 어려워
진데다가 사회 양극화의 심화로 성장동력이 점차 고갈되고 있다는 점
이다. 최근에 소득 분배가 악화될수록 성장률도 낮아지고 있는 추세이
다. 둘째는, 사회경제구조가 산업사회에서 지식기반의 탈산업사회로
바뀌었다는 점이다. 산업구조가 제조업 중심에서 서비스업 중심으로
바뀌고, 부가가치 창출의 원천이 노동과 자본에서 지식으로 옮겨갔다.
즉, 생산성 증가가 높은 제조업 부문의 고용이 줄고 생산성이 낮은 서
비스업 부문의 고용이 늘었기 때문에 경제성장률이 낮아진 것이다.

우리 경제에서 간과할 수 없는 또 하나의 큰 문제가 고용 없는 성장
과 고령화로 인해 잠재성장률(Potential Growth Rate)마저 급격히 떨
어지고 있다는 점이다. 잠재성장률이란 우리 경제가 현재의 여건에
서 보유하고 있는 모든 생산요소를 최대한 활용했을 경우에 달성할
수 있는 국내총생산(GDP) 성장률을 말한다. 우리 경제의 성장 능력
을 가늠할 수 있는 지표이다. 잠재성장률은 경제의 기초 체력이라고
불리기도 한다. 이 기초 체력이 튼튼해야 우리 경제의 안정적이고 지
속가능한 성장이 가능하다.

잠재성장률에 영향을 미치는 요인은 여러 가지가 있다. 우선 노동
과 자본이 합리적으로 분배되고 효율적으로 기능을 하면 잠재성장률
은 높아진다. 수출과 내수의 극심한 불균형 또한 성장잠재력을 저해
하는 요인으로 작용한다. 지나치게 높은 대외의존도를 줄이고 내수
비중을 높여가야 한다. 인구증가율을 적정 수준으로 유지하는 것도
중요하다. 인구 구조상 생산가능인구(15~64세)의 비율이 떨어지면
잠재성장률도 떨어진다. OECD가 최근 세계경제전망보고서에서

2031년 한국의 잠재성장률을 32개 회원국 가운데 최저 수준인 연간 1%로 전망한 이유도 바로 이 생산가능인구의 감소 때문이었다.

이와 관련하여 최근 기획재정부와 OECD의 발표에 따르면, 우리나라의 고령화 속도는 세계 최고수준이라고 한다. 노인인구 비중이 7%(2000년)에서 14%(2018년 예상)가 되는 데 18년이 걸릴 것으로 예상되고 있다. 또 14%에서 21%에 도달하기까지 프랑스는 43년, 미국은 27년, 일본은 12년 걸릴 것으로 예측되지만 우리나라는 8년(2026년)이면 될 것으로 전망된다.

고령화의 급속한 진행으로 갈수록 떨어질 우리 경제의 기초 체력을 보강할 방안을 강구해야 한다. 그 핵심에는 사회 양극화 문제의 해결이 자리 잡고 있다. 여기에서는 사회 양극화에 영향을 미치는 여러 요인들에 대해서 좀 더 살펴보도록 하자.

### 탈산업사회 경제구조

탈산업사회에서 창출되는 일자리의 다수는 저임금인데다 고용상태도 불안정하다. 서비스업 중 지식서비스 분야 종사자는 고소득을 누릴 수 있지만 수가 한정되어 있어서, 서비스업 고용 대부분은 지식과 기술이 없어도 일할 수 있는 분야에서 이루어지기 때문이다. 이들 분야는 생산성이 정체되어 있어서 보수가 적을 수밖에 없다.

20세기적 교육과 사회 풍토에 익숙해져 있는 많은 사람들이 21세기 지식기반 사회에 적응하지 못하고 있다. 그들이 원하면 언제라도 새로운 지식정보와 기술을 생활에 대한 부담 없이 교육을 받을 수 있는 시스템이 좀 더 풍부하게 갖추어져야 한다. 그러한 시스템은 놀라운 변화 속도를 보이는 지식정보의 발전을 따라갈 수 있는 평생학습의 기회를 모든 이들에게 제공할 수 있을 것이다. 또한 모든 미래 세대들이 경제적 여건 때문에 양질의 교육을 받지 못하는 일이 없도록 교육 양극화 문제에 대한 적극적인 사회적 해법을 찾아야 할 것이다.

### 재정의 소득재분배 기능 약화

재정정책 실패 또한 사회 양극화를 심화시키고 경제의 활력을 떨어뜨리는 원인이 된다. 재정을 통한 소득재분배에 대해서는 뒤에서 좀더 깊이 있게 다루기로 하고 여기에서는 감세와 관련해서 한 가지만 짚고 넘어가자.

대기업들이 돈이 없어서 신규 투자를 못하는 것이 아님은 이미 앞에서 살펴봤다. 그밖에 소비를 진작시키기 위해 감세가 필요하다는 주장도 있지만, 설득력이 없는 이야기다. 현재 우리나라 세율은 국제적으로 매우 낮은 수준이고 복지비 지출규모 또한 OECD 국가 중 최하위 수준이다. 우리나라 법인세율은 OECD 국가들의 세율 수준과 우리나라의 재정 수요를 감안할 때 여전히 낮은 수준이다. 부유층은 이미 필요한 소비를 충분히 할 만큼 하고 있기 때문에 감세 혜택을 받는다고 해서 소비가 늘어나는 효과를 기대할 수 없다. 오히려 이들에게서 세금을 더 걷어 서민들을 위해 사용한다면 바로 소비지출로 이어져 수요 증대 효과를 낳게 되고 양극화도 완화시킬 수 있을 것이다.

시장경제의 내재적 한계를 치유하고 지속가능성을 높이기 위해서는 경제를 시장의 자율기능에만 맡겨서는 안 되고 정부가 적절하게 시장에 개입할 필요가 있다. 시장에 맡길 것은 시장에 맡기고 정부가 나서서 해결할 일은 정부가 맡아야 한다. 그것만이 시장경제의 내재적 한계로 인한 위기의 발생을 예방하는 최선의 길이다.

### 지나친 대외 의존

OECD에 따르면 우리나라의 무역 의존도(=수출입/GDP 또는 GNI)는 G20 중에서 가장 높다. 반면에 내수가 GDP에서 차지하는 비중은 G20 가운데 17위이다. 또한 GDP 대비 수출 비중(재화와 서비스의 수출/GDP)이 50%를 넘고, 주식시장에서 외국인 투자 비중도 30%를 뛰어넘은 지 오래다. 우리 경제의 대외 의존도가 너무 높은 것이다.

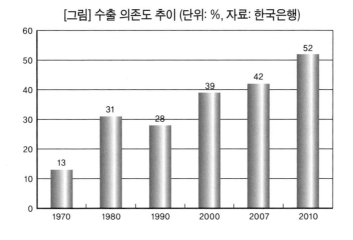

[그림] 수출 의존도 추이 (단위: %, 자료: 한국은행)

우리 경제는 이처럼 대외 의존도가 높고 내수 비중이 낮아서 구조적으로 외부 요인에 취약할 수밖에 없다. 또한 수출과 내수 간 연결고리가 단절되어 있어서 아무리 수출이 호조를 보인다 해도 투자와 고용이 확대되지 않고 소비 증가의 파급효과도 거의 나타나지 않는다.

또한 부품이나 원자재의 수입 의존도가 높아 국내산업 간 연관관계도 약하다.

아래 〈표〉은 1990년대 중반부터 2000년대 후반까지 수출의 국내 부가가치 유발계수와 고용 유발효과를 나타낸 것인데, 이를 통해 우리는 낙수효과의 정도를 어느 정도 가늠할 수 있다.

〈표〉 수출의 내수 유발효과

| 연도 | 수출의 국내 부가가치 유발계수 | 수출의 고용 유발효과(명/10억 원) |
|---|---|---|
| 1995 | 0.70 | 46.3 |
| 2000 | 0.63 | 25.8 |
| 2005 | 0.62 | 15.7 |
| 2007 | 0.61 | 9.4 |

資料: 한국은행 (2009)

〈표〉에서 알 수 있듯이 이 기간 동안 세계시장에서 경쟁력을 가진 대기업과 IT 산업이 큰 성공을 거두었음에도 그 낙수효과는 급격히 줄어들게 됨으로써 대기업과 중소기업의 격차를 심화시키고 고용 양극화를 초래하는 효과를 가져왔다. 그렇기 때문에 이는 상대적 빈곤율을 상승시키는 결정적인 구조적 요인들 중의 하나로 작용하는 것이다.

우리 정부는 고환율 정책을 통해 원화가치를 의도적으로 낮게 유지함으로써 재벌 대기업의 수출을 도왔지만, 석유를 비롯한 원자재 수입품의 국내 가격을 상승시켜 국내 소비자들의 실질소득을 줄이는 결과를 나았다. 또한 노동자들의 낮은 임금도 대기업의 노동비용을 낮추어 세계시장에서 경쟁에는 도움이 되지만, 소득양극화 등 한국경제

전반에는 좋지 않은 영향을 미쳤다.

이제는 경제민주화를 통해 성장의 효과가 국민 모두에게 골고루 돌아가게 하고 노동자와 중소기업을 살리는 공정한 시장구조를 확립해야 한다. 아울러 정부의 복지 지출을 확대해 내수 비중을 높이는 새로운 경제 모델로 바꾸어야 할 때이다.

## 재벌 대기업의 전횡

이명박 정부의 재벌 친화적 정책 추진으로 국내 재벌 대기업의 경제력 집중과 문어발식 확장은 더욱 심화되었다. 2007년 말 30대 그룹의 계열사는 730개였는데 2012년 2월에는 1,169개로 60%나 증가했다. 게다가 2006~2010년에 30대 재벌 기업에 신규 편입된 총 897개 계열사 중 순수 제조업체는 전체의 20.6%인 185개사에 불과하고, 나머지 80%는 부동산업, 임대업, 유통업, 음식업, 금융업 등 비제조업이거나 서비스업이었다.

재벌닷컴의 분석에 따르면 국내총생산 대비 10대 그룹의 총매출액 비중은 2002년 53.4%에서 2008년 63.8%로 증가했고, 2011년에는 76.5%에 달한 것으로 나타났다. 이들 그룹의 2012년 상반기 영업이익은 전체 상장사 영업이익의 70%를 넘어섰다.

국내 대기업들은 고환율과 국제 원자재값 상승으로 납품단가가 크게 올랐는데도 오히려 납품단가를 후려치고, 중소기업이 양성해 놓은 고급 기술 인력을 빼가거나 아예 중소기업의 영역을 침범하는 등 불공정행위를 일삼고 있다. 게다가 이제는 문어발식 확장으로 동네 구멍가게와 재래시장까지도 사라지게 만들고 있다.

시장의 자율적 기능에만 맡겨 둘 수는 없는 문제이다. 형식적인 자유경쟁 원리를 고수하려 든다면, 당연히 현실은 막강한 경제력과 정보력을 가지고 있는 대기업들이 득세하는 세상이 될 것이다. 허울 좋은 낙수효과도 이제는 고용 없는 성장으로 인해 더는 기대할 수 없음을 이미 살펴보았다. 한국경제의 미래를 위해서는 이제 정부가 제 역할을 해야 할 때이다. 시장의 실패를 정부가 나서서 해결해야 한다.

# 토건국가의 어두운 그림자를 넘어

## 토건국가의 명과 암

70~80년대 우리나라는 건설투자가 높은 상승률을 보이면서 경제성
장을 이끌어 왔다. 그런 의미에서 한국경제 1.0 시대의 최대 공신 가
운데 하나였다. 외환 위기 이후 건설 투자 증가율이 연평균 2% 이하
로 크게 낮아졌지만, 여전히 GDP 대비 건설 투자비율이 다른 OECD
국가들보다 높은 수치를 보이고 있다. 2009년 현재 OECD 34개국의
건설업 비중, 즉 전 산업 실질 부가가치 대비 건설업 실질 부가가치
비중을 보면 우리나라는 OECD 평균을 상회하는 것으로 나타난다.
아래 표에서 확인할 수 있듯이, 우리나라의 건설업 비중은 7.0%로
OECD 회원국 평균 6.1%보다 0.9% 포인트가 높으며, 34개국 중에서
7번째를 차지하고 있다.

그런데 문제는 이렇게 건설 투자가 계속해서 이루어지는 것이 과연

<표> OECD 34개국의 건설업 비중 (2009)

| 순위 | 국가 | 건설업 비중 | 순위 | 국가 | 건설업 비중 |
|---|---|---|---|---|---|
| 1 | 스페인 | 10.8% | 19 | 영국 | 5.7% |
| 2 | 이이슬란드 | 10.7% | 20 | 프랑스 | 5.6% |
| 3 | 슬로바키아 | 8.2% | 21 | 스위스 | 5.5% |
| 4 | 호주 | 7.5% | 22 | 네덜란드 | 5.5% |
| 5 | 슬로베니아 | 7.4% | 23 | 뉴질랜드 | 5.3% |
| 6 | 폴란드 | 7.1% | 24 | 룩셈부르크 | 5.3% |
| 7 | 한국 | 7.0% | 25 | 그리스 | 5.3% |
| 8 | 멕시코 | 6.9% | 26 | 벨기에 | 5.0% |
| 9 | 에스토니아 | 6.6% | 27 | 스웨덴 | 4.9% |
| 10 | 칠레 | 6.6% | 28 | 덴마크 | 4.8% |
| 11 | 핀란드 | 6.5% | 29 | 이스라엘 | 4.7% |
| 12 | 오스트리아 | 6.5% | 30 | 헝가리 | 4.6% |
| 13 | 체코 | 6.4% | 31 | 노르웨이 | 4.5% |
| 14 | 아일랜드 | 6.2% | 32 | 터키 | 4.4% |
| 15 | 캐나다 | 6.0% | 33 | 미국 | 4.1% |
| 16 | 일본 | 5.9% | 34 | 독일 | 3.7% |
| 17 | 포르투갈 | 5.8% |  |  |  |
| 18 | 이탈리아 | 5.8% |  | OECD 평균 | 6.1% |

주)건설업 비중 : 전 산업 실질부가가치 대비 건설업 실질부가가치 비중

적절한가 하는 의문이 생긴다는 것이다. 건설사들이 대규모 아파트를 지어 놓고는 분양을 못해서 부도 위기에 처했다는 보도가 종종 언론을 장식한다. 하루가 멀다 하고 세워지는 고층 빌딩과 사무용 건물들이 과연 제대로 분양되어 사용될 것인지 슬며시 걱정이 들기도 한다.

바로 그 옆에는 건축된 지 꽤 되었을 법한 건물에 층마다 임대 · 분양이라는 플래카드가 붙어있으니 그럴 수밖에 없지 않은가. 지방 도로를 달리다 보면 짓다 만 고층 아파트들이 흉물스럽게 골조를 드러낸 채 몇 년씩이나 방치되어 있는 모습을 자주 목격한다. 새로 깨끗하게 건설된 도로를 한참 달리다 보면 바로 옆에 얼마 전까지 사용하던 도로가 나란히 지나가다 다시 멀어지는 경우도 드물지 않다. 왜 그리도 도로공사를 하고 있는 곳이 많은지 도대체 알다가도 모를 때가 한두 번이 아니다. 며칠 전만 해도 멀쩡하던 아스팔트를 곳곳에서 뒤집어 엎느라 도로가 막혀 출퇴근길마다 교통체증 때문에 짜증이 나곤 한다. 지자체마다 앞다투어 공항을 건설하더니 이용객이 없어서 가뜩이나 부족한 재정을 쏟아부으며 적자 운영을 하고 있다고들 한다. 그런데도 여전히 건설 투자할 곳이 남아 있다는 사실이 언뜻 이해되지 않는다. 우리나라 국민이라면 누구나 한번쯤은 이런 경험들을 했을 것이다.

### 건설부문의 심각한 과잉 · 중복투자

실제로 건설 부문에 대한 과잉 · 중복투자가 상당히 많이 이루어지고 있다. 대표적인 사례들로는 미분양 주택의 장기간 적체현상, 교통량이 적은 지방의 신설도로, 지방공항의 난립, 유사 구간에 있어 국도와 고속도로의 중복 투자 등을 들 수 있다. 도로 투자의 과잉을 보여주는 한국개발연구원(KDI)의 2004년 연구보고서[4]에 따르면 "우리나

---

4) 한국개발연구원(KDI), 「재정지출의 생산성 제고를 위한 연구」, 2004

라 도로 SOC 충족률은 2003년 기준으로 기대치(100)의 84% 수준인 것으로 추정"되며, "향후 도로 투자 예산이 2003년 수준(GDP 대비 1.3%)을 계속 유지할 경우 10년 후에는 기대치 수준의 120%까지 상승하는 것으로 나타났다."고 한다.

건설 부문의 공급 과잉 여부를 진단하기 위해서는 투자율과 같은 축적속도뿐 아니라 경제 내의 건설자본의 양(이하 건설 자본스톡)이 우리 경제 수준에 비해 적정한지도 살펴봐야 한다. 현재의 건설 자본스톡이 적정량보다 적은 수준이라면 높은 투자율은 타당하고 지속 가능한 수준이기 때문이다.

LG경제연구소에서 추정한 건설 자본스톡의 추이를 보면 1980년도에는 GDP 대비 1.6배로 선진국 평균의 50%에 불과하였지만, 2009년에는 2.5배로 선진국의 87% 수준에 이른 것으로 나타난다. 70~90년대는 건설 자본스톡이 과부족 상태였기 때문에 이 부문에 자원을 집중하는 성장 전략을 취해 왔고, 이러한 투자 증가를 통해 빠른 속도로 자본 축적이 이루어졌음을 알 수 있다. 하지만 이제 한국은 인프라 부족 상태가 아니라, 양적으로는 이미 선진국 수준의 인프라가 확보되었다고 할 수 있다.

외환 위기 이후에는 주택건설이 감소하고 토목건설이 증가하는 현상을 보이고 있다. 따라서 경제 규모 대비 건설 자본스톡이 선진국 수준으로 근접한 것은 비주거용 건설투자 때문이라고 할 수 있다. 도로밀도(=도로연장/국토면적)와 같은 단순 물리지표를 비교해 보면 2007년 기준으로 국토면적당 도로연장이 1.05km/㎢으로 34개국 중 19위이고, 철도 밀도는 0.03km/㎢으로 32개국 중 18위를 차지하고 있어서, 비주거용 건설 부문의 자본스톡은 이미 선진국 수준에 이르렀음을 알 수 있다.

우리나라의 주택건설 자본스톡은 토목건설 부문과는 다른 양상을 보여, 선진국 수준을 하회한다. 우리나라는 다른 선진국에 비해 인구밀도가 높고, 수도권 집중 현상도 두드러져 상대적으로 지가가 매우 높다. 이런 높은 지가로 인한 택지 부족과 택지 조성에 대한 과도한 규제로 인한 비용 상승 등으로 고정비용이 선진국에 비해 높은 것 때문에 주택건설 자본스톡이 선진국 수준을 하회하는 것이다.

〈표〉 주요국 주거수준 비교

|  | 주택보급율(%) | 1천명당 주택수(호) | 주택가격/소득(PIR,배) |
|---|---|---|---|
| 한국 | 101.9('10) | 364('10) | 7.7('09) |
| 일본 | 115.2('08) | 439('05) | 5.7('04) |
| 미국 | 111.4('08) | 410('10) | 4.8('07) |
| 영국 | 106.1('07) | 439('09) | 3.4('03) |
| 프랑스 | 120.5('04) | 509('05) | 5.1('99) |
| 독일 | 100.6('03) | 488('08) | 6.0('02) |

자료: 국민은행, 국토해양부

**우리나라의 건설투자 예산과 건설 부문의 경제 기여도**

한국은행의 산업연관표에 따르면 공공 부문 연간 건설투자액이 2008년 기준으로 46조 원이라고 한다. 2011년에는 공공 부문의 투자가 감소하였으나 36조 원에 이르는 공공 부문 건설 계약이 진행되었다. 여기에는 토지 보상비가 제외되어 있는데, 국토해양부에 따르면 공공기관의 토지보상비는 2006년 29.9조 원, 2007년 25.2조 원, 2008

년 22.5조 원 등으로 매년 22조~30조 원에 이른다. 이런 규모로 보아 2011년 한 해 동안 최소 56조 원 규모의 건설관련 예산이 있는 것으로 추정할 수 있다. 이는 중앙정부와 지방정부의 재정을 합한 통합재정 규모 279조 원(2011)에 지방정부 자체재정 79.3조 원을 더한 약 358 조 원의 22.9%에 이르는 규모이다.

그럼에도 경제를 활성화함에 있어서 건설 산업의 비중은 점차 감소 하였고, 건설투자의 성장기여도 또한 급격히 하락했다. 외환 위기 이후에는 0.3%~0.4%의 성장 기여도를 보이고 있다.

〈표〉 건설투자의 성장 기여도

| | 경제성장률(%) | 건설투자 증가율(%) | 건설투자의 성장 기여도(%p) |
|---|---|---|---|
| 1971~1980 | 8.8 | 12.1 | 2.1 |
| 1981~1990 | 10.0 | 14.6 | 3.1 |
| (1991~1997) | 7.1 | 6.1 | 1.5 |
| 1991~2000 | 6.2 | 2.0 | 0.4 |
| 2001~2010 | 4.2 | 1.8 | 0.3 |

＊주 : 연평균 기준　＊자료: 한국은행, LG경제연구원

상황이 이런데도 우리나라의 건설업 비중이 OECD 회원국 평균보다 더 높고, 34개국 중에서 7번째를 차지하고 있는 이유가 무엇일까? 생태사회학자로 알려진 상지대 홍성태 교수가 우리의 이런 궁금증을 속 시원하게 풀어주는 책을 2011년에 낸 바 있다. 『토건국가를 개혁하라』[5]라는 책이다. 책 제목에 일반 독자들에게는 낯선 단어가 들어있다. '토건국가'가 무엇일까?

---

5) 홍성태, 『토건국가를 개혁하라』, 한울, 2011

## 한국경제 1.0 시대의 낡은 유산, 토건국가

국어사전에서는 토건을 '토목과 건축을 아울러 이르는 말'이라고 정의하고 있다. 우리는 일상에서 토건이란 말을 쓰지 않는다. 대신에 일반적으로는 건설이란 말을 쓰고 있다. 그리고 국가 정책을 얘기할 때도 보통 공공투자사업이라는 말을 사용한다. 공공투자사업이란 토목사업과 건축사업을 함께 가리키는 말이다. 예를 들면, 이명박 정부가 야심차게 밀어붙인 4대강 사업이 대표적인 공공투자사업이다.

'공공(公共)'이라는 말은 '숨김없이 드러내 놓고(公) 함께(共)'라는 의미이다. 어감이 매우 좋은 말이다. 그런데 문제는 이 말이 주는 긍정적인 어감이 그 이면에 감추어진 불편한 진실을 가리는 경우가 많다는 것이다.

4대강 사업만 해도 그렇다. 정부가 마땅히 해야 할 일 가운데 하나가 국민이 내는 소중한 세금을 꼭 써야 할 곳에 잘 쓰는 것이다. 그래서 일정 규모 이상의 정부 지출에 대해서는 예비 타당성 조사 등 재정지출의 낭비를 막기 위한 제도가 존재한다. 그런데 이명박 정부는 막대한 예산이 들어가는 4대강 사업이 정치권과 여론의 호된 비판에 직면하자, 예비타당성 대상에서 제외되도록 규정을 고쳤다.

공공투자사업에 들어가는 지출 규모는 천문학적 단위이다. 예를 들어 2006년 현재 대규모 공공투자사업(토목사업과 건축사업)의 수는 766개였는데 여기에 들어가는 총사업비는 무려 223조 원이었다. 기획예산처의 2007년 재정 해설 자료에 따르면, 2007년 정부 총지출 규모는 237조 1,000억 원이었는데 그중에서 공공 부문 건설투자에 52조 8,000억 원이 들어갔다. 전체 지출의 거의 1/4이 소요된 것이다.

그런데 문제는 이렇게 막대한 재정지출이 이루어지는 이른바 공공 투자사업이 불필요하고 중복·과잉된 경우가 많다는 것이다. 또한 온갖 비리의 온상이기도 하다. 토건이란 말을 쓰는 이유가 여기에 있다.

홍성태 교수는 토건은 나라의 기반을 다지는 중요한 사업이지만, 불필요하고 지나친 토건사업은 큰 문제를 야기할 수 있다고 강조한다. 그는 "불필요한 대규모 토건사업을 끝없이 벌이면서 재정의 탕진과 국토의 파괴를 구조적으로 유발하는 기형국가"라고 토건국가를 정의하고, 현재의 한국은 개발국가를 넘어서 세금을 탕진하고 자연을 파괴하는 가장 타락한 형태를 띠고 있는 토건국가의 전형을 보이고 있다고 한다. 그가 말하는 토건국가의 문제점은 다음과 같이 크게 네 가지이다.

첫째, 토건국가는 불필요한 대규모 토건사업에 재정을 탕진한다. 이것은 이 나라에서 복지를 실질화하지 못하는 핵심적 이유이다. 복지에 써야 할 돈을 불필요한 대규모 토건사업에 쏟아붓는 것이다. 토건국가는 반국가이다.

둘째, 토건국가는 불필요한 대규모 토건사업을 벌이면서 소중한 국토를 대대적으로 파괴한다. 국토는 우리의 삶이 이루어지는 터전이며, 길이 후손에게 물려줘야 할 가장 중요한 자원이다. 토건국가는 이러한 국토를 대대적으로 파괴해서 우리의 삶마저 위협하고 있다. 오늘날 자연은 복지의 핵심적 요소이기도 하다. 이런 점에서 토건국가는 심각한 반복지국가이다.

셋째, 토건국가는 거대한 부패 국가이다. 불필요한 대규모 토건사업이 부패 없이 이루어질 수는 없다. '정·관·재·언·학'의 거대한 부패동맹이 형성되어 있다. 토건업에서 연간 10조 원 이상의 천문학적 돈이 각종 뇌물에 쓰이는 것으로 추정된다.

넷째, 토건국가는 산업구조의 선진화를 가로막는다. 토건국가는 병적으로 비대한 토건업을 억지로 유지한다. 이 때문에 정보화, 지식화에 걸맞은 선진적 산업구조가 이루어지지 못하고, 토건업이 지배력을 행사하는 후진적 산업구조가 이 사회를 옥죄인다.

기형적인 토건국가에서 벗어나기 위해 홍성태 교수는 재정구조와 정부조직 개편이라는 구체적인 과제를 통해 토건국가의 개혁과 생태복지국가의 건설이라는 보편적인 목표를 이룰 것을 제안하고 있다. 정치에 몸담고 있는 나로서는 경청할 만한 이야기이다.

이제 우리나라의 건설 부문 비중이 왜 높을 수밖에 없는지를 독자들도 잘 이해했으리라 믿는다. 끝으로 우리보다 먼저 비슷한 상황을 겪었던 이웃 나라의 사례를 소개하고자 한다. 한국경제 1.0 시대의 낡은 유산을 아직 채 청산하지 못한 우리 현실을 바꾸기 위해 우리가 무엇을 해야 할지에 대한 타산지석으로 삼을 만하기 때문이다.


**토건국가 일본의 교훈**

비주거용 건설투자가 과다 공급되어 있는 대표적인 국가로는 일본을 들 수 있다. 일본은 오랫동안 재정의 세출에서 공공사업비가 차지하는 비중이 상당히 높아서 '토건국가'라고 불려 왔다. 1989년부터 20년간 공적고정자본형성, 즉 정부나 지방자치단체가 도로나 교량 등 공공시설정비에 사용한 경비가 GDP에서 차지하는 비중의 추이를 미국, 영국, 프랑스 등과 비교하면 확실하게 높았다는 것을 알 수 있다. 국토면적도 좁은 데다가 산지가 많아 사람들이 경제활동에 사용하는 허용 주거 면적의 비중이 굉장히 적은 것을 감안하면 왜 일본을 '토건국가'라고 부르는지 알 만하다.

일본의 비주거용 건설 부문은 부동산 버블 붕괴 직후까지 높은 투자증가율이 이어져서 1990년대까지만 해도 다른 선진국들에 비해 몇 배나 많은 비용을 공적고정자본형성에 사용했다. 1992년부터 시작된 장기 침체로 인해 재정 상태가 악화되어 최근에는 감소 기미를 보이고 있지만, 지자체들이 지방공기업을 통해 토건사업을 남발하고 그로 인한 부채를 은폐하다가 2000년대 들어서서 이들 중 상당수가 파산하기도 했다.

일례로 일본 유바리시의 경우, 지속적으로 관광객 수가 줄고 적자가 누적되는 상황에서도 오히려 관광사업을 확대하면서 분식회계를 통한 돌려막기로 적자 누적을 은폐하다가 수습 불가능한 상황을 초래해서 결국 파산하고 말았다. 유바리시를 비롯한 40개 지자체 파산 이후 일본 정부는 2007년 지방재정건전화법을 제정하여 재정규율을 강화하고 있다.

## 탈토건국가를 위하여[6]

일본은 부동산 버블 경제가 붕괴하고서 20여 년에 걸친 장기 침체를 겪고 있다. 일반적으로 거품이라는 용어는 자산 가격이 급상승하

---

6) 이 절의 내용은 '2012 녹색연합 정책토론회' 자료집 「토건국가 진단과 탈토건 사회로의 모색」에서 많은 도움을 받았다.

는 현상을 지칭하는 말이다. 경제학에서는 시장 참여자들이 경제 변수의 모든 변동을 항상 완벽하게 파악해 대응하므로 "모든 정보가 가격에 반영되어 있다."고 보지만, 견실하던 기업이 자산 가치 폭락으로 하루아침에 부도 위기에 몰린 사례는 숱하다.

현재의 세계경제 위기도 미국에서 부동산 가격 거품이 꺼지면서 시작되었다. 최근 한국 상황도 예외가 아니다. 우리도 부동산 거품 문제가 갈수록 심각해지고 있다. 이를 가장 잘 보여 주는 것이 용산 개발이었다. 단군 이래 최대 사업이라던 30조 원 규모의 용산 개발 사업은 결국 파산했고, 이 사업에 뛰어들었던 대기업들은 손실 1조 원가량을 서로 분담해야 하는 처지에 빠졌다. 이들 사례는 경기 호황기에 합리적이고 전망이 밝아 보이던 사업이나 투자가 불황기를 맞아 맹목적 투자나 거품으로 변하는 과정을 잘 보여 준다.

우리나라의 부동산 가격 거품이 얼마나 심한가를 잘 보여 주는 단적인 예가 지나치게 높은 땅값이다. 2007년 말 현재 우리나라의 전체 땅값은 3조 5,780억 달러에 이르는 것으로 추정된다. 이것은 국토면적이 우리의 77배나 되는 호주 전체 땅값의 1.4배에 해당하고, 우리의 100배나 되는 면적을 가진 캐나다 땅값의 2.3배에 달하는 값이라고 한다.[7] 일본의 전례가 결코 남의 얘기만은 아닌 이유이다.

이런 부동산 거품은 한국경제 1.0의 최대 공신 중 하나였던 토건산업이 드리운 그늘이다. 앞에서 본 것처럼 여전히 건설 부문 투자가 엄청난 것에 비해 경제에 대한 기여도는 갈수록 떨어지는 상황은 재원이 비효율적으로 배분되고 있다는 반증이다. 재원의 배분이 비효율

---

7) 손낙구, 『부동산계급사회』, 2008

적으로 이루어지면 성장률이 떨어지고, 성장률이 떨어지면 일자리 창출 능력과 세수 창출 능력도 그만큼 떨어진다. 따라서 지속가능한 성장과 재정건전성 확보, 그리고 지속가능한 복지를 위해서 토건 부문에 대한 개혁이 필요하다.

## 토건 부문을 개혁해야 한다

앞에서 봤듯이 우리나라는 선진국들에 비해 건설업 비중이 과도하게 높다. 그런데 이런 공공 부문의 건설투자비와 토지보상비 중에서 일부는 정부 예산에 반영된다. 전문가에 따르면 공공 부문 건설투자비와 토지보상비 중 약 60% 정도가 예산에 반영되어 있을 것으로 추정할 수 있다고 한다. 따라서 지자체를 포함한 정부 예산에 반영되는 이들 건설투자비와 토지보상비 중 10~20%만 줄여도 수조 원의 예산 절감 효과가 있을 것으로 추정할 수 있다.

노무현 정부가 복지지출 확대를 제도화하는 정책을 시행한 이후 정부와 지자체가 복지지출 비중을 꾸준히 늘리고 있음에도 국민들이 느끼는 복지정책에 대한 체감도는 여전히 낮게 나타나고 있다. 이는 선진국에 비해 복지지출 절대액이 작기 때문이기도 하지만, 한편으로는 복지지출액 중 상당 부분이 토건사업을 주요 내용으로 하고 있기 때문이다.

가까운 일본에서도 1990년대 복지, 문화를 가장한 토건 예산이 급증하여 정부의 공공 정책에 대한 국민들의 불신을 초래한 바 있다. 우리나라에서도 최근 복지지출 확대 정책의 일환으로 복지관, 문화관, 체육관 등이 우후죽순처럼 건립되고 있는데, 지나치게 호화로워서 예산 낭비가 심하다는 지적이 일고 있다. 이것을 적절하게 통제해야 한다.

일본의 경우 이러한 재원 낭비를 줄이기 위해 정부나 지자체가 결산보고를 할 때, 목적별 세출내역과 성질별 세출내역을 매트릭스형 (행렬형)으로 배열하도록 하고 있다. 매트릭스형 세출결산보고는 재정집행의 감시와 통제를 효과적으로 하는 데 도움이 된다. 우리나라도 현재 실행하고 있는 목적별, 성질별 결산보고 외에 이를 매트릭스형으로 결합하여 보고하도록 의무화할 필요가 있다. 또한 예산편성 단계에서도 매트릭스형 예산편성을 의무화해야 한다.

국고보조금 중 일정 비율을 지방비로 요구하는 것은 공공서비스의 지역 간 분출 효과로 인해 경제적 비효율성을 감소시키는 것으로 알려져 있다. 하지만 우리나라처럼 각 지방자치단체의 재정을 고려하지 않고 일률적으로 같은 비율의 지방비 부담을 요구할 경우, 국고보조금 지방비 매칭제도가 지역 간 재정 격차를 악화시켜 지역 간 불균형을 심화시킬 가능성이 크다. 게다가 당장 불필요한 토건사업이 전시행정을 위해서 지역에 유치됨으로써 자치단체의 지방비 분담액이 늘어 절실한 복지 사업조차 못하는 일이 자주 발생하기도 한다.

이처럼 국고보조금 지방비 매칭제도가 오히려 지역 간 재정 격차를 악화시켜 지역 간 불균형을 심화시키고 있으므로 매칭비율의 조정이 필요하다. 또한 지방비 매칭제도가 국가토건산업 남발의 한 요인이기도 하므로, 국가토건사업에 관한 한 지방비 매칭 자체를 폐지하면 불필요한 국가토건사업도 줄어들고 지자체의 재정건전성을 확충하는 데도 도움이 될 것이다.

앞에서 본 유바리시 사례처럼, 일본에서는 지자체들이 지방공기업을 통해 토건사업을 남발하고 그로 인한 부채를 은폐하다가 2000년대 들어서서 이들 중 상당수가 파산하기도 했다. 그 뒤 일본 정부는 지방재정건전화법을 제정하여 재정규율을 강화하고 있다.

우리나라 지자체는 일본보다 재정력이 훨씬 더 취약하다는 점에서 재정건전성 규율 강화의 필요성이 일본보다 훨씬 크다. 따라서 유바리시와 같은 비극을 막으려면 일반회계와 특별회계 이외에 공기업 부채를 감시대상에 포함시켜 철저하게 관리해야 하고, 낭비성 토목행정이나 전시행정에 대한 감시도 철저히 해야 한다.

유바리시 파산의 주요 원인 중 하나는 의회의 견제기능 상실에 있다. 1980년대 이후 탄광의 쇠락으로 노동조합이 약화되고 지역 상공업자의 힘이 강해지면서, 관광산업에 몰두하는 시장에 대한 상공업자의 지지가 늘었고, 의회도 이에 대해 특별한 비판을 가하지 않은 것이 파국을 가속화하는 결과를 낳았다. 특히 단체장과 의회 의원 중 다수가 같은 정당 소속으로 채워질 경우 의회의 견제 기능이 크게 후퇴할 가능성이 상존한다. 따라서 단체장과 의회에 대한 주민들의 직접적인 감시와 통제가 매우 중요하며 이를 위해 정부는 주민참여예산제 활성화를 위한 정책적 지원을 확대할 필요가 있다.

또한 행정 관리 구조 상의 문제 때문에 재정지출의 낭비가 일어나기도 한다. 대표적으로 고속도로와 국도의 중복과잉투자인데, 같은 기능을 하는 국도와 고속도로를 지방국도관리청과 한국도로공사가 각각 따로 맡아서 운영하기 때문에 벌어지는 일이다. 따라서 국도와 고속도로의 운영과 관리를 일원화하고, 그 건설은 따로 분리해서 이런 일의 재발을 막아야 한다.

제3부

국민의 세금, 정의로운가?

# 세금 부담, 높은가 낮은가?

국민의 세금 부담을 다른 나라와 비교할 때 조세부담률을 이용한다. 조세부담률이란 GDP 대비 조세수입 비율을 말한다. 국민은 세금 외에도 각종 사회보험료를 더 부담한다. 국민이 부담하는 세금과 사회보험료를 합쳐서 GDP 대비 비율로 나타낸 것을 국민부담률이라고 한다.

우리나라 조세부담률과 국민부담률은 다른 OECD 국가들에 비해 크게 낮은 수준이다. 우리나라의 조세부담률은 2007년 21%까지 올라갔으나 이명박 정부의 감세 정책으로 2010년 19.3%까지 떨어졌다가 다시 올라가서 2012년에는 20.2%가 되었다. 2010년 기준 OECD 국가들의 평균 조세부담률 24.6%보다 크게 낮으며 OECD 34개국 가운데 28위이다. 국민부담률은 2010년 기준 25.1%로 OECD 34개국 중 31위이다. OECD 평균은 33.8%로 역시 우리보다 훨씬 높다.

〈표〉 2010년 주요 국가별 조세부담률과 국민부담률 (단위: %)

| 스웨덴 | 영국 | 프랑스 | 캐나다 | OECD | 평균 | 독일 | 한국 | 미국 | 일본 |
|---|---|---|---|---|---|---|---|---|---|
| 조세부담률 | 34.1 | 28.2 | 26.3 | 26.3 | 24.6 | 22.0 | 19.3 | 18.5 | 16.3 |
| 국민부담률 | 45.5 | 34.9 | 42.9 | 31.0 | 33.8 | 36.1 | 25.1 | 24.8 | 27.6 |

자료: OECD Revenue Statistics(2012)

미국과 일본은 조세부담률이 우리보다 더 낮다. 그러나 미국과 일본은 해마다 재정적자가 발생하고 국가 채무 규모가 각각 GDP 대비 102.2%(2011), 238%(2012)로 매우 심각한 대표적인 재정운용 실패국들이다. 따라서 이 두 나라와 비교하는 것은 적절하지 않다.

**소득세 비중을 높여야 한다**

우리나라 소득세 비중은 GDP 대비 3.6%로 OECD 평균인 8.4%의 절반도 안 된다. OECD 34개국 중 31위에 해당하는 수치이다.

〈표〉 2010년 주요 국가별 GDP 대비 세원별 세수 비중 (단위: %)

| 구분 | 소득과세 | | | 재산과세 | 소비과세 | | | 사회보장 기여금 |
|---|---|---|---|---|---|---|---|---|
| | | 소득세 | 법인세 | | | 일반소비세 | 개별소비세 | |
| 영국 | 13.1 | 10.0 | 3.1 | 4.2 | 10.3 | 6.5 | 3.7 | 6.6 |
| 독일 | 10.3 | 8.8 | 1.5 | 0.8 | 10.3 | 7.2 | 3.0 | 14.1 |
| 미국 | 10.8 | 8.1 | 2.7 | 3.2 | 3.7 | 2.0 | 1.7 | 6.4 |
| OECD 평균 | 11.3 | 8.4 | 2.9 | 1.8 | 10.4 | 6.9 | 3.5 | 9.1 |
| 프랑스 | 9.4 | 7.3 | 2.1 | 3.7 | 10.4 | 7.2 | 3.2 | 16.6 |
| 일본 | 8.4 | 5.1 | 3.2 | 2.7 | 4.6 | 2.6 | 2.0 | 11.4 |
| 한국 | 7.1 | 3.6 | 3.5 | 2.9 | 8.2 | 4.4 | 3.8 | 5.7 |

자료: 기획재정부(2013년 세법 개정안)

[표] 2008~2012년 소득세 및 법인세율 개정내역(단위: %, %p)

| 세법개정 | | 2008년 세법개정 | | | 2009년 세법개정 | | 2011년 |
|---|---|---|---|---|---|---|---|
| 귀속연도 | | 2008 | 2009 | 2010 | 2010~11 | 2012 | 2012 |
| 과표별 소득세율 | 1,200 이하 | 8 | 6 | 6 | 6 | 6 | 6 |
| | 1,200~4,600 | 17 | 16 | 15 | 15 | 15 | 15 |
| | 4,600~8,800 | 26 | 25 | 24 | 24 | 24 | 24 |
| | 8,800~30,000 | 35 | 35 | 33 | 35 | 33 | 35 |
| | 3억 초과 | | | | | | 38 |
| 과표별 법인세율 | 2억 이하 | 11²⁾ | 11 | 10 | 10 | 10 | 10 |
| | 2억~200억 | 25 | 22 | 20 | 22 | 20 | 20 |
| | 200억 초과 | | | | | | 22 |

주: 1)음영 처리된 부분이 실제로 적용된 세율
2) 2008년 세법개정은 법인세 2억 이하 과표 2008년 귀속소득분에 대해서도 기존 세율(13%) 대신에 11%를 적용

우리나라 소득세 최고세율은 지방세를 포함해 41.8%로 OECD 평균 42.5%와 비슷한 수준이다. 그럼에도 소득세 비중이 다른 나라보다 크게 낮은 이유는 각종 비과세나 공제 등으로 면세자 비율이 높아 과세 기반이 약하기 때문이다. 우리나라 총조세감면액의 47%가 소득세에서 발생하며 연간 12조 원 규모이다.[1] 특히 금융소득의 34%가 비과세 또는 낮은 세율로 분리과세되고 있어 세수입 감소는 물론 과세형평성 저해의 원인이 되고 있다.

우리나라 소득세 최고세율(38%)은 현재 과세표준이 3억 원을 초과하는 소득에 적용된다. 원래는 '8,800만 원 초과'였던 과표구간이 이명박 정부의 감세 정책에 따라 2012년 소득분부터 대폭 상향조정된

1) 박용주, "비과세 감면 현황 및 정비 방안", 국회예산처·한국재정학회, 조세정책토론회 〈비과세·감면 현황 및 정비방안〉 결과보고서, 2013. 9

것이다. 이명박 정부의 부자 감세는 이제는 너무나 잘 알려져 있는 이야기라서 새삼 놀랄 것도 없다. 이명박 정부는 글로벌 금융 위기에 대한 경기회복 지원이라는 명목으로 2008년 세법 개정을 통해 소득세율 및 법인세율의 단계적 인하를 중심으로 한 대규모 감세 개편을 단행했다.

문제는 3억 원이란 과세표준이 우리 소득 수준에 비해 너무 높다는 것이다. 1인당 국민소득 대비 최고세율이 적용되는 과세표준비율을 2011년 기준으로 보면, 우리나라는 11.7배로서 캐나다(2.4배), 프랑스(2.9배), 일본(3.9배), 영국(6.0배), 독일(7.5배), 미국(7.8배) 등 주요 선진국에 비해 과도하게 높다.

실제로 3억 원 초과의 최고세율을 적용받는 대상자는 전체 과세 대상 근로소득자 924만 명의 0.1%인 1만 명에 불과하고, 종합소득자 역시 전체 과세 대상자 294만 명 중 0.78%인 2만 3,000명에 불과하다. 기획재정부에 따르면, 최고세율이 적용되는 과세표준구간을 현재 3억 원 초과에서 영국처럼 1인당 국민소득의 6배 수준인 1억 5,000만 원 초과로 낮추면 연간 3,500억 원의 세수 증대 효과가 있는 것으로 추산된다.

## 법인세

우리나라 법인세는 최고세율이 1980년대 초 40%에서 이명박 정부 때인 2011녀 22%까지 인하되어 현재까지 22%를 유지하고 있다. 투자세액공제 등 각종 법인세 감면으로 실질적인 기업의 세부담은 이보다 낮다.

우리나라의 법인세는 과세표준 2억 원 이하 10%, 2억 원 초과 200억 원 이하 20%, 200억 원 초과 22%로 3단계 누진세율 구조이다. 최고세율 22%(지방세를 포함하면 24.2%)는 OECD 평균(23.3%, 지방세를 포함하면 25.4%)과 비슷한 수준이다. 그러나 최저세율 10%는 복수세율을 채택하고 있는 OECD 11개국의 평균 최저세율 17.1%에 비해 크게 낮은 수준이다.

원래 참여정부에서는 과세표준 1억 원 이하 13%, 과세표준 1억 원 초과 25%로 2단계 누진세율 구조였다. 그런데 이명박 정부는 집권 첫해인 2008년에 과세표준구간을 1억 원에서 2억 원으로 올리고 2억 원 이하 구간에 대해 13%를 11%로 낮추었다. 2009년에는 2억 원 초과 구간의 최고세율을 25%에서 22%로 하향 조정하고, 다시 2010년에는 2억 원 이하 구간의 세율을 11%에서 10%로 낮췄다. 그리고 2011년 말에 현재의 3단계 구조로 바꾸었다. 결국 이명박 정부의 감세 정책으로 법인세의 최고세율은 25%에서 22%로 낮아졌고, 과세표준은 1억 원 초과에서 200억 원 초과로 크게 상향 조정되고 2단계였던 세율이 3단계로 바뀐 것이다.

### 종부세

소득세와 법인세는 물론이고 노무현 정부에서 만든 종합부동산세 또한 대규모 감세를 단행하였다. 종합부동산세는 일반 서민이나 중산층은 평생 내고 싶어도 내지 못하는 세금으로 국민 중 상위 1% 정도만이 해당되는 세금이다. 이런 종합부동산세도 2008년 세제 개편을 통해 과세대상 인원이 감소하였고, 세부담도 크게 경감하였다.

세대별 합산기준이 2008년 11월 위헌판결을 받으며 개인별 합산으로 조정되면서 과세대상 인원이 2007년 48.3만 명에서 2008년 41.3만 명으로 감소했고, 2009년에는 과세기준 금액이 주택분 6억 원에서 9억 원으로 상향조정되면서 과세대상 인원은 21.3만 명으로 급감했다. 그리고 세율 인하(주택분 1~3%에서 0.5~2% 등)와 세부담 상한을 하향조정(전년도 보유세의 300%에서 150%로) 등의 조치가 있었다.

**[표] 종합부동산세 세율 추이**

| 과세대상 | | 2005 | | 2006~2008[1] | | 2009~2012 | |
|---|---|---|---|---|---|---|---|
| 주택 | | ~5.5억 | 1.0% | ~3억 | 1.0% | ~6억 | 0.5% |
| | | 5.5~45.5억 | 2.0% | 3~14억 | 1.5% | 6~12억 | 0.75% |
| | | 45.5억~ | 3.0% | 14~94억 | 2.0% | 12~20억 | 1.0% |
| | | | | 94억~ | 3.0% | 50~94억 | 1.5% |
| | | | | | | 94억~ | 2.0% |
| 토지 | 종합합산토지 | ~7억 | 1.0% | ~17억 | 1.0% | ~15억 | 0.75% |
| | | 7~47억 | 2.0% | 17~97억 | 2.0% | 15~45억 | 1.5% |
| | | 47억 | 4.0% | 97억 | 4.0% | 45억 | 2.0% |
| | 별도합산토지 | ~80억 | 0.6% | ~160억 | 0.6% | ~200억 | 0.5% |
| | | 80~480억 | 1.0% | 160~960억 | 1.0% | 200~400억 | 0.6% |
| | | 480억 | 1.6% | 960억~ | 1.6% | 400억 | 0.7% |

주: 1) 2006~2008년 동안 종합합산토지의 세율은 각각 0.7, 0.8, 0.9를 곱한 값을, 별도합산토지의 세율은 각각 0.55, 0.6, 0.65를 곱한 값을 적용
자료: 국회예산정책처, 『알기쉬운 조세제도』, 2012, P217

## 법인세 비율에 숨은 기획재정부의 거짓말

국내 기업들의 법인세 부담을 둘러싼 논란이 10여 년째 계속되고

있다. 정치적 · 경제적 이해관계에 따라 사실을 취사선택하거나 호도
또는 왜곡하는 경우가 많기 때문이다. 특히 객관적인 사실관계를 파
악해 이 같은 혼란을 바로잡고 조세정의를 실현해야 할 기획재정부가
오히려 특정 정파나 재계의 입장을 대변하는 듯한 태도를 취하고 있
다. 사실과 다르거나 조작에 가까운 자료들을 제시하며 법인세 부담
에 대한 정확한 인식을 방해하고 있다.

기획재정부가 그 동안 사태를 왜곡하거나 호도해 온 문제점들을 살
펴보고 사실관계를 바로잡을 필요가 있다. 또한 향후 급속한 저출산
고령화에 따른 재정지출이 예상되는 가운데 적절한 법인세율 조정을
위해서는 현재 논란이 되고 있는 국내 법인세 부담에 대한 정확한 실
태를 살펴볼 필요가 있다.

### 한겨레의 보도와 기획재정부의 반론

2012년 7월 19일자 한겨레신문은 15면에 "법인세 부담 'OECD 4
위' 뒤에 숨은 진실" 제하의 기사를 게재하였다. 보도에 따르면, 한국
의 GDP 대비 법인세 부담이 OECD 국가 중 4위이지만, 다음과 같은
이유에서 실제 법인세 부담이 낮다는 내용이었다. 첫째, 기업이익 중
노동소득분배율이 감소하고 있고, 법인 귀속비율이 증가하여 GDP
대비 법인세 비중이 높다. 둘째, 우리나라의 실효 법인세율(15.1%)은
OECD 주요국(미국 27.6%, 일본 27.0%, 독일 19.0%)에 비해 낮다.

기획재정부는 즉각적으로 보도참고자료를 배포하여 한겨레신문의
보도를 반박하였는데 그 내용은 다음과 같다.

**[보도참고자료]** "법인세 부담 'OECD 4위 뒤에 숨은 진실" 제하 기사 관련
('12. 7. 19, 한겨레 15면 보도)

---

**〈언론보도 내용〉**

■ 한국의 GDP 대비 법인세 부담이 OECD 국가 중 4위이지만, 다음과 같은 이유에서 실제 법인세 부담이 낮다고 주장

① 기업이익 중 노동소득분배율이 감소하고 있고, 법인 귀속비율이 증가하여 GDP 대비 법인세 비중이 높음

② 우리나라의 실효 법인세율(15.1%)은 OECD 주요국(미국 27.6%, 일본 27.0%, 독일 19.0% 등)에 비해 낮음

**〈보도 내용에 대한 참고〉**

① '기업이익 중 노동소득분배율이 감소하고 있다' 는 내용 관련

■ 우리나라 요소비용국민소득 중 피용자보수로 지급되는 비율('11년 기준, 한은)은 59%로서 '03년 · '04년 59%와 동일한 수준으로

  • 기업이익 중 노동소득분배율이 감소하고 법인에 대한 분배비율이 증가한다는 주장은 타당성이 적음

② '우리나라의 실효 법인세율이 낮다' 는 내용 관련

■ 우리나라의 실효 법인세율*은 16.6%('10년 신고 기준)이며, 대기업 17.7%, 중소기업 13.1%임

  * '법인세 총부담세액/과세표준' 으로서 세무조정 後의 수치임

  • 한겨레 보도상의 실효세율은 '회계상 법인세액/회계상 법인세비용 차감전 당기순이익' 으로서 세무조정 前의 수치임

■ 외국의 실효 법인세율에 대한 공식통계가 없어 국제비교는 곤란하며 OECD 통계에서는 'GDP 대비 법인세 비중' 을 사용함

  • 우리나라의 GDP 대비 법인세 비중 · 순위*는 '09년 현재 3.7%(OECD 국가 중 4위)이며 지속적으로 증가해 왔음

  * ('95) 2.3%(18위) → ('00) 3.2%(16위) → ('05) 3.8%(7위) → ('09) 3.7%(4위)

  • 이는 국제적인 법인세율 인하 경쟁 속에서 OECD 주요국 등의 법인세율 인하 폭*이 상대적으로 컸기 때문으로 판단됨

  * (우리나라) ('95) 28% → ('00) 28% → ('05) 25% → ('11) 22%(△6%p)
  * (OECD 평균) ('95) 33.2% → ('00) 30.2% → ('05) 26.2% → ('11) 23.6%(△9.6%p)

---

주: 강조는 원문 그대로임.
자료: 기획재정부, 「보도참고자료」, 2012. 7. 19

## 명목 법인세율 현황

국내 법인세율은 〈표〉에서 보는 것처럼 지속적으로 하락해 왔다. 특히 이명박 정부의 감세 정책이 실시된 2009년에는 과세표준 2억 원 이하는 11%, 2억 원 초과는 22%로 떨어졌으며, 2012년에는 다시 2억 원 이하 10%, 2억 원 초과~200억 원 이하 20%, 200억 원 초과 22%로 조정되었다.

현재 한국의 법인세율은 〈그림〉에서 보는 것처럼 OECD 회원국 34개국 가운데 21번째로 상당히 낮은 편에 속한다. 경제대국인 일본과 미국이 법인세율 상위 1, 2위를 다투고 있으며, 주요 선진국들도 한국보다 높다. 반면에 한국보다 법인세율이 낮은 나라들을 보면, 우선 아일랜드, 아이슬란드, 스위스, 이스라엘 등이 있다. 이들 국가들은 인구 규모가 수백만 명 수준이어서 외국 자본을 활발히 유치해야 성장할 수 있기 때문에 법인세를 낮게 유지하고 있다. 또한 체코, 헝가리, 폴란드, 슬로바키아 슬로베니아, 에스토니아 등 과거 동구 공산권 국가들의 경우에는 자본주의를 채택한 이후 서구 자본을 유치하기 위해 법인세율을 경쟁적으로 낮추고 있다. 이처럼 법인세율을 낮은 수준으로 내릴 만한 조건과 상황을 가진 국가들을 제외하면, 한국의 법인세율은 OECD 국가 중 가장 낮은 수준이라고 할 수 있다.

## GDP 대비 법인세 비중의 의미와 현황

한편 최근 들어 새누리당과 전경련, 그리고 일부 언론에서는 한국의 GDP 대비 법인세 비중이 OECD 국가 가운데 4위라는 점을 들어 한국의 법인세 부담이 높다고 주장하고 있다. 앞의 자료(2012. 7. 19

〈표〉 국내 법인세율 추이 (단위: %)

| 연도 | 과세표준 | 과세표준 이하 | 과세표준 초과 |
|---|---|---|---|
| 1991~1993 | 1억 원 | 20 | 34 |
| 1994 | 1억 원 | 18 | 32 |
| 1995 | 1억 원 | 18 | 30 |
| 1996~2001 | 1억 원 | 16 | 28 |
| 2002~2004 | 1억 원 | 15 | 27 |
| 2005~2007 | 1억 원 | 13 | 25 |
| 2008 | 1억 원 | 11 | 25 |
| 2009 | 2억 원 | 11 | 22 |
| 2010~2011 | 2억 원 | 10 | 22 |
| 2012 | 2억 원 이하 | 10 | |
| | 2억 원 초과~200억 원 이하 | 20 | |
| | 200억 원 초과 | 22 | |

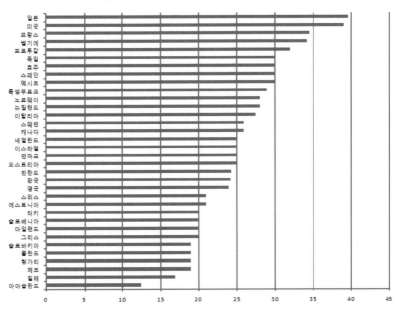

〈그림1〉 OECD국가들의 명목법인세율 현황(2012)

기획재정부 보도참고자료)에서 기획재정부도 "외국의 실효 법인세율에 대한 공식통계가 없어 국제비교는 곤란하며, OECD 통계에서는 'GDP 대비 법인세 비중'을 사용한다."고 밝히고 있다. GDP 대비 법인세 비중이 국가 간 법인세 부담을 나타내는 것처럼 주장하고 있는 것이다.

각국별로 정부가 정하는 명목세율은 쉽게 파악할 수 있으나, 실제 기업들이 부담하는 법인세 부담이라고 할 수 있는 실효 법인세율을 구하는 것은 쉽지 않고 각국별 사정도 달라 일률적으로 비교하기도 어려운 것은 사실이다. 그러나 'GDP 대비 법인세 비중'을 각국 기업들의 법인세 부담 순위로 제시하는 것은 명백한 잘못이다. 'GDP 대비 법인세 비중'이란 각국의 조세재정체계에서 각국이 어떤 세목에 어느 정도 의존하고 있는지를 보기 위한 지표이기 때문이다. 기획재정부가 관련 통계의 의미를 잘 모르고 있다고 생각하기는 어려우므로, 무슨 이유에선가 의도적으로 데이터를 오용하고 있다고 봐야 한다.

몇 년 전부터 전경련에서 나오기 시작한 이러한 주장은 의도적 왜곡과 심각한 논리적 오류의 산물이라고 할 수 있다. 개별 기업 입장에서 보면 법인세 부담이 커지는 경우는 법인세 세율이 올라가는 경우뿐이다. 그러나 GDP에서 법인세가 차지하는 비중이 올라갈 가능성은 여러 가지가 있다. 1)과세 대상자가 늘거나, 2)과세대상 소득이 늘거나, 3)세율이 올라가는 것 등이 그것이다.

앞서 보았듯이 한국의 명목법인세율은 결코 국제적으로 높다고 보기 어렵다. 따라서 한국의 GDP 대비 법인세액 비중이 높은 것은 세율이 높기 때문이 아니다. 과세대상자가 늘었거나 과세대상 소득이 늘었기 때문이다.

 실제로 국세통계연보에 따르면, 1982~2010년 사이에 법인 수는 17.9배 늘어났다(그림2 참조). 그런데 그 사이 국민처분가능소득 가운데 이들 법인들이 가져가는 몫은 65.7배가 늘었고, 법인세 과세소득금액은 83.9배 늘었다. 과세금액은 52.5배 느는데 그쳤다. 법인당 과세소득금액은 4.7배 는 데 비해, 과세금액은 2.9배 느는데 그친 것이다. 즉, 법인과세소득이 늘어난 것에 비하면 과세액은 오히려 상대적으로 줄어든 것이다. 결국 지난 30년 가까이 법인세액이 늘어난 것은 국내 기업들이 일반 가계에 비해 상대적으로 고속성장을 하면서 과세대상자가 늘고, 과세대상 소득이 크게 늘어서이지 세율이 올라서가 아님을 알 수 있다.

〈그림2〉 각종 과세소득 및 국민소득 관련 수치 추이

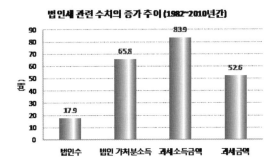

법인세 과세소득금액과 과세금액 추이 (1982-2010)

1법인당 과세소득금액과 과세금액 추이 (1982-2010)

주) 2011년 국세통계연보를 바탕으로 선대인경제연구소 작성

특히 이 같은 추세는 외환 위기 이후 시간이 갈수록 빨라지고 있다. 외환 위기 이후 재벌의 경제력 집중이 극심해지면서 과세소득금액 대상이 되는 소수 재벌 대기업들의 영업이익은 급증한 반면 가계의 소득 증가율은 정체되고 있기 때문이다.

〈그림3〉을 보면, 법인의 가처분소득 비중은 늘었지만 개인의 가처분소득 비중이 줄어들거나, 국민소득 배분비율 가운데 영업소득분배율은 상승하는 반면 노동소득분배율이 하락하고 있다. 즉, 법인의 과세소득금액이 상대적으로 급증한 반면 가계의 과세소득금액은 크게 늘어나지 못했다. 따라서 'GDP 대비 법인세 비중'은 늘어날 수밖에 없는 것이다.

## 〈그림3〉 국민소득 및 가처분소득의 비중 추이

### 개인/법인 가처분소득 비중 추이

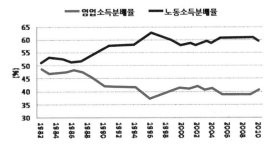

### 국민소득의 분배 비중 추이

주) 한국은행 ECOS 자료를 바탕으로 선대인경제연구소 작성

이런데도 기획재정부는 GDP 대비 법인세 비중이 높아진 이유를 '국제적인 법인세율 인하 경쟁 속에서 OECD 주요국 등의 법인세율 인하 폭이 상대적으로 컸기 때문으로 판단된다' 고 주장했다(앞의 보도참고자료). 하지만 이는 객관적 사실과 어긋난다. 〈그림4〉에서 보는 것처럼 2002 년 대비 2012 년 한국의 최고 법인세율은 5.5% 포인트 하락해 같은 기간 OECD 34개국의 평균 하락률 5.14% 포인트보다 더 하락했음을 알 수 있다.

<그림4> OECD 국가별 법인세율 인하 실태

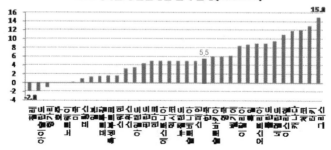

OECD국가들의 법인세율 인하 실태 (2002-2012)

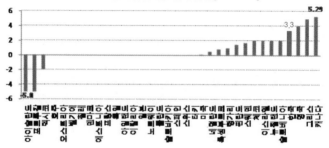

OECD국가들의 법인세율 인하 실태 (2008-2012)

2000년대 초반 주요 OECD 국가들의 법인세율은 30~40%대였다. 그에 비해 한국의 법인세율은 2002년 기준으로 29.7%로 더 낮았다. 따라서 한국이 평균을 넘는 법인세 인하율을 기록한 것은 결코 적다고 보기 어렵다.

더구나 이명박 정부 출범 직후 경제 위기 시기라고 할 수 있는 2008년 대비 2012년의 법인세율 추이를 살펴보면 한국은 법인세 인하율이 3.3%로 세계에서 네 번째로 높은 인하율을 기록했다. 다른 OECD 주요국의 법인세율 인상률이 상대적으로 더 커서 한국의 법인세 비중이 높아졌다는 것은 전혀 근거가 없는 이야기이다.

〈그림5〉 OECD국가들의 GDP 대비 법인세 비중 현황

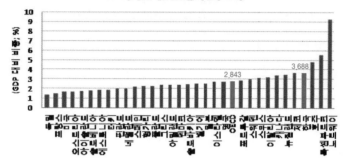

OECD국가들의 법인세 비중 (2009)

기획재정부는 1995년 이후 한국의 법인세율 인하 폭이 6%포인트 (주민세 제외 기준)인데, OECD 평균은 9.6%포인트라는 점을 근거로 삼고 있지만, 이것도 적절하지 않은 비교이다. 1990년대부터 2000년 대 초반까지 40~50% 대에 이르던 법인세율을 주요 OECD 국가들이 경쟁적으로 낮추기 시작한 시점의 세율 조정폭이 크게 반영된 수치 이기 때문이다. 따라서 최근의 법인세 부담 추이를 보여 주는 기준으 로 삼기에는 부적절하다. 또한 2000년대에 새로 OECD에 가입한 에 스토니아, 아이슬란드, 이스라엘, 룩셈부르크, 터키 등의 법인세율 하락률이 10%대로 커서 전반적인 세율 인하 폭이 확대된 점도 고려 해야 한다.

일부 정치권이나 언론 보도, 그리고 기획재정부의 주장은 법인세율 이 OECD 국가들 가운데 높은 편인 독일(30.175%, 5위), 프랑스 (34.4%, 3위), 미국(39.5%, 1위) 등의 2009년 기준 법인세 비중이 OECD 국가들 가운데 가장 낮은 사실을 설명할 수 없다. (〈그림5〉 참조) 그들의 주장대로라면 법인세율이 높으면 GDP 대비 법인세 비중도 높아야 하는데 그렇지 않기 때문이다. 이는 법인세 비중이 그 구체적인 과세 조건이나 기준 등에 따라 달라질 수 있음을 의미할 뿐이다.

GDP 대비 법인세 비중은 각국 간 조세제도의 차이에 따라 크게 달라진다. 한국의 경우 법인세로 잡히는 상당 부분의 소득이 미국과 독일, 프랑스 등을 포함해 상당수 국가에서는 개인소득으로 분류된다. 예를 들어, 미국의 경우 파트너십 회사나 S-corporation이라고 하는 기업들의 소득은 개인소득세로 분류돼 과세되고 있다. 그런데 이런 파트너십 회사나 S-corporation 등의 기업이 숫자로는 전체 기업의 약 70%를 차지하고, 소득세수 비중으로는 30~40%에 이르고 있다. 우리나라로 치면 법인세에 해당하는 세수가 소득세로 잡히는 것이다. 이런 이유로 미국, 독일, 프랑스 등과 같은 나라에서는 법인세의 비중이 상대적으로 축소돼 보이고, 개인소득세 비중은 크게 나타난다.

반면에 한국은 이들 나라와 다른 기준 때문에 법인세 비중이 상대적으로 과대평가되는 착시현상을 낳는다. 만약 한국의 과세 세목을 미국, 독일, 프랑스 등과 같은 방식으로 구분한다면 한국의 GDP 대비 법인세 비중은 2009년 기준 3.7%에서 1% 포인트 이상 하락할 가능성이 높다. 이럴 경우 한국의 법인세 비중은 OECD 평균인 2.8%보다 아래이고 중간 순위 정도에 해당한다.

결론적으로 GDP 대비 법인세 비중은 결코 한국 기업들의 법인세 부담을 나타내는 지표라고 보기 어렵다. 국내 법인세 비중이 높아진 이유는 한국경제의 상대적 고성장과 재벌 대기업을 중심으로 한 법인 영업이익의 급증, 가계소득의 상대적 위축 등이 작용하는 것이고, 한편으로는 법인세와 개인소득세 세목 분류의 차이로 인해 실제보다 법인세 비중이 높아 보이는 착시현상에도 기인하는 것이다.

## 한국 기업의 실효법인세율 비교

실효법인세율이란 기업이 각종 비과세 감면 혜택을 받은 뒤 실제로 납부하는 법인세 부담을 말한다. 최근 여러 연구에 따르면 국내 기업의 실효법인세율은 명목세율보다 상당히 낮다. 특히 재벌 대기업일수록 실효법인세율이 중견기업이나 심지어 중소기업보다 더 낮아지고 있는 것으로 나타나고 있다.

실효법인세율을 구하는 방법은 크게 두 가지가 있다. 하나는 국세청통계연보를 이용해 법인세 과세대상소득 대비 과세금액의 비율을 구하는 방법이고, 다른 하나는 각 기업 재무제표 등을 이용해 법인세비용차감전순이익 대비 법인세비용의 비율을 구하는 방법이다.

전자의 방법은 국세청에 실제 납부한 세액을 대상으로 하므로 가장 정확하다고 할 수 있다. 그러나 업종이나 세부 기업 규모, 또는 개별 기업 차원의 실효세율을 구하는 것은 자료의 제약으로 원천적으로 어려움이 있다. 후자의 방법은 전자의 방법으로 얻을 수 없는 실효세율을 구할 수는 있으나 개별 기업별로 연도별, 또는 회계 처리상의 기술적 문제 등으로 실효법인세율이 일정한 범위에서 달라질 수 있다.

우선, 전자의 방법으로 2010년 기준 국내 기업들의 실효법인세율을 구해 보면, 〈그림6〉과 같이 국내 기업 전체 실효법인세율은 16.6%로 나타난다.

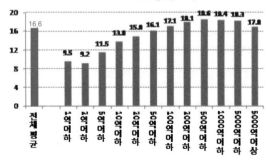

## 〈그림6〉 과세표준 구간별 실효법인세율 현황

**실효법인세율(2010)**

주) 2011년 국세통계연보 자료를 바탕으로 선대인경제연구소 분석, 작성

법인세 과세표준 구간별로 보면 1억 원 이하는 9.5%, 1억 원 초과 2
억 원 이하는 9.2%이고, 2억 원 초과 5억 원 이하부터 200억 원 초과
500억 원 이하까지는 점차 높아지고 있다. 그러나 과세표준이 500억
원을 초과하면서부터는 오히려 과세표준 규모가 커짐에 따라 실효법
인세율이 낮아지는 현상이 나타나고 있다. 소득 규모가 커질수록 법
인세 부담이 상대적으로 낮아지는 것이다. 이는 조세형평성에서 큰
문제를 낳게 된다.

과세표준 5,000억 원 이상 법인수는 42개로 이들은 거의 대부분 재
벌그룹에 속하는 대기업들이다. 기업 수는 전체 법인수의 0.01%에도
못 미치지만 과세표준 비중은 31.1%, 부담세액 비중은 31.9%에 이르
는 큰 비중을 차지하고 있다. 그런데 이들이 내는 실효법인세율은 과
세표준 50억 원 초과 100억 원 이하 기업보다 더 낮은 수준이다.

이어서 2007년 이후 실효법인세율의 추이를 보면 20.2%(2007년)→

20.5%(2008년)→19.6%(2009년)→16.6%(2010년)으로 감세 정책의 일환으로 법인세 세율이 낮게 적용되기 시작한 2009년 이후 급감하고 있음을 알 수 있다. 또한 같은 기간 5,000억 원 이상 대기업의 실효법인세율은 20.6%→21.1%→20.7%→17.0%로 비슷한 추이를 보이며 하락했다. 이 같은 대기업의 실효법인세율의 하락 추이는 과세표준 200억 초과 500억 원 미만 중견기업의 실효법인세율보다 매년 0.5%~1.6% 포인트씩 더 하락했음을 보여 준다. 상위 극소수 대기업의 실효법인세율이 중견기업보다 낮은 것이 구조화되어 있다는 의미이다.

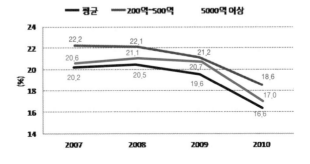

〈그림7〉 기업 규모별 실효법인세율 추이

주) 2011년 국세통계연보 자료를 바탕으로 선대인경제연구소 분석, 작성

한편 기획재정부는 국세통계연보를 이용한 실효법인세율을 거론하면서 중소기업의 실효법인세율이 13.1%로 낮은 반면 대기업의 실효법인세율이 17.7%로 높다는 주장을 펼쳤다(앞의 보도참고자료). 기

획재정부는 중소기업과 대기업의 분류 기준을 명확히 밝히지 않았으나, 〈그림8〉을 보면 과세표준 구간별 실효법인세율 변화 추이를 숨긴 채 자의적으로 나눈 중소기업과 대기업 분류를 통해 상황을 호도하고 있음을 알 수 있다.

기획재정부가 중소기업으로 분류한 대상기업은 과세표준 2억 원 이하 기업 18만 4994개를 포함해 상대적으로 실효세율이 낮은 50억 원 이하 기업 3만 2837개 기업이다. 명목세율 10% 적용대상인 과세표준 2억 원 이하가 79.5%를 차지해 실효세율이 낮을 수밖에 없는 대상을 중소기업으로 잡은 것이다.

반면 대기업은 과세표준 200억 원 초과 기업으로 잡았는데, 현행 최고세율 22% 적용 대상인 과세표준 200억 원 초과 기업을 염두에 둔 것이라고 볼 수 있다. 하지만 이것은 일반적 통념에 비춰 대기업의 범위를 너무 넓게 잡은 것이다. 이에 따라 5,000억 원 이상 대기업에 더해 실효법인세율이 가장 높은 3개 구간의 법인들을 모두 대기업으로 잡아 17.7%라는 비교적 높은 실효법인세율을 도출해 낸 것이다.

이는 앞서 설명한 바와 같이 실효법인세율이 200억 원 이상 500억 원 초과 구간을 지나면서 실효법인세율이 오히려 낮아지고 있는 추세를 기획재정부가 감추려는 의도였다고 판단할 수밖에 없다. 이런 식으로 중소기업과 대기업을 자의적으로 구분해 실효법인세율을 제시하다 보니 50억 원 초과 100억 원 이하, 100억 원 초과 200억 원 이하 과표 구간 기업들이 기획재정부 분류에서는 통째로 빠지는 결과를 낳았다.

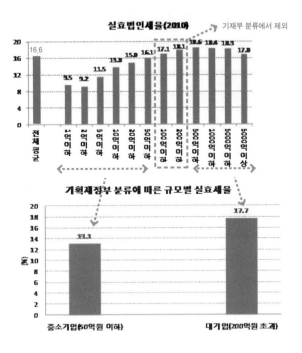

〈그림8〉 기획재정부 실효법인세율 발표의 문제점

실효법인세율(2010)

주) 2011년 국세통계연보 및 기획재정부 보도참고자료를 바탕으로 선대인경제연구소 작성

## 법인세율의 적정화가 필요하다

국내 법인세 부담은 OECD 국가들에 비해 결코 높지 않으며 오히려 낮은 편임을 확인할 수 있었다. 특히 명목세율에 비해 대기업들에 적용되는 실효법인세율은 상당히 낮은 수준이다. 이처럼 낮은 실효법인세율은 법인세 감세로 인한 낙수효과는 기대하기 어려운 반면 저소득층의 조세 부담은 가중시켜 서민 계층 중심의 내수 위축을 오히려 심화시킬 공산이 크다.

향후 한국경제는 급격히 진행되는 저출산 고령화 충격에 따른 생산

가능인구의 감소로 내수 위축 효과는 커지는 반면 고령 인구의 급증에 따른 의료비 지출을 중심으로 복지지출 수요는 급증하게 될 것이다. 이에 적절히 대비하기 위해서는 조세 전반의 개혁을 통해 적절한 수준의 세수를 확보하는 것이 필요하다.

그런 측면에서 재계는 말할 것도 없고 기획재정부가 편향된 정보를 바탕으로 법인세 인하만이 능사인 것처럼 강변하는 것은 설득력이 없다. 재계와 일부 언론에서는 법인세율을 낮추면 한국경제가 활성화될 것처럼 주장하고 있으나 이는 매우 근시안적 사고라고 할 수 있다.

법인세율을 낮추면 일부 기업들은 혜택을 볼 수 있을 것이다. 그러나 재정 수요가 급증하고 있는 상황에서 어디에선가는 세금을 더 걷을 수밖에 없다. 그 경우 법인세와 함께 국세수입의 삼대 축인 소득세와 부가가치세를 비롯한 다른 세금에서 세금을 더 걷어야 한다. 결국 법인세 인하를 통한 경기 진작 효과가 설령 있다고 하더라도 소득세나 부가가치세 인상에 따른 경기 위축효과로 상쇄될 가능성이 높다. 그뿐 아니라 지나치게 낮은 법인세로 인한 투기적 자본의 유입 등으로 중장기적으로는 국민경제의 건전성을 해칠 우려도 크다. 그렇다고 저출산 고령화에 따른 내수 위축 우려가 큰 데다 기업 간의 글로벌 경쟁압력이 강한 현재 상황에서 법인세율을 크게 높이기도 쉽지 않은 상황이다.

따라서 사회적 공감대를 토대로 적절한 수준의 법인세율을 찾는 작업이 필요하다. 이를 위해서는 저출산 고령화 등 한국경제가 당면한 현실에 대응하기 위해 부동산 등 자산과세 강화 및 다른 세목 수준의 조정과 함께 법인세 조정을 고려하는 것이 올바른 방법이다.

## 근로소득은 울고 불로소득은 웃는 나라

한 가지 사례를 가정해 보자. 평범한 직장인 A씨는 1년 동안 열심히 일해 연봉 5,000만 원을 받았다고 하자. 그의 동창생인 B씨는 같은 해 주식 투자로 5,000만 원을 벌었다고 하자. 또 다른 동창생인 C씨는 몇 해 전에 3억 원에 샀던 집을 5억 원에 팔아 무려 2억 원의 양도 차익을 남겼다고 하자. 이럴 경우 A씨는 연간 수백만 원의 근로소득세와 주민세를 물어야 한다. 반면에 B씨는 주식을 사고파는 과정에서 약간의 증권거래세를 냈을 뿐 차익에 대해서는 한 푼의 세금도 내지 않았다. C씨도 1가구 1주택자라서 양도 차익에 대해 단 한 푼의 세금도 내지 않았다.

열심히 일해서 번 근로소득에 대해서는 꼬박꼬박 세금을 내는데 주식이나 주택을 팔아 생긴 차익, 즉 불로소득에 대해서는 단 한 푼의 세금도 내지 않는 이 현실을 A씨는 납득할 수 있을까. 친구들은 부모를 잘 만났거나 재테크에 탁월한 재능이 있는 반면에 자신은 그렇지 못했을 뿐이라며 세상이 다 그런 것이라고 체념해야 할까. 안타깝게도 이 같은 일이 현재 우리나라에서 벌어지고 있다. '소득 있는 곳에 세금 있다'는 조세의 기본 원칙이 지켜지고 있지 않은 것이 우리나라의 실정이기 때문이다.

전두환 전대통령 일가의 압수수색 때 나온 수백 점의 미술품이나 삼성그룹 특검 때 삼성이 비자금으로 해외 미술품 경매에서 감정가 86억 원 상당의 로이 리히텐슈타인의 작품 '행복한 눈물'과 같은 고가의 미술품들을 사들였다는 의혹이 언론에 보도되면서 세간의 이목을 집중시킨 일이 있다. 또한 CJ 그룹 이재현 회장도 해외 유명작가의 미술품 매입에 1,000억 넘게 사용한 것으로 보도되었고, 김찬경 전 미래저축 회장도 저축은행 구조조정을 앞두고 고가의 미술품을 로비에 사용한 것으로 알려졌으며, 부산저축은행 경영진과 계열사도 2,000억 원대의 미술품을 보유하고 있었다고 한다.

왜 부자들은 미술품 수집에 집착하는 것일까? 그 이유는 일명 미술품 재테크라고 불리는 데서도 알 수 있듯이 과세망을 효과적으로 비껴갈 수 있기 때문이다. 취등록세는 물론 양도세, 소득세, 증여세 등을 전부 피할 수 있다. 큰 폭의 차익을 거둘 수 있는 데다 세금도 낮고 심지어는 무자료 거래도 가능해서 소득에도 잡히지 않고 상속 증여도 용이하다. 게다가 로비에도 유용하니 비자금으로 할 수 있는 가장 효과적인 재테크라 할 수 있는 것이다.

이렇듯이 거래를 포착하는 것도 어려운 데다가 설령 포착한다 하더라도 동일한 물건이 없으므로 적정 가격 책정이 어려운 것이 현실이다. 개인끼리 서로 합의한 가격에 사고판다면 과세 당국 입장에서는 어쩔 도리가 없다. 결국 과세망을 효과적으로 비껴갈 수 있기 때문에 부자들이 고가의 미술품들을 악착같이 사서 모으는 것이다.

우리나라의 금 관련 귀금속 시장의 규모는 한 해 5조 원으로 추정된다. 절반 이상이 무자료 음성거래로 유통되고 있어서 그 규모를 정확히 파악할 수 없지만, 정부의 추정치에 따르면 금 유통 규모는 연간 100~110톤이고, 이 가운데 음성거래가 55~70톤에 이를 것이라고 한다. 문제는 이 수치에 밀수금은 전혀 포함되지 않는다는 것이다.

정련금을 예로 들면, 음성거래 규모가 한 해 2조 2천억~3조 3천억 수준일 것으로 추정된다. 부가세 탈루 규모가 2200억~3300억에 이르는 것이다. 여기에 밀수금까지 포함시키면 탈루 규모는 훨씬 커질 것이다.

## 억울하게 세금 낸다?

2013년 8월 8일에 발표된 세법 개정안을 놓고 일반 시민들 사이에 증세 방안에 대한 여론이 들끓고 있다. 많은 봉급생활자들 사이에서 '조세저항' 심리가 확산되고 있다. 단순히 세부담이 늘었기 때문이 아니다. 세부담 증가가 각 납세 주체별로 골고루 이루어졌다면 이 같은 반발은 없었을 것이다. 대기업과 부유층, 자산가의 세부담은 늘리지 않으면서 근로소득자들 부담만 늘리는 것 때문에 '조세저항' 심리가 확산되고 있는 것이다. 2013년 8월 19일자 경향신문에 소개된 일반 시민들의 이야기를 들어보자.

"개인적으로 몇 만 원 더 내도 감당할 수 있다. 다만 더 내고 복지 수준이 높아진다는 전제가 있다면, 정부가 좋은 나라를 만들겠다는데 나도 같이 만들어 가고 싶다. 그런데 정부가 세법 개정안 수정안을 내면서 많은 사람들이 같이 만들어 갈 기회가 사라졌다고 본다. 대기업은 놔두고 월급쟁이 세금만 건드리는 거 보고 사람들이 화가 난 것이다. 문제는 법인세라고 생각한다. 이명박 정부 때 법인세율을 낮춰 줬

는데 경제적으로 지금 나아진 것이 있는가." (29세 회사원)

"세금은 떼어 가는 액수보다 봉급자들만 손해 본다는 상대적 박탈감이 더 큰 문제다. 돈 많이 버는 사람들 세금이 늘어난다면 세금을 더 내도 상관없다." (32세, 교사)

"정부의 세법 개정안은 빠듯하게 사는 사람한테 세금 걷어서 더 빠듯하게 사는 사람에게 준다는 것에 불과하다. '있는 사람'들은 손 안대고 쉽게 걷을 수 있는 직장인들 주머니만 털고 있다." (33세 회사원)

"세율을 올리기 전에 탈세부터 줄여 가는 노력이 필요하다. 법인세 인하는 좀 애매한 부분이 많다고 생각한다. 대기업이 사내 유보금을 늘리고 이를 자기 자금처럼 쓰는 건 문제다. 그러나 중소기업도 그렇다고 보기 힘들다. 중소기업들이 법인세를 덜 내고 그것을 연구·개발(R&D) 등에 써서 더 많은 이익을 내게 해야 한다. 그러면 세금도 많아지고 결과적으로 국민에게 이득이 된다고 생각한다." (43세 변호사)

"나도 언제 저소득층이 될지 모른다는 생각이 드니 저소득층에게 가는 세금은 아깝지 않다. 우리 가정은 이번 세법개정으로 세금이 조금 줄어들 것 같은데, 저소득층에게 간다는 게 보이면 세금이 늘어나도 괜찮다는 생각이다. 예산이 더 늘더라도 복지를 줄여서는 안 된다고 본다. 복지는 아무리 늘려도 국민들에게 부족한 것 아닌가." (43세 주부)

"'증세냐 아니냐' 말들이 많은데 복지를 강화한다는 전제조건을 수정하지 않는다면 증세 외에는 다른 방법이 없는 것 아닌가. 다만 사회적 공감대를 형성하고, 단순히 '나'만 내는 게 아니라 미래를 위해 모

두가 동참해야 한다는 이해를 구하는 작업이 필요하다고 본다." (47세 회사원)

"복지를 위해서라면 증세가 불가피하고 세금을 올릴 수밖에 없다. 그런데 이번에는 수순이 잘못됐다. 지하경제를 양성화하고 세금 탈루를 막고, 그런 다음 고소득자·중산층이 더 부담하라고 하면 문제 없었을 것이다. 그런데 이런 것 없이 중산층 증세가 곧바로 튀어 나왔다. 월급쟁이들에게 기대는 것은 최후 수단이다. 가장 쉬운 방법으로 생각해서는 안 된다." (57세 회계법인 대표)


대부분의 시민들은 복지 수준을 높인다는 확신만 있다면 세금을 몇만 원쯤 더 내도 기꺼이 감당할 의사가 있다고들 말한다. 시민들은 보편적 복지가 시대적 요구라는 점과 보편적 복지를 위해서는 어느 정도 증세가 불가피하다는 점을 너무도 잘 알고 있는 것이다. 문제는 조세정의, 공정과세, 비효율적 국가 예산 사용 방지를 어떻게 이룩하느냐에 있다.

전 세계에서 유례를 찾아보기 힘들 만큼 저출산 고령화가 급속히 진행되고 있는 우리나라의 현실에서 향후 노동의 비중은 더욱 낮아질 수밖에 없고 복지수요는 갈수록 늘어날 수밖에 없다. 따라서 어느 정도의 증세는 불가피할 수밖에 없다. 시민들이 이 점을 잘 알고 있다는 것을 확인할 수 있으므로 각 납세 주체별로 골고루 정의롭게 세부담을 하도록 한다면 '조세저항' 이라는 말은 자취를 감추고 말 것이다.

# 조세감면의 사회

## 세금을 깎아 준다고?

국내 대기업들의 실효법인세율이 낮은 것은 각종 비과세감면 혜택 등을 집중적으로 누리고 있을 가능성이 높다는 의미이다.

먼저 전반적인 국내의 조세지출 현황을 살펴보자. 조세지출은 조세 감면/비과세/소득공제/세액공제/우대세율적용 등 조세특례에 따른 재정지원을 말한다. 개인 또는 기업의 소득에 대해 특별 예외를 인정 하여 세금을 부과하지 않거나 감면해 주는 것이다. 세금을 거둬들인 뒤 재정으로 지출하는 것과 달리 징수해야 할 세금을 줄여 주는 것이 기 때문에 조세지출(tax expenditures)이라고 부른다.

조세지출은 장애인이나 고령자 등 취약 계층에 대한 지원이나 특정 분야로의 자원 배분을 유도하기 위한 명목으로 시행되고 있다. 그러 나 실제로는 특정 이익집단이나 정치세력의 이해관계에 따라 도입돼

자원 배분을 왜곡하거나 소득 격차를 악화시키는 경우가 많다.

〈그림10〉을 참고로, 조세지출 추이를 보면 조세감면액 규모가 매우
빠른 속도로 증가했음을 알 수 있다. 국세 기준으로 1998년 7조 7,305

### 〈그림10〉 연도별 조세지출 추이

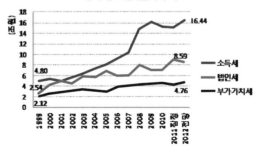

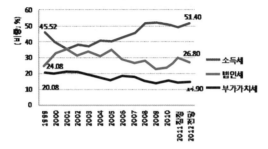

억 원에서 2011년에는 30조 6,194억 원까지 늘어났으며 2012년에는 31조 9,871억 원까지 늘어날 것으로 전망된다. 그렇게 되면 조세지출 비율은 총 국세 수입액과 조세지출액을 합한 금액의 13.4%에 이르게 된다.

이 가운데 전체 국세 수입의 약 4분의 3을 차지하는 소득세, 법인세, 부가 가치세 가운데 소득세와 법인세 조세지출 규모가 급증하고 있다. 1999년 4.80조 원이던 소득세의 조세감면 규모는 2012년에는 16.44조 원으로 급증할 것으로 전망되며, 같은 기간 법인세는 2.54조 원에서 8.59조 원으로 급증할 것으로 전망되었다. 참고로 같은 기간 2.12조 원이던 부가가치세는 4.76조 원으로 늘어나는데 그쳤다. 이 기간 중 소득세와 법인세의 조세지출 비중 또한 69.6%에서 78.2%로 증가했다. 2012년 국세 수입 205.8조 원 가운데 약 44%(90.5조 원) 정도를 차지하는 소득세와 법인세 비중보다 훨씬 더 높은 조세지출이 일어나고 있는 것이다. 한국의 경우 조세체계에서 누진세율 등 소득 역진성을 완화하는 효과가 적은데, 세금을 부과하기 전 조세감면 등을 통한 조세지출에서 직접세 감면 비율이 매우 높아 소득역진성을 심화시키고 있음을 알 수 있다. 특히 조세지출의 혜택이 상대적으로 고소득층이나 매출 및 영업이익 규모가 큰 대기업 등에 집중되어 있으므로 그 역진적 효과가 극도로 크다고 할 수 있다.

## 누구를 위한 할인행사란 말인가

이 같은 이해를 바탕으로 실제로 〈그림11〉에서 2010년 기준 소득 규모별 법인세 공제감면 혜택의 분포를 보면 대상기업의 거의 대부분은 5억 원 이하 구간에 몰려 있으나 실제로 법인세 공제 및 감면세액 7조 4,014.4억 원 가운데 39.7%인 2조 9,408.8억 원이 소득 규모 5,000억 원 초과 44개 대기업에 돌아가고 있다. 이들 대기업 1개당 평균 감면세액 규모는 약 668.4억 원에 이른다. 또한 1,000억 원 이상 5,000억 원 이하 144개 대기업까지 확대하면 4조 1,014.4조 원으로 그 비중은 절반을 넘는 55.4%에 이르게 된다. 전체 법인수의 0.13%에 불과한 상위 188개 대기업이 누리는 법인세 감면 혜택이 절반을 넘는 것이다. 반면 전체 법인수의 98.5%를 차지하는 소득 규모 50억 원 이하 소기업 14만 6,3687개가 받는 감면 혜택 비중은 1조 6,377조 원으로 약 22.1%에 불과하다.

2012년의 조세지출 전망치에서도 R&D비용 세액공제액이 2조 5,994억 원, 임시투자세액공제액이 1조 7,514억 원으로 나타나는 등 법인세 감면 항목 규모가 큰 비중을 차지하고 있다. 이 같은 세액공제 혜택은 투자 여력이 많은 재벌 대기업들이 대부분 누릴 수밖에 없다. 이 같은 혜택이 집중된 결과 앞서 본 것처럼, 과세소득 규모 1,000억 원 이상 대기업의 실효법인세율이 오히려 수백억 원대 중견기업들보다 더 낮아지는 현상이 발생한 것이다.

이 같은 대기업에 대한 지나친 비과세감면 혜택은 세수 감소로 이어지고, 줄어든 세수를 상쇄하기 위해 정부는 다른 세목에서 세율을 올리려는 유인이 발생하게 된다. 현재와 같은 상황에서는 그 같은 부담의 대부분은 일반 서민 가계에 전가될 가능성이 높다.

또한 비과세 감면을 통한 조세지출은 재정지출과 달리 사전 심의나

<〈그림11〉 기업 소득 규모별 법인세 공제감면 혜택 분포

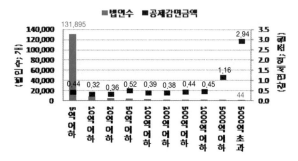

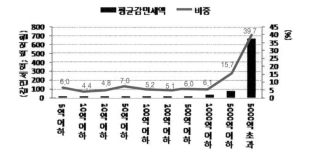

주) 2011년 국세통계연보 자료를 바탕으로 선대인경제연구소 작성

사후 검증을 받을 기회가 거의 없고 그 효과를 파악하기도 무척 어렵기 때문에 가급적 축소하는 것이 바람직하다. 특히 재벌 대기업들을 중심으로 한 과도한 법인세 비과세감면 혜택은 가뜩이나 조세 및 재정의 재분배 기능을 통한 불평등 완화 효과가 OECD국가들 가운데 가장 낮은 한국에서 소득 역진적 효과를 악화시킬 가능성이 매우 높다.

실제로 이명박 정부가 법인세 감세를 포함한 감세 정책을 실시한

2008년 말 이후 소득 상위 20% 계층에 해당하는 소득 5분위의 조세부담 증가율은 크게 떨어진 반면 하위 20~40% 계층에 속하는 소득 2분위의 조세부담 증가율은 크게 급증했다.

특히 소득 2분위의 조세부담 증가율은 한때 55.6%에 이를 정도로 급증하기도 했으며 2009년 이후 대부분 기간 동안 소득 5분위의 조세부담 증가율을 상회하고 있다. 물론 이 같은 상대적 저소득층의 조세부담 증가가 모두 법인세 감세 때문이라고 하기는 어렵더라도 앞에서 본 것처럼 법인세 감세에 따른 실효세율의 인하 효과가 대기업과 그 종사자에게 집중되고 있다고 한다면 그 영향을 부인하기는 어려울 것이다.

<그림12> 소득 계층별 조세부담 증가율 분기별 추이

주) 통계청 KOSIS 자료를 바탕으로 선대인경제연구소 작성

이러한 대규모 친재벌 부자 감세의 결과는 실로 참혹한 것이었다. 가계 부채 규모는 2013년 3월 기준으로 961조 6천억에 달해 2004년

말 494조 2천억에서 불과 8년 만에 2배로 늘었고, 국채와 특수채 발행 잔액은 800조를 넘어섰다. 여기에 숨겨진 공공기관의 빚까지 더하면 나라빚은 1,000조를 넘고, 가계 부채 또한 1,000조가 넘어서 국가 전체적으로 보면 2,000조가 넘는 빚더미에 올라앉아 있는 꼴이다. 새누리당(한나라당) 집권 6년 동안에 4대강 토목공사와 부자감세로 대한민국이 '빚더미 공화국'으로 전락하고 만 것이다. 이렇듯 국가와 가계는 돈이 씨가 말라 언제 찾아올지 모를 부도사태에 전전긍긍하고 있는 반면에 대기업의 곳간은 돈이 넘치고 있는 실정이다.

# 조세개혁의 방향

　세법 개정안을 놓고 국민 여론이 들끓고 있는데, 정부의 반응을 보면 아직도 국민들이 느끼는 이번 세법 개정안의 문제가 뭔지 모르는 것 같다. 이번에 많은 봉급생활자들이 반발한 것은 근로소득세 안에서 소득계층 간 형평성이 제고되지 않아서가 아니라, 대기업과 부유층, 자산가의 세 부담은 늘리지 않으면서 근로소득자들 부담만 늘리는 것 때문이다.

　세계에서 저출산 초고령화가 가장 빠르게 진행되는 점을 감안하면 향후 복지를 확충할 세수를 어딘가에서는 확보해야 한다. 국민들도 보편적 복지가 시대적 요구이고 이를 위해서는 어느 정도 증세가 불가피하다는 점을 잘 이해하고 있다. 그럼에도 세법 개정안을 놓고 '조세저항' 심리를 느끼고 있는 것이다. 그 이유는 증세에 있는 것이 아니라 걷어야 할 곳에서 안 걷는다고 느끼기 때문이다. 따라서 이제 우리가 해야 할 일은 사회경제적 양극화가 극심한 현실을 고려해 조세재정 제도에서 기득권이 누리던 특혜를 대다수 중산층 서민들의 혜택으로 전환하는 것이다.

국민들의 조세저항 심리를 줄이기 위해서는 조세정의를 반드시 확보해야 한다. 조세정의 확보의 관건은 빈부를 줄일 수 있는 세금, 나만 억울하게 내지 않는 세금, 미래 세대에게 부담을 주지 않는 세금에 있다.

이를 위해서는 불필요한 예산을 정비하고, 눈에 보이는 확실한 복지를 시행하는 한편, 부유세를 신설하고, 재벌 대기업에 대한 줄푸세를 환원해야 한다. 또한 GDP(국내총생산)로 대표되는 생산경제의 7배를 능가하는데도 세부담은 4분의 1도 되지 않는 자산경제에 대한 증세로 눈을 돌려야 할 때이다. 고소득 탈세 전문직과 자영사업자에 대해 확실하게 세금을 징수하고, 금·미술품·주식·부동산 등의 재산에 대한 적정 과세를 도입해야 한다.

## 빈부를 줄일 수 있는 세금

소득에 따라 세금을 다르게 내는 이유는 형평성 때문이다. 세금의 형평성은 수평적 형평성과 수직적 형평성으로 나눌 수 있다. 수평적 형평성이란 똑같은 돈을 벌면 같은 세금을 내야 한다는 것이고, 수직적 형평성이란 많은 돈을 벌수록 더 많은 세금을 내야 한다는 것이다.

새로운 세목을 도입하거나 세율을 급격히 인상하기보다는 개인과 법인의 소득과세 정상화와 비과세 감면 정비, 지하경제 양성화 등 과세기반 확대를 통해 세금을 늘려야 한다. 국민의 소득수준과 납세의

식이 높아지고 시민단체의 역할이 커짐에 따라 세 부담의 형평성과 적정성에 대한 요구도 크게 증대했다. 따라서 국민적 공감대가 없는 무리한 증세는 조세저항을 낳게 될 것이다.

따라서 먼저 부자감세 과정에서 왜곡된 조세제도의 정상화와 세입 기반의 확충, 그리고 세정개혁 등 세제와 세정의 정상화 조치를 취해야 한다. 그래야만 조세형평성이 제고되는 동시에 필요한 재원도 확보되어 재정건전성도 회복할 수 있다.

소득세 부담을 적정 수준으로 올려 조세형평성을 높이고 필요한 재정수입도 확보해야 한다. 그러기 위해서는 명목세율을 올리기보다는 세율이 적용되는 과세표준 구간을 조정하여 실효세율을 높여야 한다. 또한 각종 감면과 공제제도를 정비하여 과세 사각지대를 해소해야 한다.

법인세와 관련하여, 비과세 감면이 많아서 명목세율과 실효세율 간에 차이가 너무 크다는 것은 우리나라 세율체계의 커다란 문제 중 하나이다. 비과세 감면이 늘어날수록 불공평한 과세가 된다. 특히 재벌 대기업들의 실효세율이 지나치게 낮은 것이 매우 큰 문제이다. 우선, 명목세율에 비해 크게 낮은 실효법인세율을 최대한 명목세율에 근접하는 수준으로 올리는 것을 급선무로 해야 한다. 이를 위해서는 대기업에 주로 혜택이 돌아가는 연구 인력개발비 세액공제(2012년 2조 4,977억 원 추정, 이하 2012년 추정치임), 임시고용창출 투자세액공제(2조 1,216억 원), 외국인투자기업 법인세 감면(4,212억 원), 에너지 절약시설 투자세액공제(2,792억 원)의 적용 대상을 과표 1,000억 원 초과 대기업을 중심으로 폐지하거나 최대한 줄여 나갈 필요가 있다.

이런 식으로 188개 대기업에 돌아가는 4조 1014조 원의 절반만 줄이더라도 약 2조 500억 원 가까운 세수를 추가로 확보할 수 있다. 전체 공제감면 혜택을 절반으로 줄일 경우에는 3조 7,000억 원이 넘는 세수를 추가로 확보할 수 있다. 이밖에 실효세율을 20%로 높일 경우에는 2010년 기준 법인세수 29조 5,814억 원보다 6조 1,447억 원 더 많은 35조 7,261억 원의 법인세수를 확보할 수 있다. 같은 식으로 실효세율을 22%로 높일 경우에는 39조 2,988억 원을 걷게 된다.

대기업을 중심으로 비과세공제감면 혜택 등을 줄여 실효세율을 높이는 노력과 더불어 명목세율도 일정한 수준에서 상향 조정할 필요가 있다. 2008년 이후 세계경제 위기와 장기화되는 국내 내수 침체를 고려해 현행 과표 2억 원 이하 10%, 2억 원 초과 200억 원 이하 20% 세율은 유지하되, 200억 원 초과 1,000억 원 이하 기업에 대해서는 23%로 올리고, 이어 1,000억 원 초과 대기업에 대해서는 이명박 정부 감세 정책 실시 이전 수준인 25% 수준으로 올리는 것은 최소 수준의 법인세 조정방안이라고 판단된다. 이는 경기 침체가 가시화되고 있는 국내외 경제상황을 고려한 법인세율로 향후 경제상황이 개선될 경우 추이를 보아 가며 대기업을 중심으로 이명박 정부 이전 수준의 법인세율로 상향 조정을 검토할 필요도 있다.

OECD 국가 중 22개국은 법인세율을 단일세율로 운영하고 있다. 법인세가 소득세의 전 단계로서 자본에 대한 과세인 점을 감안한 것이다. 우리도 세율체계를 다시 2단계로 축소하고, 최고세율이 적용되는 과세표준 '200억 원 초과' 구간도 선진국 수준으로 하향 조정해야 한다.

현재 약 시세의 30~50% 수준에 불과한 단독주택과 대기업 보유 부동산의 과표를 현실화하고, 소득조사청을 설립해 법에 명시된 양도소득세와 임대소득세를 제대로 거두면 약 20조 원의 세수를 더 확보할 수 있다. 이렇게 거둔 세금을 서민들을 위한 공공임대주택 건설과 주거 취약층을 위한 주택바우처 재원으로 사용해 '전 국민 주거안정망' 구축에 사용할 수 있다.

중소기업 업종 침범 대기업에 법인세와 부가가치세를 1.5배 이상 중과하고 재벌 대기업 일감몰아주기 및 이로 발생한 대주주의 배당소득에 중과세하면 한해 1조 원 이상을 확보할 수 있을 것으로 추정된다. 이 재원으로 중소기업과 자영업 육성 펀드를 조성하고 자영업 R&D센터를 건립, 운영할 수 있다.

각종 입찰비리 등 건설부패 행위에 대해 강력히 대응하고 여기에서 생겨나는 비자금을 엄단해 추가로 걷는 세수(약 2조~3조 원 추정)를 적정임금제 도입과 4대보험 적용 등을 통해 전국 200만 건설노동자의 낮은 임금과 열악한 처우를 개선하는 데 쓸 수 있다.

## 나만 억울하게 내지 않는 세금

세금의 수평적 형평성을 위해서는 같은 5천만 원을 벌었으면 세금도 똑같이 내야 한다. 그럼에도 앞에서 살펴본 가상의 사례에서도 알수 있듯이 한 해 동안 열심히 일해서 5,000만 원을 버는 성실한 직장인은 근로소득세와 주민세로 매년 꼬박꼬박 수백만 원을 내는 반면에, 주식투자와 같은 자산소득으로 같은 액수를 버는 사람은 그 차익에 대해서 단 한 푼의 세금도 내지 않고 있는 것이 우리의 현실이다.

현행 과세제도의 틀은 구조적으로 잘못 짜여 있다. 1970년대 개발경제 시대의 기본틀 속에 짜인 현행 세제는 수십 년이 지났지만 그 근본적인 틀이 바뀌지 않았다. 경제 부문을 크게 자산경제와 생산경제로 나눌 때, 엉성하기는 했지만 당시 한국경제는 생산경제 중심의 국가였다. 기업이 공장을 가동하고 그 공장에서 노동자들이 월급을 받아 소비하고 지출하는 생산경제가 경제의 주축이었다. 소득이 있는 곳에 세금을 부과하는 조세의 기본 원칙상 생산경제 영역에서 발생하는 소득에 대부분 과세하는 것은 결코 잘못된 것이 아니었다. 그렇게 해서 부가가치세, 법인세, 근로소득세 등이 국세 수입의 3대 축을 형성한 것이다.

하지만 세상이 변했다. 특히 2000년대 내내 부동산 가격이 잔뜩 부풀어 오르고 주식 거래가 활발해지면서 주식과 부동산으로 대표되는 자산경제 규모가 매우 비대해졌다. 7,500조 원에 이르는 자산경제 규모가 GDP(국내총생산)로 대표되는 생산경제의 7배를 능가한다. 그렇게 비대해진 자산경제 부문에서 발생하는 각종 자본이득(capital gain)[2]과 이자나 배당에 대한 소득이 발생해도 이에 대한 세금은 전체 세수의 17.8%에 불과하다. 또한 부동산 보유세 부담액은 전체 부동산 자산가치의 0.09%에 불과하다. 자산경제에서 발생하는 소득은 대부분 불로소득에 가깝다. 그럼에도 규모가 생산경제에 비해 7배가 큰

---

2) 자본이득(capital gain)이란 자본적 자산이 토지나, 채권, 주식 등의 가격이 구입 시보다 올라 생기는 차익으로 자산을 거래해 차익을 실현하면 양도차익이 발생하고, 그냥 보유할 경우에는 구입시 가치에 비해 평가차익이 발생한 것으로 본다.

자산경제에서 걷는 세금이 생산경제의 4분의 1도 되지 않는 게 우리의 현실이다. 생산경제에서 발생한 소득에 부과되는 세금이 자산경제에서 발생한 소득에 부과되는 세금보다 32배 이상 무겁다는 얘기다.

자산경제 부문에 대한 빈약하기 짝이 없는 과세 문제를 단적으로 보여주는 것이 부동산 보유세이다. 우리나라의 부동산 세제는 거래세는 높고 보유세는 낮은 구조이다. 취득세 같은 거래세는 부담을 줄이고, 고액 재산가의 보유세 부담은 적정 수준으로 올려야 한다.

부동산 보유세는 일부 기득권 언론의 왜곡보도와 달리 소유 부동산을 활용해 가장 생산적으로 사용할 수 있는 경제주체에게 부동산이 배분되도록 하는 한편 부동산 투기에 강한 내성이 있는 세금으로 매우 시장 친화적이다. 그럼에도 노무현 정부 당시 부동산 보유세의 하나로 도입한 종합부동산세를 부동산 재벌이자 부동산 광고 수입에 목을 맨 일부 언론사 사주들이 '세금 폭탄'으로 매도하는 바람에 상당히 부정적인 인식이 생겼다.

종합부동산세는 부동산 보유 과세를 정상화할 수 있는 단초를 마련해서, 2005년 4,413억 원으로 시작해 2007년에는 2.4조 원으로 늘었다. 그러나 앞에서 살펴본 대로 이명박 정부의 종부세 무력화 정책에 따라 2008년 2.1조 원, 2009년 1.2조 원으로 줄고 말았다. 올바른 조세개혁 방향과 정반대 방향으로 역주행한 것이다. 한국의 종부세와 재산세, 종합토지세를 합친 보유세 총액은 2008년 기준으로 5.7조 원에 불과하다. 전체 부동산 자산가치 6,500조 원의 0.09% 수준에 불과한 수치이다.

이를 자동차 세금과 비교해 보면 좀 더 생생하게 이해할 수 있다. 자동차를 보유한 가계들은 매년 자동차세와 자동차세의 30%에 해당하는 교육세를 내야 한다. 이 금액이 2008년에는 3.2조 원이었다. 2008년 전국 자동차 보유 대수가 1,680만 대가량이었는데 감가상각분을 포함해 대당 가치를 1,000만 원으로 잡으면 전체 자동차 가치는 168조 원이다. 자동차의 가치는 부동산 가치의 39분의 1에 불과했지만, 자동차 보유세액은 부동산 보유세액의 56%에 이르렀다. 이를 1,000만 원당 보유세 부담률로 환산해 따져 보면 자동차 쪽이 70배나 무거운 수치이다. 거액의 부동산 소유자들에게 걷지 않는 세금을 자동차를 소유한 대다수 일반 가계가 더 무겁게 나눠서 내고 있는 꼴이다.

대표적인 불로소득 중 하나인 배당이익의 세금 또한 근로소득보다 한없이 낮다. 이와 관련해서는 세계 최고의 갑부로 꼽히는 워렌버핏의 이야기를 하지 않을 수 없다. '투자의 귀재', '오바마의 현인' 등으로 불리며 활발한 기부 활동으로도 유명한 워렌 버핏(Warren Buffett) 버크셔 해서웨이 회장은 2011년 8월 14일 뉴욕타임스에 '슈퍼부자 감싸기 정책을 중단하라(Stop Coddling the Super-rich)'는 제목의 칼럼을 기고했다. 이 칼럼에서 버핏은 자신이 그 전해에 낸 소득세의 세율은 17.4%에 불과한 반면, 자신의 사무실에서 일하는 20명의 직원이 낸 소득세의 평균 세율은 매우 부당하게도 자신의 두 배가 넘는 36%에 이른다고 밝히고, 슈퍼리치에게 증세를 해 미국 정부의 재정적자 문제를 해결하자고 주장했다. 연간 100만 달러(약 11억 원) 이상을 버는 부유층의 자본소득에 적용되는 실효세율이 적어도 중산층 이상은 되도록 세율 하한선(minimum tax rate)을 정하자는 것이다.

워렌 버핏의 이름을 따서 버핏세(Buffet rule)로 불리는 이러한 부자 증세 논란은 그 뒤 전 세계로 확산되었으며, 우리나라 역시 2011년 12월 31일 소득세 최고 과세표준 구간(3억 원 초과)를 신설해 이 구간에 종전 35%의 최고세율을 38%로 높이는 일명 한국판 버핏세안을 통과시키기도 했다.

주식에 대한 과세와 관련해서 우리나라에서 현재 시행되고 있는 증권거래세는 주식 투자에서 이득을 보든 손실을 내든 무조건 내야 하는 세금이다. 이는 '소득 있는 곳에 과세 있다' 는 조세원칙에 어긋난다. 증권거래세를 주식양도차익 과세로 바꿔야 한다는 주장이 나오는 이유가 여기에 있다. 주식양도차익 과세는 소득에 매기는 것이기 때문이다. 현재는 주식양도차익에 대한 과세가 없는 실정이다.

주식부자에 대한 과세 논의는 실제로 주식양도차익에 과세하는 '대주주' 의 범위를 넓히는 법령 개정으로 이어졌다. 하지만 여전히 대부분의 주식투자자들이 상장주식 거래로 거두는 이득에는 세금을 부과하지 않고, 주식 거래에만 증권거래세를 매기고 있다.

주식과 함께 대표적인 자산경제에 속하는 파생상품 거래세도 문제이다. 우리나라의 파생금융시장은 거래 규모로만 따졌을 때 세계 1위 시장으로 성장했다. 그러나 이 분야에서도 소득이 있는 곳에 과세한다는 조세원칙이 적용되지 않고 있다. 현재까지 파생금융상품에 대해서는 소득세와 거래세 모두 비과세이다. 거래세를 물고 있는 주식에 비해 혜택이 너무 큰 것이다.

불로소득에 가까운 자산소득에 대해서 적정 수준의 과세가 필요하다. OECD 국가들 대부분이 실시하는 주식 양도차익에 과세하고 주주배당 소득을 강화하는 한편, 증권거래세는 폐지해 일반 개미투자자들의 주식거래 부담을 줄여야 한다. 지금 매우 낮게 책정된 배당금에 대한 세율도 '버핏세'의 취지에 맞게 대폭 올려야 한다.

홍범교·김진수 조세연구원 선임연구원이 2010년 발표한 '자본이득과세제도 정비에 관한 연구'에 따르면, 2009년 코스피와 코스닥 증권시장에서 거둔 증권거래세는 모두 3조 5,000억 원이다. 하지만 거래세 대신 주식양도차익에 14% 세율로 과세할 경우 코스피에서 13조 4,000억 원, 코스닥에서 5조 6,000억의 세금을 거둘 수 있다. 주식양도차익 과세는 '이득 본 사람만 세금 낸다'는 조세형평성에도 맞고, 부족한 복지재원 충당에도 상당한 기여를 하게 될 것이다.

물론 문제도 있다. 특히 경기가 안 좋을 때 주식매매 이득에 과세를 하면 주식시장이 급격히 냉각될 가능성을 배제할 수 없다. 주식양도차익 과세가 실현되면 오른 주식을 갖고 있는 투자자는 세금을 피하기 위해 팔지 않고 보유할 가능성이 있다. 반면 손실을 보는 투자자라면 세금을 안 내도 되니까 좀 더 쉽게 주식을 팔게 된다. 결국 주가는 전반적으로 하락세를 면치 못하게 될 것이다. 세수 측면에서도 주식시장의 시가총액이 커지고 주식투자로 이득을 보는 사람이 많으면 세금이 많이 걷히지만, 주가가 폭락하고 시가총액이 쪼그라들면 세수도 크게 줄어든다. 안정적인 세수 확보가 힘들어서 증권거래세를 걷는 것보다 세수가 더 줄어들 수도 있다.

따라서 시장의 혼란을 줄이며 천천히 바꾸어야 한다. 그러기 위해서는 기술적인 문제를 먼저 해결해야 한다. 기획재정부 관계자는 "세금을 부과하려면 일단 1년 동안 투자자 한 명이 주식거래를 통해 얻은 수익과 손실을 모두 계산한 뒤 과세금액을 결정해야 하는데, 이런 통계가 한 번도 작성된 적이 없다."고 말했다. 주식양도차익 과표를 계산하기 위한 장치를 마련하는 데만 해도 상당한 시간이 걸릴 것이다.

참고로 대만은 1989년 주식양도소득 과세를 도입했다가 도입 1년 만에 폐지했다. 시행 석 달 전에 전격적으로 시행 계획을 발표했지만 투자자들이 거세게 저항하고 주가가 폭락하는 등 부작용이 발생했기 때문이다. 반면에 일본은 1961년에 주식양도차익 과세를 도입하고 1989년 제도가 완성될 때까지 점진적인 변화를 추구해 전환에 성공했다. 이 두 나라의 사례를 비교해 볼 때 시장에 혼란을 주지 않는 점진적 개선이 필요하다는 것을 알 수 있다.

정부는 이미 지난해 8월 파생상품거래세 도입을 골자로 한 증권거래세법 일부개정 법률안을 발의해 놓은 상태다. 코스피200 선물과 옵션에 각각 거래금액의 0.001%, 옵션에 0.01%의 거래세를 과세하되, 이를 3년간 유예한다는 내용이 골자이다.

우리나라의 거래수수료는 세계적으로 낮은 수준이어서 거래세 부과로 인한 거래감소 효과가 작을 수 있고, 거래세 부과로 매년 1300억 원(정부 추산)의 세수 확보가 가능하며, 내외국인에 대한 차별 없이 동일하게 과세할 수 있어 외국인의 투기적인 행위도 어느 정도 방지가 가능하다. 참고로 거래세가 부과되는 유일한 국가인 대만의 경우, 거래세가 주가지수선물(TX)과 옵션(TXO)에 각각 0.004%, 0.1% 부과되는데도 2010년 거래량이 2,533만 건과 9,567만 건이었다. 이 중 옵션의 경우에는 세계 5위 수준이다. 따라서 이번 세제개편안(2013)에서는 빠졌지만, 반드시 도입해야 한다.

현재 상태에서 미술품 매매차익에 대해 기타 소득세를 부과하는 것은 의미가 없다. 보관료니 뭐니 해서 차액의 90%까지를 필요 경비로 인정하고 있기 때문에 가액의 10%에만 최대 22%의 세금을 물리는 것은 무의미하다. 무엇보다도 문제가 되는 것은 현재 거래 파악이 전혀 안 되어 있다는 점이다. 결국 일정 가액 이상의 고가 미술품에 대해 부동산, 자동차, 선박, 항공기처럼 등기 등록을 반드시 해야 하는 공적 등록 대상으로 할 필요가 있다. 그리고 이를 위반했을 때 법원에 넘겨서 몰수하는 등 처벌을 대폭 강화해야 한다. 또한 갤러리 미술품 거래 수수료와 미술품 감정 평가사의 평가 수수료, 미술품 보관료 등을 반드시 세금계산서를 발부하게 해야 한다.

장기적으로는 개인간 거래를 막아 반드시 경매시장을 통하도록 해야 한다. 미술계에서 미술 발전을 저해한다는 이유로 반대하고 있지만, 국가가 이익집단 때문에 해야 할 더 큰 의무를 포기하는 일은 없어야 한다. 또한 그림을 해외에서 들여올 때 관세가 부가되지 않고 있어 흔적을 남기지 않고 들여올 수 있는 문제점도 있다. 따라서 관세도 적정하게 매기는 방안을 강구해야 한다.

또한 부유층의 자산 은닉 수단으로 애용되는 금 거래를 양성화하기 위해 금거래소(금 현물시장)를 설치하고 밀수금에 대한 처벌을 대폭 강화해야 한다. 금거래소 설치와 관련해서는 금융위원회가 전체를 총괄하도록 하고, 한국거래소가 관련 약관을 제정하여 운영 전반을 담당하게 한다. 금 보관과 인출은 한국예탁결제원에서 맡고, 금 생산 업체에 대한 평가와 품질인증은 한국조폐공사가 담당하게 해야 한다. 밀수금 및 무자료 금거래에 대한 감시 및 적발 업무는 각각 관세청과 국세청이 담당하면 될 것이다.

## 미래 세대에게 부담을 주지 않는 세금
— 재정건전성을 고려한 세제

우리나라의 재정건전성은 이명박 정부의 대규모 감세로 인해 크게 악화되었다. 2007년 21%까지 올라갔던 조세부담률이 2010년에는 19.3%까지 떨어졌기 때문이다. 결국 이명박 정부는 임기 5년 내내 대규모 적자를 기록했고, 박근혜 정부도 현재 2년 연속 적자예산을 편성하고 있다. 그에 따라 국가 채무도 크게 증가하고 있다. 대기업과 부자들에게 세금을 깎아 주느라 국가가 빚을 내고 있는 셈이다. 결국 복지, 교육 등의 분야에서 재원 부족에 시달리고 있고, 미래 세대에게도 막대한 부담을 떠넘기고 있다.

분단 상황에 따른 안보재원, 현재 우리 사회가 당면하고 있는 저출산·고령화와 사회양극화, 그리고 재정적자 문제 등을 해결하려면 조세부담률을 적정 수준으로 높여야 한다. 그렇지 않고서는 조만간에 재정 파탄을 맞이하게 될 것이다.

정부가 갚아야 하는 빚인 국채와 특수채 발행 잔액이 2013년 8월 18일 현재 사상 처음으로 800조 원을 넘어섰다. 경기를 끌어올리기 위해 대규모 추가경정예산을 편성하면서 국채 발행이 크게 늘어난 탓이다. 채권 발행액에서 상환액을 뺀 발행 잔액은 정부가 고스란히 갚아야 하는 돈으로 2007년 말에는 395조 원에 머물렀으나, 금융 위기를 겪으며 2008년 말 427조 원, 2009년 말 529조 원, 2010년 말 598조 원, 2011년 말 657조 원, 2012년 말 729조 원으로 급격히 늘어났다.

나랏빚이 늘어가는 건 정부의 자금 조달 수단이 마땅치 않아서이다. 경기를 진작시키고 복지 재원을 마련하기 위해 많은 돈이 필요하지만 정작 정부가 거두어들이는 돈은 적다는 얘기다. 재원 마련을 위해서는 세금을 더 거두어들여야 한다. 하지만 이명박 정부의 친재벌 부자감세 정책으로 세수가 줄자 이를 국채와 특수채 발행을 늘려 조달한 것이다.

문제는 이렇게 쌓인 국채와 특수채가 언젠가는 국민이 세금으로 갚아야 하는 돈이라는 점이다. 지금 세대는 빚의 혜택을 보지만 이를 갚아야 하는 미래세대에게 그 부담이 고스란히 전가되는 것이다.

이를 방지하기 위해서는 특히 OECD 평균 두 배에 이르는 토건사업 예산을 크게 줄여야 한다. 2012년 기준 정부가 분류한 SOC사업 예산뿐 아니라 각 부처에 흩어져 있는 토건시설형 사업을 모두 집계하면 약 40조 원에 이른다. 이 가운데 교통시설 특별회계와 광역시설 특별회계 등 토건사업의 자금줄인 특별회계를 폐지해 일반회계로 통합하는 한편 턴키담합 등 입찰 비리를 근절해 토건예산을 30%가량 줄일 수 있다. 이렇게 해서 확보한 재원으로 보육 확대 및 아동수당, 고교 무상 교육과 지방 거점 국공립대 지원 등 우리 아이들과 청년들의 미래에 투자할 수 있을 것이다.

# 제4부

# 경제민주화, 한국경제의 리스크 줄이기

# 경제민주화, 어디까지 왔나?

## 경제민주화란 무엇인가?

원래 경제민주화는 독일에서 처음 사용된 개념이다. 독일 사민당은 1925년 하이델베르크에서 '경제민주화' 개념을 정강 정책에 처음 도입했다. 이에 반해 기민당은 '사회적 시장경제' 개념을 사용한다. 경제민주화나 사회적 시장경제 둘 다 '모두를 위한 번영'을 목표로 삼고 있지만, 기민당은 사회공동체의 성장에 무게를 두고 사회적 시장경제를 통한 경제성장과 사회보장제도의 선순환구조를 주장하고, 사민당은 빈부 격차와 대기업-중소기업, 노사관계에 초점을 맞춰 노동자 참여와 기업투명성을 강조한다.

신자유주의 시장경제는 개인의 부 창출을 우선시하고 국가 개입의 최소화, 대기업에 대한 조세 지원, 소극적 사회보장 등을 내세우는 데 반해, 경제민주화 또는 사회적 시장경제는 공동체 모두를 위한 부의 중대를 우선시하고 국가 개입과 시장 규제, 중소기업에 대한 세제 지원, 사회보장제도 강화에 적극적이다.

우리나라에서는 1987년 대통령직선제 개헌이 이루어지면서 경제민주화 개념이 헌법에 처음 등장했다. 헌법 제119조 제2항 "국가는 균형 있는 국민경제의 성장 및 안정과 적정한 소득의 분배를 유지하고, 시장의 지배와 경제력의 남용을 방지하며 경제주체 간의 조화를 통한 경제의 민주화를 위하여 경제에 관한 규제와 조정을 할 수 있다."가 바로 그것이다.

우리나라에서 경제민주화는 2008년 글로벌 금융 위기를 겪으면서 시대적 화두가 되었다. 경제민주화는 시대 상황에 따른 정치적 관점에서 대두된 개념이어서 쓰는 이에 따라 그 내용이 약간씩 다르다. 여기에서는 헌법 규정에 기초하여 개념규정을 하도록 하겠다. 즉, 경제민주화란 국가의 경제에 관한 규제와 조정을 통해 대기업과 중소기업이 공정경쟁하며 동반성장하고, 분배정의를 실현하여 부자와 서민이 상생하고 전국이 균형발전하는 건강한 국민경제를 실현하는 것을 말한다. 소수의 강자만이 아니라 다수의 약자도 더불어 평화롭게 공존하며 잘사는 지속가능한 경제체제를 만드는 것이 경제민주화의 목표이다.

## 왜 경제민주화인가?

최근의 분석에 따르면 경제 위기와 소득불평등 사이에 깊은 상관성이 있다고 한다. 미국의 경우 대공황 직전인 1928년에 전체 소득 가운데 상위 1%의 소득이 차지하는 비중이 사상최고치인 23.9%까지 치솟았다. 반면에 대공황을 극복하기 위해 국가가 뉴딜정책을 실시하는 등 경제에 적극 개입하면서 부의 불균형이 완화되기 시작했고 1970년대에는 상위 1%의 소득 비중이 10% 이하로 떨어지기까지 했다. 그 이후 레이건 정부의 신자유주의 정책으로 불평등이 다시 심화되어, 글로벌 금융 위기 직전인 2007년에는 상위 1%의 소득이 대공황 직전 수준에 버금가는 23.7%까지 치솟았다.

경제민주화는 신자유주의 경제 정책의 폐해로 야기된 사회양극화의 심화와 이로 인한 갈등과 분열을 극복하지 못하면 지속적인 성장을 기대할 수 없다는 절박한 위기감에서 비롯된 시대적 요구이면서 세계적 흐름이기도 하다. 비록 그 내용에 있어서는 차이가 있지만, 얼마 전까지만 해도 이를 철저히 외면했던 새누리당마저도 경제민주화를 정강정책에 도입한 것을 봐도 이 점은 분명하다.

지금 우리 사회에서는 헌법이 규정하고 있는 '균형 있는 국민경제의 성장 및 안정과 적정한 소득의 분배'가 철저하게 무너지고 있다. 불균형과 소득분배 왜곡, 시장 지배와 경제력 남용이 도를 넘어섰다. 나날이 심화되어 가는 사회적 양극화와 경제적 불평등을 바로잡지 못한다면 시장경제의 지속가능한 발전을 기대할 수 없게 되었다. 경제민주화를 이루는 것만이 이러한 헌법적 가치를 수호하는 길이다.

2010년 기준 한국의 상위 1%가 차지하고 있는 소득 비중은 11.2~11.5%로 추정되는데, 이는 외환 위기 직후인 1998년의 6.9%에 비해 거의 두 배가 늘어난 것이다. 지난 10년 동안 한국 사회의 경제적 불평등과 상위 1%로의 부의 쏠림현상이 심각했음을 알 수 있다.

경제민주화는 재벌 친화적 경제체제라는 특수성 때문에 한국 사회에서는 더욱 간절한 시대적 요구가 되었다. 1998년 이후 재벌 대기업들은 국내적으로는 가계 부채와 대외적으로는 수출에 의지해 일정한 성장률을 유지함으로써 '글로벌 대기업집단'으로 성장했고 이른바 '추격 모델'의 역사적 임무를 완료했다. 이 기간 동안 시장과 재벌 대기업집단에 대한 정부의 방치는 양극화와 불평등을 심화시켰지만 성장이 지속되는 동안은 부차적인 문제로 취급되었다. 그러나 글로벌 금융 위기 이후 심화되는 양극화와 불평등이라는 사회문제를 국가가 더 이상 방치할 수 없는 상태에 이르면서 새로운 차원에서 경제민주화가 전면적으로 제기되었다. 세계적으로는 글로벌 금융자본이, 국내적으로는 절대적인 경제 권력으로 확고해진 재벌 대기업들이 경제민주화의 대상으로 떠올랐다.

IMF 이래로 계속되어 온 재벌 친화적인 경제정책의 결과, 재벌은 계속하여 국민경제에서 차지하는 경제적 몸집을 키워 온 반면에 중소기업, 중소상인, 자영업자, 노동자들에게 돌아가는 몫은 줄어들었다. 2007년부터 2011년 회계연도까지 5년간의 기업의 영업이익을 보면, 중소기업 영업이익은 13.9%, 매출액은 28.2% 증가한데 반해, 대기업 영업이익은 23.8%, 매출액은 54% 증가해 약 두 배에 이르는 격차를 보이고 있다. 또한 한국은행이 발표한 「2013년 1분기 상장기업 경영 분석」에 따르면 1,581개 상장회사와 186개 비상장회사의 1분기 전체 매출액은 401조이고 영업이익은 21조 원이었다. 이 가운데 삼성전자가 매출액 52조, 영업이익 8조 7800억이고 현대자동차가 매출액 21조, 영업이익 1조 8600억으로 이 두 회사가 전체 매출의 1/5와 영업이익의 절반을 차지하고 있는 것이다.

재벌 대기업은 그 밑에서 일하는 중소하청기업에게는 '납품단가 후려치기'나 '기술탈취'와 같은 불공정거래행위를 통해 중소기업의 안정과 성장을 막아 왔다. 노동자들은 비정규직 고용을 감수해야 하고, 임금 상승은 기대하기 어려울 뿐 아니라, 정리해고의 위협에 늘 노출되어 있다. 정리해고된 노동자는 자영업자로 전락하지만, 그마저도 퇴직금 받아 문을 연 점포들이 한 해 83만 개나 망해 나가고 있는 게 우리의 현실이다.

허가제로 운영되던 대형마트들이 1997년 유통시장 개방을 이유로 허가를 받지 않아도 사업이 가능하도록 법이 개정된 이후 대도시는 물론 중소도시까지 급속도로 파고들었다. 대형마트의 급속한 확장은 재래시장의 축소와 폐쇄를 낳았고, 뒤이은 SSM의 등장으로 수많은 동네 슈퍼들도 문을 닫았다. 1999년 46조 원에 이르던 재래시장의 매출액은 2010년 현재 24조 원으로 반 토막이 난 반면에, 대형마트의 매출액은 7조 원에서 36조 원으로 급증했다.

최근 대형유통업체들은 SSM으로는 성에 안 찼던지 망해 가는 동네 슈퍼 주인들을 유혹해 편의점을 열게 하고는 한 달 내내 일하고도 부부 인건비조차 남지 않는 장사를 강요하고 있다. 편의점주들은 장사를 접고 싶어도 이른바 '갑을' 계약에 따른 엄청난 위약금이 무서워 그러지도 못한 채 24시간 내내 가게를 지켜야 하는 현대판 노예생활을 하고 있다. 급기야 얼마 전에는 불과 한 달 사이에 생활고를 비관한 편의점주 3명이 자살하는 일까지 벌어지고 말았다.

결국 남양유업 사태를 계기로 가맹 사업자나 대리점 사업자들에 대한 본사 대기업의 도를 넘는 전횡이 시민들의 분노를 사고 있다. 이른바 '슈퍼 갑'에 대한 '힘없는 을'의 권리를 보호해야 한다는 목소리가 커지고 있다. 이런 분위기를 반영해 경제민주화는 "슈퍼 갑들의 전횡을 규제하고 힘없는 을들의 권리를 보호"하는 것으로 정의되고 있다.

대부분 생활고가 원인인 자살률 세계 1위라는 불명예스런 멍에를 짊어진 한국 사회에서 대다수 경제 약자들은 경제적으로 죽거나 죽기 일보 직전에 처해 있다. 이들의 아우성을 대변하겠다며 지난 대선에서 각 대선후보들은 너도나도 앞 다투어 경제민주화 공약을 내세웠다.

민주당은 중산층 육성과 서민 보호가 정체성이므로 그 동안 경제민주화를 적극적으로 추진해왔다. 이미 2011년 7월 20일에는 당대표 직속으로 '헌법 제119조 경제민주화 특별위원회'를 출범시키고 유종일 KDI 교수를 위원장으로 임명하기도 했다.

반면에 보수정당인 새누리당은 그동안 경제민주화를 좌파적 정책이라고 비판할 만큼 부정적 입장이었다. 그러나 총선과 대선을 앞두고 새누리당은 2012년 2월 정강 정책에 경제민주화를 넣고 경제민주화를 강조해 온 김종인 교수를 영입해 국민행복추진위원장으로 임명했다.

새누리당은 대선을 앞둔 시점에서 경제민주화를 놓고 심한 내홍을 겪기도 했다. 예를 들어 이한구 당시 원내대표는 2012년 9월 5일에 열린 당정협의회에서 경제민주화를 정체불명의 포퓰리즘이라고 비판했다. 그러자 김종인 위원장이 '정서상 문제가 있다'며 이한구 원내대표에게 직격탄을 날렸다. 선거 때문에 경제민주화를 내걸었지만, 지지층의 성향상 오락가락할 수밖에 없었던 것이다.

그런데 결과적으로는 이러한 노이즈 마케팅으로 인해 경제민주화를 새누리당이 주도한다는 인식을 주는 효과를 가져왔다. 당시 민주당에서는 후보 단일화 문제가 대선 전략의 최우선 순위로 떠오르면서 경제민주화 논의가 뒷전으로 밀려나고 말았고, 그 결과 유권자들에게는 경제민주화를 주장하는 새누리당과 단일화를 내세우는 민주당이라는 구도로 인식되고 말았다.

국민들은 양당의 공약을 보면서 어느 후보가 되어도 경제민주화가 될 것처럼 느꼈고 좀 더 안정적으로 경제민주화를 추진할 수 있으리라는 근거 없는 기대에 힘입어 결국 박근혜 후보를 대통령으로 뽑았다.

## 문재인 후보의 대선 공약에 나타난 경제민주화

문재인 후보는 선거공약집에서 10대 공약 중 "일자리 혁명으로 일하는 사람이 행복한 세상을 만들겠습니다."와 "사람이 먼저인 따뜻한 복지국가를 만들겠습니다."에 이어 세 번째 공약으로 경제민주화 공약을 내세웠다. "경제민주화로 함께 잘사는 세상을 만들겠습니다."을 표제로 해서 우리 경제의 현황과 문제점을 다음과 같이 진단했다.

- 재벌중심의 성장론을 뒷받침했던 이른바 '낙수효과'가 더 이상 작동되지 않고 있으며, 고용 없는 성장으로 중소기업과 자영업자의 몰락, 노동시장 양극화, 중산층 붕괴 등의 사회적 문제만 심화시키고 있음

- 재벌의 왜곡된 소유지배구조와 무분별한 확장으로 인한 경제력 집중과 독점의 폐해, 재벌 총수 일가의 부당한 사익 추구와 불법행위는 시장경제를 무너뜨리는 주요인이 될 뿐 아니라 대기업의 경쟁력도 저하시키고 있음
- 대기업의 중소기업·중소상인 영역에 대한 문어발식 무차별 사업 확장으로 유통업, 도매·소매업, 식자재 납품업, 음식점업, 공구상 등 골목상점, 재래상가의 생존권이 위협받고 있음
- 우리의 경우 노동3권의 사각지대가 매우 넓어 노동기본권이 충분히 보장받지 못하고 있으며, 이로 인해 저임금 근로자가 양산되면서 사회적 양극화가 심화되고 있음
- 1천조 원에 육박하는 가계 부채는 우리 경제의 잠재적인 시한폭탄으로서, 경제력이 취약한 서민들은 단순히 생활고에만 시달리는 것이 아니라, 살인적인 고금리와 악성부채로 인한 원리금 상환 부담으로 숨이 막힐 지경임

이러한 상황 인식을 토대로 문재인 후보 측은 경제민주화 정책의 목표로서 "공정한 시장경제 질서 확립", "국민경제 구성원 모두가 함께 지속적 성장을 이루는 토대 마련", "성장의 과실이 공정하게 분배되도록 추진", "골목상권 보호와 대-중소기업 간의 상생발전 및 동반성장", "존중받는 노동으로 인간답게 일할 수 있는 권리 보장", "'안심금융', '공정금융', '회복금융'으로 가계 부채로 인한 서민 부담 경감 추진"이라는 6개 항목을 제시했다.

이러한 목표를 이루기 위한 구체적인 이행절차와 이행기간과 관련

해서는 다음과 같은 내용을 공약으로 내걸었다.

- 법률 개정을 통하여 정책의 변경 추진-금년 정기국회에서 관련 내용을 최대한 제·개정하고 나머지 법률은 인수위 단계에서부터 종합적인 추진계획을 마련하여 조기에 관련 법률 입법화

〈 제·개정 대상 법률 〉

- "독점규제 및 공정거래에 관한 법률" : 순환출자 금지, 출자총액제한제도 도입, 지주회사 행위 규제 강화, 부당내부거래 및 일감몰아주기 등에 대한 규제 강화, 전속고발권 제도 개선 등
- "금융지주회사법" 및 "은행법" 등 : 산업자본의 은행 소유지분한도 하향 및 금산분리 강화 등
- "법인세법", "증여세법" 등 : 부당 내부거래에 대한 과세 강화 등 조세정의 실현
- "상법" 및 "자본시장법" 등 : 집중투표제 및 다중대표소송제 도입 및 소수주주의 역할 강화
- "사면법" 등 : 경제범죄에 대한 처벌강화 및 사면 제한
- "하도급 거래의 공정화에 관한 법률" : 불공정 하도급 질서 개선을 통한 중소기업 보호 확대, 징벌적손해배상제 확대적용
- "중소기업 및 소상공인 적합업종 보호 특별법" 제정 : 중소기업 적합업종 제도의 실효성 강화 등
- "유통산업발전법" 개정 : 유통산업의 상생발전을 위해 대형유통업체의 허가제 전환, 신규 출점시 주변 상권에 대한 매출영향평가 반영, 영업시

간 및 영업품목 제한 등

- "소기업소상공인지원특별조치법" 개정 : 소기업·소상공인제품 우선 구매제도 도입 등
- "중소기업협동조합법" 개정 : 소기업·소상공인 공제 지원 확대 등
- ILO 결사의자유(87호) 및 단체교섭권(98호)협약 비준 추진
- "노동조합 및 노동관계조정법, 공무원의 노동조합설립 및 운영에 관한 법률, 교원의 노동조합 설립 및 운영에 관한 법률" 개정 : 노동기본권 보장, 단체교섭권 강화 등
- "경제사회발전노사정위원회법" 개정 : 사회적 대화기구인 경제사회발전 노사정위원회의 위상 강화
- '파견근로자보호 법' 개정 : 불법파견과 위장도급의 근절
- 통합도산법(채무자 회생 및 파산에 관한 법률) 개정 : 개인회생기간 단축, 채무자의 최소 주거권 보장 등
- '피에타 3법' 제·개정(이자제한법, 공정대출법, 공정채권추심법) 개정 : 이자율 상한 25%로 인하, 금융기관은 채무자의 채무상환능력을 감안하여 대출 의무화, 과도한 채권추심으로 인한 인권 침해 금지 등

## 박근혜 정부의 경제민주화

### 대선 공약에서 나타난 박근혜 후보 시절의 경제민주화

박근혜 대통령은 2012년 7월 10일 출마선언에서 "저는 '경제민주화 실현', '일자리 창출', 그리고 '한국형 복지의 확립'을 국민행복을 위한 3대 핵심과제로 삼겠습니다."라 밝히고, 이어서 "국민행복의 길

을 열어갈 첫 번째 과제로, 저는 경제민주화를 통해 중소기업인을 비롯한 경제적 약자들의 꿈이 다시 샘솟게 하겠습니다."라 말함으로써 경제민주화를 정책의 최우선 과제로 하겠다는 공약을 내걸었다.

실제로 발행한 선거공약집에서도 10가지 공약 중 "공정성을 높이는 경제민주화"를 첫 번째 공약으로 내걸었다. 선거공약집에 따르면, 박근혜 후보 측은 "우리 경제는 그동안 효율성을 지나치게 강조한 반면, 공정성을 간과한 측면이 있"고 "대주주의 사익추구행위, 대기업의 중소기업 간 거래에 있어서 시장지배력 남용행위, 담합을 통한 경제력 남용 행위 등 시장의 불공정성이 존재하고 있"다고 우리 경제의 현황과 문제점을 지적한 뒤, "경제민주화를 통해 공정한 거래질서를 확립"하는 것을 목표로 제시했다.

경제민주화를 위한 이행절차와 이행기간과 관련해서는 다음과 같은 사항들을 공약으로 내걸었다.


- 임기 동안 균형성장을 위한 방안을 추진할 것임
- 수도권과 비수도권, 대기업과 중소기업, 수출기업과 내수기업 등이 균형적으로 성장하기 위한 정책들을 추진할 것임.
- 모든 경제주체들이 공존, 공생할 수 있는 시장 틀을 확립할 수 있도록 함.
- 좋은 일자리를 많이 창출하고 소득분배의 왜곡을 시정화하기 위해 조세와 재정 정착을 통한 소득 재분배 정책을 강화하여 양극화 현상을 더 이상 확대치 않도록 함.


이상 두 후보의 경제민주화 관련 대선 공약을 비교해 보자. 경제민주화의 출발점이랄 수 있는 재벌 개혁과 관련해서 문재인 후보의 공약에는 '순환출자 금지', '출자총액제한제도 도입', '금산분리 강화', '지주회사 행위 규제 강화' 등 경제력 집중 억제 정책과 '부당내부거래 및 일감몰아주기 등에 대한 규제 강화' '대주주 적격성 심사' 등 지배구조 개선 정책이 포괄되어 있어 재벌 개혁 정책의 포괄적 방안을 제시하였다는 점에서 상대적 강점을 가졌다. 이는 경제민주화 특위를 통한 정책개발 노력이 선행되었기 때문에 가능했다.

반면에 박근혜 후보의 공약을 보면 "모든 경제주체들이 공존, 공생할 수 있는 시장 틀을 확립"이라는 원칙론만 있을 뿐, 재벌 정책에 대한 구체적인 내용은 언급되지 않고 있다. 4.11 총선 공약에서도 총수 불법과 불공정거래에 사후 법집행을 강조하는 정도에 그쳤다. 이후 경제민주화실천모임 주도로 '경제사범 처벌', '일감몰아주기', '순환출자', '대주주 적격성', '금산분리' 등과 관련하여 사전 규제를 위한 입법안이 발의되었지만, "일부 의원발의 입법안일 뿐, 그대로 법되지는 않을 것"이라는 김종인 위원장의 말에서도 알 수 있듯이 입법 가능성에 대해서는 의구심이 들 수밖에 없었다.

친재벌 대기업 정책을 펼쳐 사회양극화를 심화시킨 당사자인 새누리당이 양대 선거를 앞두고 갑자기 내세운 경제민주화 구호에는 진정성이 있을 리가 없었다. 그러니 당연히 한국 사회에서 경제민주화의 핵심 내용인 재벌 개혁에 관한 내용이 부족할 수밖에 없었다. 박근혜 후보가 내놓은 '기존 순환출자 허용, 신규 순환출자 금지'라는 공약도 실은 재벌 대기업에 일종의 면죄부를 주는 것이었다. 겉으로는 경제민주화를 추진하는 것처럼 포장하고 실질적으로는 중소기업들을 고사시킬 정도로 계열사를 확장한 재벌 대기업에 과거를 묻지 않겠다는 정책이었다.

2012년 8월 22일에 박근혜 후보는 '줄푸세'와 경제민주화는 큰 틀에서 같다는 발언을 한 바 있다. 이는 심각한 개념의 혼동이었다. 이른바 '줄푸세'는 고소득자와 대기업의 세금을 '줄'이고, 재벌 대기업의 규제를 '풀'고, 법질서를 바로 '세'우자는 말이었다. 이 가운데 '세'는 용산참사에서 이명박 정부가 보여 준 것처럼 주로 힘든 서민들에게만 법질서를 강요하는 방향으로 운영되었다. 줄푸세는 경제민주화와 정반대되는 개념이다. 오히려 신자유주의적 MB노믹스와 같은 개념인 줄푸세로 인해 사회양극화가 심화됐으니 그것을 해결하기 위해 경제민주화를 하자는 것이다.

### 대통령 당선 후 박근혜 정부와 새누리당의 경제민주화 발언

박근혜 대통령은 2013년 2월 25일 대통령 취임사에서 "새 정부는 '경제부흥'과 '국민행복' 그리고 '문화융성'을 통해 새로운 희망의 시대를 열어 갈 것"이며, "경제부흥을 이루기 위해 창조경제와 경제민주화를 추진"하겠다고 밝혔다. 미묘한 차이이기는 하지만, 선거공약에서는 최우선 순위로 제시되었던 경제민주화가 취임사에서는 창조경제 다음에 언급되었다는 점이 눈에 띄는 부분이었다. 게다가 "경제부흥을 이루기 위해서" "경제민주화를 추진"하겠다고 한 것은 경제민주화 과제에 대한 입장이 선거공약집에서 보였던 것과는 조금 달라진 듯한 인상을 주는 것이었다.

취임 이전부터 경제민주화 과제의 위상을 떨어뜨리기 시작한 박근혜 대통령은 취임후 4월에 들어서 국회의 경제민주화 관련 법안 입법 논의에 대해 "무리한 게 아닌지 우려된다."는 발언에 이어, "대기업을 옥죄고 때리고 이런 것은 옳지 못하다."고 발언수위를 높였다. 그러다가 4월 18일에는 "제가 생각하는 경제민주화는 대기업 스스로 국민과 중소기업의 눈높이에 맞춰 사회에 대한 신뢰를 높여 가는 것"이라면서 이른바 재벌의 '자율적 개혁'으로 선회한다. 이는 이명박 대통령 시절의 '자율적 상생과 동반성장' 수준으로 후퇴한 것이다. 마침내 4월 22일에는 "확실하게 규제를 풀어"야 한다고 강조함으로써 아예 5년 전의 '줄.푸.세'로 돌아간 듯한 인상마저 풍겼다. 이렇듯 수위조절을 거듭하더니 지난 7월 기자들과 만난 자리에서 "경제민주화 입법과제 7가지 가운데 6가지가 통과되어 사실상 마무리되었다."고 말함으로써 경제민주화 정책에 대해 실질적인 종료 선언을 했다.

그러나 '7가지 입법과제'라는 것 자체가 박 대통령이 스스로 정한 지극히 자의적인 정의로 대부분의 경제전문가들은 박 대통령의 발언에 동의하지 않는다는 반응을 보였다. 지난 2013년 8월에 민주당 김기식 의원실이 한길리서치에 의뢰해 실시한 여론조사 결과에 따르면, 박근혜 대통령의 이 같은 발언에 대해 경제전문가들 중 67.8%가 "동의하지 않는다."라고 답했다.

그렇다면 상황이 개선되고 있는 징후라도 보이는 것일까. 한길리서치의 여론조사 결과에 따르면 대다수 국민들과 경제전문가들은 전혀 그렇게 느끼고 있지 않다. 일반 국민 89%는 "지난 6개월간 경제 사정 나아지지 않았다."고 답했고, 57%는 "앞으로도 나아지지 않을 것"이라고 보고 있다. 경제전문가들의 경우에는 88.7%가 "경제 사정 나아지지 않았다."고 답했고, 59.7%가 "앞으로도 나아지지 않을 것"이라고 내다봤다. 결국 경제민주화는 시작도 하기 전에 '셀프종료선언'으로 위기에 처하고 만 것이다.

이에 고무라도 된 듯이 재벌들은 자신들의 이익을 지키기 위해 집단행동에 나섰다. 박근혜 대통령의 경제민주화 공약 중 몇 개 되지도 않는 경제민주화 법안과 노동자들을 보호하는 취지의 법안 등에 대해 집단으로 반대하고 나선 것이다. 지난 4월 말 경제5단체장이 공동으로 기자회견을 하고, 새누리당 원내대표 등과 집단으로 면담하였고 민주당과도 면담을 시도하였다. 보수 언론과 경제지를 앞세워 경제민주화가 정상적인 기업활동을 위축시키고 투자와 일자리에도 악영향을 준다고 정치권에 으름장을 놓기 시작했다. 주5일 근무에 반대할 때와 같은 레퍼토리였다. 사실 상당 부분 여야 합의된 법안이고, 그 법안의 합리성 또한 국민들이 납득할 수 있는 법안들임에도 이렇게 집단으로 반대하고 나선 것은 초반에 기선을 제압하지 않으며, 결정적인 법안들까지 통과될 수 있다는 위기감에서 나온 선공의 성격이 강하다고 할 수 있다.

새누리당은 이에 답하듯 법안에 제동을 걸고 나섰고, 새누리당 원내대표도 "우리 사회가 아무 데나 '민주화'를 붙였다."는 식으로 경제민주화에 반대하는 쪽에 힘을 보태고 있다.결국 재벌과 새누리당 뜻대로 하도급법 개정안 외에 하루가 시급한 가맹사업거래공정화에 관한 법률이나, 공정위 고발권 의무화 법안 등 상임위를 통과한 몇 안되는 경제민주화 입법안 모두가 임시국회로 넘어갔다.

그러던 중 남양유업 폭언 녹취록이 공개되면서 '갑'의 횡포에 대한

국민의 공분이 일어났다. 지나친 갑의 횡포에 수많은 '을' 들이 공감하고, 당하고만 있던 '을' 들이 모여 '갑' 의 잘못과 전횡을 시정하기 위한 행동에 나섰다. 이들 '을' 의 각성은 경제민주화에 대한 각성과 다르지 않다. 경제민주화가 자신의 삶의 문제임을 자각하기 시작한 것이다. 국민 다수가 이러한 문제의식을 공유하고 있는 지금이야말로 경제민주화 입법의 호기이다. 국민들은 입법이라는 실제적인 변화가 일어나기만을 요구하며 학수고대하고 있는 것이다.

## 경제민주화 법안 추진 현황

올 상반기의 가장 중요한 이슈는 남양유업 폭언 녹취록 공개 파문으로 촉발된 '을 지키기' 였다. 그러나 앞에서 말한 대로 박근혜 대통령의 뜬금없는 '셀프종료선언' 으로 경제민주화는 채 시작하기도 전에 물 건너간 게 아니냐는 우려가 커지고 있다. 실제로 몇 안 되는 경제민주화 입법 조치 계획 가운데 대통령 국정과제에서 약속한 신규순환출자 금지제도 도입, 집단소송제도 도입, 대주주 적격성 심사 전면 확대 등도 논의조차 이루어지지 않거나 겨우 논의되다가 중단된 상태이다.

게다가 통과된 법안들도 실효성이 의문시되고 있다. 징벌적 손해배상은 하도급법 4개 항목에만 도입되었고, 전속고발권은 폐지되지 않은 채 의무고발 대상만 확대되었다. 일감몰아주기는 경제력 집중억제 법문 신설이 무산된 상태이다.

또한 새누리당, 정부, 청와대 관계자는 8월 6일 서울 삼청동 총리공

관에서 비공개 당정청회의를 열고 법무부가 입법 예고한 상법 개정안 (소액 주주 등 비지배 주주들의 독립적 사외이사 선임 제도 구축 및 다중 대표 소송 단계적 도입)을 재계의 입장을 반영하여 완화하는 방안을 논의한 것으로 알려졌다. 이는 박 대통령의 발언이 빌미를 제공한 것이다.

정치인이 존재하는 이유는 경제적 약자도 살 만한 국가를 만드는 것이다. 국민들이 정치인들에게 표를 준 것은 99%에 달하는 경제적 약자를 돌보라는 것이다. 그런 국민의 뜻을 잘 반영한 것이 가맹사업법의 개정이었다. 국민의 아우성을 반영한 민주당 의원들이 새누리당은 물론 기존의 민주당 당론까지 뛰어넘는 수준의 입법을 이루어 낸 것이다. 이는 대규모유통업자의 횡포에 짓눌려 신음하던 수많은 '을'의 목소리를 정치권이 제대로 받아 안은 훌륭한 성과이다.

다음은 경제민주화 법안 추진 현황을 표로 정리한 것이다. 경제민주화 법안에 대한 전체적인 이해를 돕기 위해 민주당 공약, 박근혜 대통령의 공약과 인수위 국정과제, 그리고 법안 진행 과정을 비교 정리했다.[1]

---

1) 이하의 표는 민주당 장하나 국회의원, 새로운 사회를 여는 연구원, 경제민주화국민운동본부가 2013년 5월 20일에 공동 주최한 토론회 「민주당, 경제민주화 더 잘 할 수 없는가?」 자료집에서 인용.

## 가)재벌의 경제력 집중 규제 정책

| 순서 | 의제명 | 민주당 당론 | 박근혜 대통령 후보 공약 | 인수위 국정과제 | 법안 진행 과정 |
|------|--------|-------------|-------------------------|-----------------|----------------|
| 1 | 순환출자 금지 | -신규 순환출자 금지, 기존은 의결권 제한<br>-신규는 즉시 금지, 기존은 3년 유예기간 이후 의결권 제한 | -신규 순환출자 금지 | -신규 순환출자 금지 조항 신설<br>-기존 순환출자도 신규 순환출자로 보아 금지<br>-기존 순환출자의 자발적 점진적 해소를 위해 공시 의무 부과 | -논의 진행 없음 |
| 2 | 금산분리 | -산업자본의 은행에 대한 주식 취득 한도를 9%에서 4%로<br>-비은행지주회사의 비금융자회사 소유 금지 | -비은행지주회사의 비금융자회사 소유 금지 | -금융보험사의 계열사에 대한 의결권 한도는 단독 10%, 5년간 1%포인트씩 인하하여 5%로<br>-지주회사에서 금융계열사가 일정 요건 이상인 경우 중간금융회사 설치 의무화<br>-산업자본의 은행지분 보유한도 축소<br>-은행과 상호저축은행에 대해서만 실시되는 대주주 적격성 심사를 금융/보험사로 확대 | -논의 진행 없음 |
| 3 | 지주회사법 개정 | -자회사&손자회사 주식보유한도를 상장 20%에서 30%로, 비상장 40%에서 50%로<br>-손자회사 및 증손회사 사업연관성 요건 부활<br>-자본총액 100% 이내로 부채비율 제한<br>-3년의 유예기간 부여 | | | -논의 진행 없음 |

| | | | | |
|---|---|---|---|---|
| 4 | 일감몰아주기 등 부당내부거래 규제 | -부당내부거래를 불공정내부거래로 새로 규정하여 불공정내부거래에 관한 실태조사 및 그 결과 공표 의무화 (6/26 공정거래법 개정안 당론 발의) -일감몰아주기의 과세 대상을 현행 정상거래비율 30% 초과에서 15% 초과로 낮춰 특수관계 법인과의 거래를 통한 이익의 증여 의제 범위를 확대 | -부당지원행위 요건 중 현저성과 부당성 규정을 완화하는 공정거래법 개정 -회사기회 유용 금지, 회사기회 유용한 자뿐만 아니라 지시한 자(총수)도 포함하여 총수일가에 대한 실질적 제재(과징금, 벌금) 부과 | -현행 부당지원행위 금지 규정 강화 -위법성 성립요건을 현행 '현저히 유리한 조건' 에서 '현저히' 를 삭제하거나 '상당히' 로 완화 -수혜자에게도 부당지원 거부 의무 부과하고 위반시 제재 -부당지원의 한 유형으로 통행세 관행 신설 -총수일가의 부당이득 직접 환수 | 논의 진행 없음 |
| 5 | 총수와 이사들의 불법행위에 대한 사법처벌 강화 | -특경가법상 형기의 2/3를 채우지 않았거나 집행유예 중인 자에 대해서는 특별사면 금지 | -특경가법상 횡령 등에 대해 집행유예 안되게 형량 강화 -지배주주, 경영진의 중대범죄에 대한 사면권 제한 | -특경가법상 횡령 등에 대한 형량 강화, 회계부정 등 기업비리에 대한 처벌 강화(검찰 구형에 미치지 못하는 판결 시 원칙적 항소) -대기업 지배주주·경영자의 범죄에 대한 사면권 엄격하게 상신 | 논의 진행 없음 |
| 6 | 소수주주권 강화 | 무 | -연기금 의결권 행사 강화 -소액주주 등 비지배주주들의 독립 이사 선임 -집중투표제, 다중대표소송제, 전자투표제의 단계적 도입 | -감사위원을 맡을 사외이사는 다른 사외이사와 분리 선출 -일정 상장사로부터 집중투표·전자투표 의무화 -국민연금 기금운용체계 개선하고, 공적 연기금의 의결권 행사 강화 -증권집단소송의자격 및 허가요건 완화(법원의 변호사 보수 감액 권한, 집단소송 대리횟수 제한 등) | 논의 진행 없음 |

## 나)불공정거래 근절 정책

| 순서 | 의제명 | 민주당 당론 | 박근혜 대통령 후보 공약 | 인수위 국정과제 | 법안 진행 과정 |
|---|---|---|---|---|---|
| 1 | 하도급 거래 관행 개선 | -기술자료 유용(3배)에 대해서만 적용하는 징벌적 손배제를 부당결제 청구(1배), 경제적 이익의 부당요구(1배) 등으로 확대<br>-중소기업 업종별 협동조합에 하도급 대금의 조정권 부여<br>-납품단가 조정신청 조건인 하도급계약 후 90일 경과를 60일로 단축 | -중소기업협동조합에 단가조정 협의권 부여<br>-공정거래 사건에 대한 사인의 금지청구제도 도입<br>-징벌적 손해배상제와 집단소송법 도입 | -부당단가 인하, 부당발주 취소, 부당반품에 징벌적 손해배상제 도입<br>-사인의 금지청구제도 도입<br>-하도급법에 부당한 특약 전면 금지조항 신설<br>-중기조합에 납품단가 조정 협의권 부여 추진<br>-1차 협력사와 2·3차 협력사의 공정거래협약 체결 유도·확산(동반성장지수 평가에 반영) | -기술탈취뿐 아니라 하도급 대금의 부당한 단가인하, 부당한 발주취소, 부당한 반품 행위에 대하여 3배 범위내에서 징벌적 손해배상 책임을 부과<br>-중기협회에 납품단가조정 협의권 부여(정무위 통과) |
| 2 | 전속고발권 | | -불공정거래에 대한 공정위 전속고발권 폐지(조달청장, 중소기업청장, 감사원장 등이 고발 요청할 경우 공정위원장이 고발 의무화) | -공정거래법과 하도급법 위반에 대한 고발 요청권을 중소기업청장, 감사원장, 조달청장에게도 부여 | -공정거래법, 하도급법, 가맹사업법, 대규모유통법 등 공정위 소관 대부분 법안에서 전속고발권 정부부처 분산(국회 정무위 통과) |

## 다)중소기업 중소상인 보호 정책

| 순서 | 의제명 | 민주당 당론 | 박근혜 대통령 후보 공약 | 인수위 국정과제 | 법안 진행 과정 |
|---|---|---|---|---|---|
| 1 | 대형마트 진입 규제 | -매출영향평가를 통해 입점 여부를 결정하는 허가제로 변경 | -대형유통업체의 골목상권 진입 제한 | | -논의 진행 없음 |
| 2 | 대형마트·SSM 영업시간 및 영업품목 규제 | -대규모점포와 준대규모 점포의 영업시간을 오후 9시부터 오전 10시까지 | -사전 입점예고제 도입<br>-사업조정제도 강화 | -납품업체로부터 징수당하는 복잡한 판매장려금 항목 정비·개선 | -유통산업발전법이 개정되어 영영시한 제한이 오전 0시부 |

| | | | | |
|---|---|---|---|---|
| | | 범위에서 제한할 수 있게 함(현행 오전 0시부터 오전 8시)<br>-대규모 점포와 준대규모 점포의 의무휴업일을 매월 3일 이상 4일 이내 범위에서 정하도록 함(현행 매월 1~2일 이내) | | -판촉사원 파견의 요건을 명시한 가이드라인 제정·보급<br>-비용의 합리적 분담기준 제시 위한 표준계약서 개정 추진 | 터 오전 10시 범위에서 제한할 수 있게 되었음<br>-의무휴업일도 2일로 법정함(2013.4.24.시행) |
| 3 | 가맹사업제도 개선 | -공정위가 가맹본부가 준수해야 할 영업지역 보호기준 정할 수 있게 함<br>-가맹사업자들의 사업자단체 구성하여 가맹계약 변경 등 협의권 부여<br>-가맹본부의 허위과장정보제공과 불공정거래행위에 대해 손해배상 책임을 지우고, 허위과장정보 제공에 대한 입증책임을 지움 | -가맹본부의 가맹점에 대한 불공정행위 근절 | -가맹본부의 매장 리뉴얼 강요금지와 비용분담<br>-가맹점주의 단체 결성·가입에 대한 가맹본부의 불이익 부과 금지 | -가맹금 반환청구 기간을 2개월에서 4개월로 연장<br>-예상매출액 서면제공 의무화, 기대수익을 부풀렸을 경우 벌금상한액 3억으로 높임<br>-가맹본부가 과중한 위약금을 부과하는 등 가맹점 사업자에게 부당하게 손해배상의무를 부담시키는 행위를 불공정거래 행위에 추가<br>-매장 리뉴얼시 가맹본부가 40% 범위 내에서 부담<br>-24시간 영업강요 금지<br>-계약에 영업지역 명기하고 동일 프랜차이즈 진출 금지<br>-가맹점 단체 구성 및 협의권 부여(국회 정무위 통과) |

| 4 | 중소기업·중소상인 적합업종 제도 | -대기업의 적합업종 사업 인수·개시 금지조항 신설<br>-동반성장위 조정심의위 조정결과가 사업이양인 경우 권한을 기존 권고에서 이행명령으로 강제권 부여<br>-적합업종 사업진출 위반과 조정심의위 이행명령 위반에 대한 벌칙에서 5천만원 이하 벌금을 1억 원 이하 벌금으로 강화 | -적합업종 제도의 실효성 강화 | -생계형 서비스업의 적합업종 조속지정 및 지정범위 확대<br>-적합업종 사업조정을 2개월 이내 심의 완료하는 신속사업조정제 도입 | -논의 진행 없음 |

## 라)소비자보호 정책

| 순서 | 의제명 | 민주당 당론 | 박근혜 대통령 후보 공약 | 인수위 국정과제 | 법안 진행 과정 |
|---|---|---|---|---|---|
| 1 | 소비자 보호 | -담합 등 중대범죄 행위에 대한 공정위 전속고발권 폐지<br>-리니언시의 자진 시고자 감면제도 개선 | -소비자 보호기금 설립<br>-동의의결제 확대 시행 | -소비자 보호기금 설립<br>-동의의결제 확대 시행<br>-표시광고법에 동의의결제 도입<br>-소비자보호기금 설립<br>-담합 및 재판매가격 유지 행위에 옵트-아웃 방식의 집단소송제 도입 | -담합에 대한 공정위 전속고발권 폐지(국회 정무위 통과) |

# 재벌의 금융지배, 이대로 좋은가?

## 경제민주화와 재벌 개혁

지난 20여 년간 신자유주의적 세계화의 조류에 편승해 무차별적 규제 완화와 시장방임 정책을 추진한 결과, 현재 우리가 처한 현실은 한마디로 거대 재벌의 시장지배이다. 안정된 일자리는 풍비박산이 나서 비정규직과 근로빈곤층의 확산을 가져왔고, 직장에서 쫓겨난 노동자들은 대거 자영업자로 내몰렸다. 그마저도 중소기업과 중소상인을 보호하기 위한 각종 규제가 사라지면서 대다수 국민들은 경제적으로 죽은 것이나 다름없는 생활을 영위하고 있는 것이 우리 현실이다. 이 모든 것이 시장자율과 글로벌 스탠다드 추구라는 미명하에 벌어진 일이다.

어쩌면 노무현 정부가 한탄한 대로 이제는 정부도 재벌을 막을 수 없는 지경에 이르렀는지도 모른다. 우리가 처한 현실이 얼마나 절박한 상황인지는 김석동 전(前) 금융위원장이 위원장으로 재직하던 당시 "끊임없이 위기를 불러오고 양극화를 심화시켜 온 신자유주의가 종언을 고하고 이제 소비자와 투자자에 대한 보호, 사회적 책임 등이 강조되는 새로운 자본주의의 패러다임이 등장할 것"이라고 한 말에서도 알 수 있다. 오죽하면 신자유주의적 시장방임 경제의 첨병을 자임했던 이명박 정권의 금융위원장이 이런 말을 다 했겠는가.

우리는 아직 현실을 제자리로 돌려놓을 기회가 있다고 믿는다. 이는 대다수 국민의 요구이기도 하다. 이런 시대적 요구를 여실히 반영하고 있는 용어가 바로 경제민주화이다. 앞서도 살펴봤듯이 기득권층의 이익을 대변하는 집권 여당조차도 경제민주화를 대선 공약의 첫 번째 공약으로 내걸었을 정도이다.

경제민주화는 일각에서 문제 삼고 있는 것처럼 경제에 대한 권위주의적 통제의 부활이 아니다. 그것은 시장에 대한 민주적 통제를 구축함으로써 파탄 일보 직전에 놓인 국민경제를 회복하고 시장방임으로 인한 시장의 실패에 대처하여 이제 더는 모른척해선 안 될 경제적 불평등을 해소해야 한다는 역사적 임무를 간결하게 표현한 것이다.

앞에서도 이미 살펴보았듯이 경제민주화의 핵심에는 재벌 개혁 문제가 놓여 있다. 경제민주화는 재벌을 없애자는 것이 아니다. 재벌 개혁은 과도한 경제력 집중에 따른 부작용과 폐해를 시정해 시장경제와 자본주의의 지속가능성을 높이자는 것이다. 시장의 창의성과 효율성은 적극 살리고 재벌의 순기능은 인정하되, 재벌 오너의 탐욕은 강력히 규제해 무분별한 사업 확장을 막자는 것이다. 이와 관련하여 집권 여당의 최고위원이 다음과 같이 진단한 것은 의미심장하다.

'민주주의가 시장경제 우선한다' 고 하는 강한 주장을 폈던 이혜훈 새누리당 최고위원은 논란이 될 수 있는 재벌 개혁과 경제 민주화의 관계에 대해서도 정확한 진단을 했다. 그는 토론문에서 "재벌 개혁은 경제 민주화를 위한 선결조건" 이라고 정리한다. "민주주의의 기본원리는 힘의 균형과 견제인데 재벌의 경제력 집중은 이러한 힘의 균형과 견제의 원리가 원천적으로 작동하지 못하게 막아 힘의 남용을 초래한다." "정치권력이 집중되면 독재의 폐해가, 시장 점유율이 집중되면 독점의 폐해가 나타난다." "경제의 영역에서 민주화를 달성하기 위한 경제 민주화는 이러한 민주주의 원리가 작동되지 못하게 하는 재벌의 문제점을 고치지 않고서는 불가능하다."[2]

일각에서는 한국경제의 진정한 개혁 대상은 재벌이 아니라 금융자본이고, 재벌 기업 집단의 지배구조에 섣불리 손을 댔다가는 자본시장에서 외국 금융자본에게 소유권이 넘어갈 수 있다고 하면서 재벌 개혁에 반대하기도 한다. 그들의 주장에 따르면 "세계 금융시장의 대혼란과 훨씬 심각해질 국내외 경제상황을 고려할 때, 가장 시급한 것은 금산분리 등 재벌 개혁이 아니라 외환금융시장 안정화 방안과 함께 외환금융시장에 대한 강력한 재규제 방안의 마련" 이라고 한다.

한국처럼 과도하게 자본시장이 개방된 여건에서 글로벌 금융 위기로 인한 혼란은 곧바로 한국 금융시장, 특히 외환시장에 영향을 미친다. 따라서 다양한 자본유출입 통제 장치를 통해 튼튼한 방화벽을 구축해야 한다. 그러나 그것이 재벌 개혁을 미루거나 연기할 이유는 되

---

2) 경제민주화와 재벌 개혁을 위한 시민연대(준)에서 주최한 2012년 6월 22일 국회 대토론회 「1%를 위한 재벌경제에서 모두를 위한 경제민주화로」 자료집에서 재인용함.

지 못한다.

2008~2009년 세계금융 위기가 도래했을 때 국제 원자재 가격은 폭등하는데도 재벌 대기업들은 오히려 납품가를 떨어뜨렸다. 다른 경제주체들이야 어찌되던 알 바 아니고 시장에서의 우월한 지위를 이용해서 제 잇속만 챙기겠단 속셈이었다. 그러자 참다못한 중소기업 경영주들이 시위를 하는 진풍경이 일어났다. 때마침 유통 대기업들의 골목상권 잠식이 극심해지면서 소상인들도 본격적인 저항을 시작했다. 그제야 재벌 대기업들은 신입사원 임금 삭감과 기존직원 동결을 선언하며 고통을 분담하겠다며 나섰다. 불과 몇 년 전에 있었던 일이다.

우리 경제의 현실은 중소기업 매출의 거의 절반 가까이가 대기업의 하청이고, 재래시장을 비롯한 골목상권들도 이미 유통 대기업에 잠식당한 상태인데다가, 주요 필수재나 내구재가 모조리 대기업의 독과점 품목이다. 따라서 재벌 개혁 없이 중소기업 발전, 골목상권 보호와 소상인의 생존, 소비자 보호 등을 거론하는 것은 무의미한 일이다. 경제민주화로 표현되는 시장에 대한 민주적 통제를 위한 최대의 과제는 금융시장 개방에 어떻게 대처할 것인가 하는 문제이지만, 그 핵심에는 국내 주요 산업과 생산을 압도적으로 장악하고서 금융조차 손아귀에 쥐려는 재벌 대기업들에 대한 민주적 통제가 놓여 있다.

따라서 재벌 개혁하려다 외국 투기 자본에 당할 수 있으니, 최악(외국 금융자본)을 피하기 위해 차악(재벌경제체제)을 수용할 수밖에 없다는 논리는 핵심을 회피하는 것이다. 오히려 자본통제와 함께 재벌 대기업집단의 과도한 경제력 집중과 경제 권력을 규제하는 재벌 개혁을 동시에 수행하는 것만이 우리 경제구조를 더욱 튼튼하고 내실 있게 만들어 외국 투기 자본들이 허점을 노려 자본시장에서 우리 기업들을 인수합병하거나 무모한 경영권 탈취행위를 하지 못하게 하는 최선의 대비책이 될 것이다.

지금은 경제가 어려우니 우선 경제 살리기에 주력하자며 경제민주화를 미뤄야 한다는 주장도 있다. 오히려 경제가 어려운 지금이야말로 경제민주화를 이룰 수 있는 호기이다. 경제가 어려우니 경제민주화보다 경제 살리기에 더 주력해야 한다는 말에는 간과해선 안 될 함정이 숨어 있다. 경제민주화를 성장과 상충되는 개념으로 보고 있기 때문이다. 경제민주화는 성장을 포기하자는 것이 아니라 양적 성장이 아닌 질적 성장을 위해 경제구조를 바꾸자는 것이다. 그래야만 지속가능한 진정한 경제활성화가 가능하기 때문이다.

또한 경제민주화는 복지와 불가분의 관계에 있으며 상호보완하는 기능을 한다. 경제민주화가 실현되지 않아 갈수록 소득불평등이 심화된다면 재분배(복지)에 들어가는 비용은 훨씬 더 커질 수밖에 없다. 시장 소득이 평등한 나라일수록 복지 수준도 높다. 경제민주화를 통해 극심한 불평등을 사전에 완화하면 훨씬 더 실효성 있는 보편적 복지가 가능해진다. 경제민주화는 복지와 선순환해야 하는 것이다.

세계에서 가장 가난했던 우리나라가 세계 10위권의 경제대국으로 성장하기까지는 온갖 난관을 극복해 온 수많은 경제 영웅들의 기업가 정신이 있었기에 가능했다. 경제민주화는 그런 기업가 정신의 핵심인 창의성, 혁신, 창업의식, 도전성을 더욱 북돋기 위해 그 걸림돌이 되고 있는 기존 재벌 대기업의 무모하고 무분별한 경제력 확장을 막자는 것이다.

## 금산분리, 경제의 독인가 약인가?

자본주의 시장경제가 건전하게 발전하기 위해서는 소유구조와 분배구조가 건전해야 한다. 소유구조란 가계 차원에서는 부의 분포를 말하고 기업 차원에서는 지배구조를 말한다. 분배구조란 기업과 기업 간의 분배, 기업과 소비자 간의 분배를 가리킨다. 즉, 자본주의 시장경제가 건전하게 발전하기 위해서는 부의 분포와 기업의 지배구조가 건전해야 하며, 기업과 소비자 간의 분배구조가 건전해야 한다는 것을 의미한다.

부의 분포란 빈부 격차나 양극화의 정도를 말한다. 자원은 한정되어 있다. 그 한정된 자원, 즉 부가 어느 한곳으로 쏠리게 되면 필연적으로 빈부 격차나 양극화가 심화할 위험이 커지게 된다. 또한 시장에서 결정되는 가격이 왜곡될 가능성도 높아지게 된다. 게다가 출발부터 기회의 불평등이 발생할 위험이 커진다.

자본에는 산업자본과 금융자본이 있다. 산업자본은 생산활동을 중심으로 하는 자본(기업)을 말하고, 금융자본은 은행, 증권, 보험 등의 금융기관을 가리킨다. 기본적으로 금융기관은 산업자본을 평가, 심사, 견제하는 역할을 한다. 그런데 만약 이렇게 서로 다른 역할을 하는 금융자본과 산업자본의 주인이 한 사람이라면 어떻게 될까? 제대로 된 평가, 심사, 견제가 이루어질 리 없다. 그렇게 되면 한정된 자원, 자본이 비효율적으로 배분될 수밖에 없다. 심지어 자기 기업이 다른 기업에 비해 경쟁력이 떨어지거나 수익성이 나쁜데도 자기 기업에 먼저 돈을 빌려줄 가능성이 크다. 미국이나 유럽, 일본에서 거의 예외 없이 금융자본과 산업자본을 분리하는 이유가 여기에 있다. 이것이 이른바 '금산분리'로 자본주의가 건전하게 발전하기 위한 조건이다.

기업을 지배하는 방식에도 여러 가지가 있을 수 있다. 기업을 설립하는 방식에는 완전히 100% 출자하는 순수 출자방식이 있는가 하면, 두 기업 이상이 서로 상대방에 대해 출자를 하는 상호출자 방식이 있을 수 있다. 또한 A기업에 출자를 한 다음 A기업이 B기업에 출자를 하고 B기업이 다시 C기업에 출자하고 C기업이 A기업에 출자하는 이른바 순환출자 방식이 있을 수 있다. 순환출자 방식은 초기에 적은 돈을 투자하여 다른 사람들의 돈을 끌어들여 무한정 기업을 만들어 낼수 있는 방식이다. 즉, 최초의 적은 자본금으로 몇 배 몇 십 배에 달하는 다른 사람들의 투자금을 이용하여 무한정의 기업들을 지배할 수 있게 되는 것이다.

문제는 순환출자 기업은 최초로 소액의 돈을 낸 사람이 모든 기업을 지배할 수 있다는 데 있다. 순환출자 기업은 책임과 권한의 원칙에 어긋난다. 적은 돈만 내고 기업지배에 대한 권한은 무한대로 갖겠다는 것이기 때문이다. 바로 이런 점에서 미국 등 선진국에서는 순환출자 기업을 금지한다. 경제 전체로 일자리 창출의 핵심인 투자를 왜곡하고 금융시장을 왜곡하기 때문이다.

유감스럽게도 한국경제는 금산분리도 지켜지지 않고 있으며 순환출자도 여전히 만연하고 있다. 즉 자본의 소유구조가 심각하게 왜곡되어 있는 것이다. 이런 상태에서는 기업이 건전하게 성장하고 발전

할 수 없음은 새삼 말할 필요가 없을 것이다.

공정거래위원회가 2013년 5월 31일에 발표한 '2013년 대기업집단 주식 소유 현황'을 보면 우리나라 재벌 대기업의 경제력 집중이 얼마나 심각한지 확인할 수 있다.[3] 총수 있는 상위 10대 대기업집단의 총수 지분율이 2000년 이후 1% 초반을 유지했으나 최근 2년 연속 1% 미만으로 떨어졌다. 이들은 겨우 0.99%의 지분으로 수백조 원의 자본금을 가진 수많은 계열사들을 문어발식으로 지배하고 있는 것이다.

재벌 대기업들은 이제 재래시장과 골목상권까지도 침범하고 있다. 수십 년 동안 영세 자영업자들의 생계수단이었던 떡볶이집, 빵집, 골목슈퍼까지도 집어삼키고 있는 것이다. 이렇게 경제력이 집중되면 얼마 안 있어 대한민국에서 중소기업은 물론 중소상인들조차 살아남지 못하게 될지도 모른다. 이런 일이 가능하게 하는 가장 강력한 수단이 순환출자이다.

따라서 재벌들의 경제력 집중을 완화하기 위해서는 무엇보다도 상호출자의 변칙적 회피 수단인 순환출자를 금지해야 한다. 순환출자는 가공자본에 의해 장부상 자본규모만 키울 뿐이며 자기자본을 공동화(空洞化)한다는 점에서 공정거래법이 금지하고 있는 상호출자와 성격이 같다. 가공자본으로 내부 지분율을 높이는 것이므로 부의 부당한 세습, 부실 계열사 부당 지원, 일감몰아주기 등도 가능하게 된다. 신규 순환출자는 금지하고 기존 순환출자에 대해서는 일정한 유예기간을 주고 그 안에 해소하도록 하면 부작용을 줄일 수 있을 것이다.

---

3) 공정거래위원회, '2013년 대기업집단 주식소유현황 및 소유지분도 분석결과', 2013. 5.

### 〈표〉 주요 순환출자 현황 (2013. 4. 1. 보통주+우선주 기준)

| 그룹 | 주요 환상형 출자 |
|---|---|
| 삼성 | 삼성에버랜드→삼성생명→삼성전자→삼성SDI→삼성물산→삼성에버랜드 |
| | →삼성물산→삼성에버랜드 |
| | →삼성카드→삼성에버랜드 |
| | →삼성화재→삼성전자→삼성전기→삼성에버랜드 |
| | 삼성전자→삼성카드→삼성화재보험→삼성전자 |
| 현대자동차 | 현대자동차→기아자동차→현대모비스→현대자동차 |
| | →현대제철→현대모비스→현대자동차 |
| 롯데 | 롯데쇼핑→롯데카드→롯데칠성→롯데후지→롯데쇼핑 |
| | →롯데리아→롯데정보통신→롯데쇼핑 |
| 현대중공업 | 현대중공업→현대삼호중공업→현대미포조선→현대중공업 |
| 한진 | 대한항공→정석기업→한진→대한항공 |
| | →한국공항→한진→대한항공 |
| | →한진정보통신→정석기업→한진→대한항공 |
| 동부 | 동부제철→동부생명보험→동부건설→동부제철 |
| | →동부캐피탈→동부생명보험→동부건설→동부제철 |
| 현대 | 현대글로벌→현대엘리베이터→현대상선→현대글로벌 |
| | →현대로지스틱스→현대엘리베이터→현대상선→현대글로벌 |
| 동양 | 동양→동양인터내셔널→동양레저→동양 |
| | →동양증권→동양생명보험→동양 |
| 한라 | 만도→마이스터→한라건설→만도 |

자료: 공정거래위원회, '2013년 대기업집단 주식소유현황 및 소유지분도 분석결과', 2013. 5.
* 일부 순환출자 현황을 예시한 것이며, 굵은 글씨는 금융보험사를 나타냄

　　금산분리란 금융자본과 산업자본의 분리의 준말로, 산업자본(기업)이 은행·보험·증권 등 금융자본을 소유하지 못하도록 법적으로 막아 놓은 제도다. 자기자본비율이 낮고 대부분 고객의 자금으로 영업을 하는 금융업의 특성을 감안해 금융자본과 산업자본의 결합을 제한

하는 것이다. 은행, 보험사, 증권사 등 금융 관련 기업들의 주식을 동종의 산업계가 일정 수준 이상 보유하지 못하도록 하는데, 이는 산업자본이 금융자본을 잠식할 경우에 발생할 불공정한 일들을 염두에 둔 조치다. 계열회사 중 비금융회사의 자본총액이 해당 회사 전체 자본총액의 25% 이상이거나, 비금융회사의 자산총액 합계액이 2조 원 이상 등에 해당하는 산업자본은 비금융주력자로 규정된다. 또한 비금융주력자는 은행의 의결권 있는 주식 총수의 4%를 초과한 주식을 보유하고자 하는 경우 금융위원회의 승인을 얻어야 하며, 이에 대해서는 의결권을 행사할 수 없도록 규정하고 있다.

우리나라 금산분리는 두 가지 측면에서 이루어지고 있는데, 하나는 산업자본이 금융자본을 지배하지 못하도록 규제하는 것이다. 다른 하나는 금융자본이 산업자본을 지배하지 못하도록 규제하는 것으로서 계열사 지원으로 과도한 위험부담을 하지 못하도록 하는 자산운용 규제로 적용되고 있다. 우리나라에서는 주로 산업자본이 은행을 소유할 수 없도록 하는 은산(銀產)분리로 통용돼 왔다. 은행법은 산업자본이 소유할 수 있는 은행 지분을 시중은행 9%, 지방은행 15%로 제한해 기업(재벌)의 은행 소유를 제한하고 있다. 이에 따라 산업자본으로 구분되는 일반지주회사는 금융자회사나 금융손자회사를 지배하지 못하며, 이와 마찬가지로 금융자본인 금융지주회사는 비금융자회사나 비금융손자회사의 소유를 금지하고 있다. 다만, 보험지주회사나 금융투자지주회사는 비금융자회사나 손자회사를 보유하는 것이 가능하다.

현재 은산(銀產)분리는 지난 7월 국회 본회의에서 여야의 합의로 산업자본의 은행 보유지분 한도를 9%에서 4%로 축소시켜 은행자본과 산업자본 간의 결합 제한은 어느 정도 이뤄지고 있지만, 증권, 보험 등 제2금융권과 산업자본 간의 분리는 아직 되지 않은 상태다. 이는 동양의 금융회사들이 비금융회사의 돈줄이 될 수 있었던 배경이기도 하다.

개인 피해자가 4만여 명, 피해액이 2조 원가량으로 파악된 동양사태를 계기로 현행 산업자본의 은행 소유 금지로만 돼 있는 금산분리를 보험·증권 등 제2금융권까지 확대해야 한다는 목소리가 높다. 비은행금융기관을 포함한 구조적인 금산분리 정책시행, 특히 지주회사 체제로의 전환과 같은 '구조적 측면'의 변화만이 제2의 동양사태를 막을 수 있기 때문이다.

금산분리 정책을 시행하는 것은 금융과 산업이 결합될 경우 다음과 같은 폐해가 발생하기 때문이다.

첫째, 산업자본이 금융자본을 소유할 경우 기업집단의 관련 계열사가 부실해져도 계열금융회사는 부실 계열기업에 계속 자금을 지원할 가능성이 크고, 그로 인해 계열금융회사도 함께 부실해질 뿐 아니라 그 파급효과가 다른 금융회사는 물론 제조업, 나아가 경제전반에 미칠 수 있다. 둘째, 산업자본 계열의 금융회사가 계열기업을 위해 보유자산을 운용함으로써 지배대주주와 소액주주, 고객간의 이해 상충문제를 일으킬 수 있다. 셋째, 금융회사는 특성상 다양한 기업과 관계를 맺으며 해당 기업의 정보를 보유하고 있는데, 기업이 금융회사를 소유할 경우 정보의 독점을 통해 문제를 양산할 수 있다. 넷째, 공정한 경쟁을 저해할 수 있다. 예를 들어 기업집단의 계열은행이 자금조달

창구 역할을 하면서 경쟁사보다 유리한 대출조건과 완화된 대출심사 기준 등을 적용하여 계열기업을 지원할 경우 절대적 경쟁력 우위를 확보할 수 있고, 다른 경쟁기업들은 경쟁에서 도태될 수 있다.

이에 대해, 투자 위축과 경제 활성화에 악재가 된다는 이유로 금산분리를 반대하는 목소리도 있다. 재계는 동양그룹 사태와 금산분리 입법은 무관하다며 맞서고 있다. 전국경제인연합회는 "실제 국회에 계류 중인 관련 법안들이 통과되더라도 동양그룹 사태는 막을 수 없다"며 "이번 사태의 원인은 금융당국의 감독 소홀과 규제 미비"라고 강조했다. 그러면서 제2의 동양사태를 막기 위해선 개인 투자자 보호 강화, 시장성 차입금 감독 강화, 금융사의 비금융사 지원 제한 등 기존의 제도적 장치에서 미비한 부분들을 보완한다면 막을 수 있다고 설명했다.

또한 산업자본의 금융참여 제한으로 인해, 외국계자본의 국내 금융산업 지배 현상이 심화되었고, 이를 막기 위해 금산분리를 완화해서 국내 자본으로 우리 은행을 방어해야 할 필요성이 있다는 주장도 있다. 기존 은행법은 외국인과 금융전업 내국인에게는 10%까지 금융자본을 소유할 수 있도록 허용하고 있지만, 국내 산업자본은 4%만 보유를 허용하고 그 이상의 지분에는 의결권을 주지 않고 있다. 이는 국내 산업자본에 대한 역차별이라는 의견도 있어, 금산분리 완화 의견이 대두되기도 한다. 금산분리를 반대하는 쪽은 금산분리로 인해 금융과 산업의 결합을 통한 시너지 효과를 막고, 은행업의 경쟁력을 약화시킨다는 주장을 제기한다.

새누리당 또한 금산분리 강화에 대해서는 반대 의견이 강하다. '동양사태'는 감독기능의 부실로 인한 것이지, 지배구조와 관련한 금산분리와는 관계가 없다는 입장이다. 당내 일각에서 금산분리를 강화해야 한다는 목소리가 나오고 있지만 당의 태도를 바꾸기는 힘들 것으로 예상된다.

과연 금산분리는 금융시장 경쟁을 약화시켜 역할을 축소하는 요인이 될 것인가? 아니면 또다시 터질지도 모르는 제2의 동양과 효성사태를 막기 위해 정부가 해야 할 현명한 선택인가?

현재 대기업 계열 금융·보험사는 32개 집단 소속 165개사로, 이들 제2금융권 계열사는 비금융 계열사와 교차출자를 통한 복잡한 소유·지배구조를 갖고 있어 현실적으로 양자를 분리하는 데 어려움이 있다. 이와 같은 이유로 지난 7월 제2금융권을 계열사로 소유한 산업자본을 견제하기 위한 법률안에 대해 여야가 이견을 보여 국회 본회의 처리가 미뤄진 것이다.

국회와 금융당국을 중심으로 금산분리 강화를 요구하는 목소리는 높다. 박근혜 대통령도 금융·보험사가 보유한 비금융계열사 주식에 관한 의결권을 제한하는 방식으로 금산분리를 강화해야 한다는 주장을 펴왔다. 현재 국회 정무위원회에 상정돼 있는 금산분리 관련 개정안은 3개다. 제2금융권의 의결권을 제한하는 공정거래법 개정안, 중간금융지주회사 설치를 의무화하는 공정거래법 개정안, 그리고 대주주의 적격성 심사를 강화하는 내용의 금융회사 지배구조법 개정안이 그것이다. 지난 6월 국회에 처리될 것으로 전망됐지만 무산된 법안들이다. 금융당국도 금산분리 강화를 벼르고 있다. 노대래 공정거래위

〈표〉 주요 그룹사별 금융사 보유현황

| 그룹 | 순위 | 개수 | 소속 금융사 |
|---|---|---|---|
| 삼성 | 1 | 10개사 | 생보부동산신탁, 삼성벤처투자, 삼성생명보험, 삼성선물 삼성증권, 삼성카드, 삼성자산운용, 삼성화재손해사정서비스 삼성화재해상보험, 애니카자동차손해사정서비스 |
| 현대차 | 4 | 5개사 | HMC투자증권, 현대카드, 현대캐피탈, 현대커머셜, 현대라이프생명보험 |
| 롯데 | 7 | 10개사 | 롯데손해보험, 롯데카드, 롯데캐피탈, 마이비, 한페이시스 부산하나로카드, 이비카드, 경기스마트카드, 인천스마트카드, 충남스마트카드 |
| 한화 | 16 | 8개사 | 한화저축은행, 한화손해사정, 한화생명보험, 한화티엠에스 한화인베스트먼트, 한화손해보험, 한화증권, 한화자산운용 |
| 동부 | 25 | 7개사 | 동부상호저축은행, 동부생명보험, 동부자동차보험손해사정 동부자산운용, 동부증권, 동부캐피탈, 동부화재해상보험 |
| 동양 | 46 | 7개사 | 동양생명보험, 동양종합금융증권, 동양인베스트먼트, 동양 캐피탈대부, 동양자산운용, 동양파이내셜대부, 티와이머니대부 |

자료: KDB대우증권 리서치센터

원장도 동양그룹 사태와 관련해 재벌 총수가 금융계열사를 사금고화하는 일을 막기 위해서는 금산분리 강화가 필요하다는 입장을 밝혔다.

금산분리 관련 개정안 중 주된 논의 대상으로 부각되고 있는 개정안은 대주주 적격성 심사 확대다. 대주주 적격성 심사 확대란 현재 은행과 저축은행에서만 시행 중인 대주주 적격성 심사제도를 전 금융업권으로 확대하자는 것이다. 현재 은행과 저축은행은 대주주에 대한 주기적 적격성 심사를 하도록 규정되어 있는 반면 나머지 금융사에 대해서는 규정하고 있지 않아 대주주들이 중대한 범법행위를 저지른다 하더라도 대주주의 지위에는 아무런 변동이 생기지 않는다. 문제는 심사대상 대주주의 범위와 대주주 적격성 요건인데 일각에서는 최대주주의 특수관계인이 처벌을 받으면 대주주의 의결권을 제한하거나 지분을 매각토록 해 이른바 '금융 연좌제'로 비칠 수 있다고 우려하는 목소리도 있다.

두 번째로 거론되고 있는 금산분리 관련 과제는 금융·보험사 보유주식의 의결권 제한을 강화하자는 내용이다. 상당수 기업집단이 금융보험사를 통해 계열사 주식을 다수 보유하면서 고객자금을 이용해 지배력을 확장하는 것에 대한 우려가 커지고 있기 때문에 기업집단의 금융계열사의 비금융계열사 주식 의결권행사를 특수관계인과 합해 5% 이내로 제한하자는 것이다. 그러나 이것 역시 외국자본과 역차별 논란이 일고 있으며 국내 기업들의 경영권 방어에 상당한 진통이 예상된다는 이유로 재계는 반발하고 있다.

마지막으로 중간금융지주회사 도입이다. 현재 일반지주회사는 금융계열사 보유를 금지하고 있지만 이를 허용해 금산융합 기업집단이 지주회사 체제로 전환할 수 있도록 길을 터주자는 주장이다. 이는 일반지주회사 체제내 금융자본과 산업자본 사이에 자본의 이동을 차단할 수 있도록 방화벽을 제도화한다는 측면에서 금산분리 강화라고 할 수 있으나, 일반지주회사의 금융자회사 보유를 원칙적 금지로부터 허용한다는 측면에서는 금산분리 완화라고 평가할 수 있다.

금산분리는 반드시 강화되어야 한다. 금산분리가 이뤄지지 않으면 금융 계열사가 기업집단 내 부실 계열사에 계속해 자금을 지원할 가능성이 크고 부실 위험이 기업집단 전체는 물론 경제 전반에까지 미칠 수 있기 때문이다. 즉 기업 집단 내부에서 폐쇄적인 자금 배분으로 비실대는 부실 계열사에 부당지원이 가능하며 총수일가 지배력을 유지·확장하는 '사금고' 역할을 하게 될 우려가 있는 것이다. 이런 우려가 현실로 나타난 것이 바로 동양사태이며, 금산분리를 강화하지 않는 한, 비슷한 사태가 언제든 재현될 수 있다.

새누리당 내에서도 대표적 경제통인 이혜훈 최고위원은 "동양사태에서 볼 수 있듯 서민들이 맡긴 목돈을 재벌 총수들이 부당하게 날리지 못하도록 안전장치를 만들어야 한다."며 "재벌 그룹 내의 금융회사들이 총수의 사금고로 전락하는 것을 막는 금산분리 장치를 이번에 마련해야 한다."고 강조한다.

# 갑을 상생, 어디서 시작해야 하나?

## 남양유업 사태 해결을 위한 민주당의 노력

남양유업 사태는 지난 5월 동영상 공유사이트 유튜브에 남양유업의 30대 영업직원과 50대 대리점주가 나눈 대화 녹취 파일이 올라오면서 불거졌다. 이 파일에는 영업직원이 대리점주에게 예정됐던 물량보다 훨씬 많은 물건을 떠넘기려는 내용이 담겨있다. 대화를 주고받는 과정에서 영업직원이 차마 입에 담을 수 없는 욕설을 퍼부었다. 이 음성파일은 삽시간에 인터넷 곳곳으로 퍼져나갔고, 곧이어 남양유업 홈페이지와 블로그, 트위터에 비난이 폭주했다.

이에 앞서 4월에는 남양유업 대리점주들이 남양유업이 2012년 5월부터 최근까지 전산 프로그램을 조작해 대리점 발주 물량을 부풀리고 명절 떡값 등을 갈취했다는 내용의 고발장을 서울중앙지검에 제출했다. 고발장에 따르면, 남양유업 측은 주문관리 시스템을 조작해 대리점에서 낸 주문보다 2~3배 많은 양의 제품을 대리점에 보낸다고 한다. 대리점의 의사와는 상관없이 본사의 판매 목표에 맞춰 제품을 '밀어내기' 한다는 것이다. 또한 남양유업이 떡값 및 임직원 퇴직위로금과 대형마트 판매 직원의 급여도 대리점에서 내도록 강요했다고 한다.

이에 대해 남양유업 측은 처음에는 "불만을 가진 일부 대리점의 일방적인 주장"이라며 관련 의혹을 일축했으나, '폭언 음성파일' 파문이 확산되며 남양유업 측의 횡포에 대한 국민의 공분이 커지자 '대국민 사과' 기자회견에서 이를 일부 시인했다. 업체 측이 공식 사과를 했음에도 여론은 더욱 악화됐고 결국 남양유업 제품 불매운동으로 이어졌다.

남양유업 사태는 '갑의 횡포와 을의 눈물'을 사회 전반에 화두로 던졌다. 식품업계는 물론이고, 주류, 편의점, 화장품, 베이커리 등 유통업계 전반과 자동차 협력업체에서도 갑의 횡포를 고발하고, 바로 잡으려는 을의 목소리가 쏟아졌다.

남양유업 사태 직후, 민주당은 5월 10일 최고위원회 의결로 즉각적으로 을지로위원회를 결성하고 '을 살리기'와 경제민주화를 추진하며 우리 사회의 서민과 중산층을 대변하기 위해 노력했다. 을지로위원회는 제1차 전체회의를 개최하기도 전에, 구성 당일 저녁 현대제철 노동자 합동분향소 조문을 시작으로 CJ대한통운택배 노동자 생존권 사수투쟁선포대회참석, 남양유업관계당사자 간담회와 입법청원 등 현장과 의회를 잇고, 말만이 아닌 행동으로 시민과 함께하겠다는 민주당의 정신을 그대로 드러내는 활동을 본격적으로 펼쳤다. 결성 이후 100일간 을지로위원회는 총 40건의 사례에 25명의 책임 의원을 배정하고 최소 35회 이상의 현장방문과 11회의 사례발표, 34회의 기자회견, 최소 54건 이상의 법률상담, 7건의 교섭 중재 및 타결, 4건의 입법성과, 최소 5건 이상의 관계부처 및 공정위 대응 등 활발한 활동을 전개하였다. 여기에서는 을지로위원회 결성부터 타결에 이르기까지 남양유업 사태 해결 노력을 중심으로 민주당의 활동을 간략히 표로 정리해 보았다.[4]

### 〈표〉 남양유업 사태 해결을 위한 민주당의 활동

| 일자 | 내용 |
|---|---|
| 5.10 | 을지키기경제민주화추진위원회 구성(이하 을지로위원회) |
| 5.13 | 민주당 지도부 및 을지로위원회, 남양유업대리점주협의회(이하 남대협) 간담회, 남대협 발족식 |
| 5.14 | 을지로위원회, 시민사회 남양유업방지법입법청원 기자회견 |
| 5.15 | 남양유업 본사 방문 |
| 5.20 | 을지로위원회 제1차 전체회의 |
| 5.21 | 민생입법발의 기자회견, 남양유업-남양유업대리점주 1차 교섭 |
| 5.22 | 민주당 지도부 및 을지로위원회, 공정거래위원장과 면담 전국중소상공인·자영업자 '을' 살리기비상대책협의회(을비대위) 출범식 |
| 5.24 | 남양유업 2차교섭(서울역) |
| 5.28 | 참여연대, 민주당원내대표단, 을비대위 1차 긴급간담회 |
| 5.29 | 을지로위원회 제2차 전체회의 |
| 6.3 | 을지로위원회 제3차 전체회의 |
| 6.4 | 경제민주화 및 '을' 살리기 입법촉구결의대회 |
| 6.5 | 원내지도부-을지키기국민운동본부 법조팀 경제민주화법안 간담회 |

---

4)을지로위원회의 활동과 관련한 내용은 2013년 8월 20일 을지로위원회가 개최한 토론회 자료집 「을을 지키는 길(路), 100일을 평가한다」을 참조함.

| 6.9 | 전국 '을' 살리기 경제민주화 국민대회 |
|---|---|
| 6.11 | 공정거래위원회 서울사무소 방문 |
| 6.17 | 전국대리점협의회(준) 출범 및 대리점보호법제정 간담회 |
| 6.21 | 을지로위원회 제4차 전체회의, 남양유업 본사 앞 농성장 방문 |
| 6.24 | 6월 임시국회 을지키기 입법처리 촉구 기자회견 |
| 6.27 | 새누리당 경제민주화 입법 동참 촉구 결의대회 우원식, 윤후덕 의원 6월 임시국회 을지키기입법처리촉구 단식농성결의 기자회견 |
| 6.28 | 을지로위원회 제5차 전체회의 |
| 7.1 | 6월 임시국회 을지키기법안 현황 브리핑 및 을지키기법안처리 위한 7월국회 촉구 기자회견 |
| 7.2 | 단식농성 해제결의 기자회견 및 을지키기 시민사회단체간담회 남양유업 협상관련 기자회견 및 간담회 |
| 7.3 | 남양유업 농성장 방문 및 본사 방문 |
| 7.7 | 남양유업 농성장 방문 및 기자회견 |
| 7.9 | 을지로위원회 제6차 전체회의 |
| 7.10 | 남양유업 공정위조사결과 입장발표 기자회견 |
| 7.11 | 남양유업 농성장 방문 및 기자회견 |
| 7.18 | 남양유업 협상타결 기자회견 |
| 7.28 | 남양유업 협상타결 보고대회 |

결국 민주당의 적극적인 중재 노력에 힘입어, 남양유업 본사와 대리점협의회는 7월 18일 새벽까지 이어진 협상을 통해 불공정행위 근절, 밀어내기 피해보상, 대리점 계약 존속보장 등의 내용을 담은 상생협약안을 체결했다. 이 자리에는 양측 협상이 결렬 위기를 맞을 때마다 중재 역할을 해 온 민주당 '을지로위원회' 의원들도 참석했다. 이 자리에서 민주당 김한길 대표는 "사회에서 갑의 횡포, 을의 눈물이 역사 속으로 사라질 때까지 노력해야 되는데 한 발짝 진전이라 생각한다."며 "을지로위원회의 의원들께서 여기에 작은 도움이 돼서 당

으로서는 보람을 느끼고 협약이 지켜질 수 있도록 돕겠다."고 밝혔다.

민주당은 현장 활동뿐 아니라 국회에서는 남양유업 방지법(대리점 거래 공정화에 관한 법)과 집단소송제 등 경제민주화를 위한 불공정 거래 근절에 적극적으로 나서고 있다. 을지로위원회를 중심으로 한 민주당의 이러한 활동은 현안에 대한 해법을 입법에서만 찾는 게 아니라, 현장에서 중재하는 기능까지 정치권에서 새롭게 보여주었다는 점에서 큰 의미를 갖는다.

## 유통산업법 개정 현황

재벌 개혁에 대한 역대 정부의 소극적 태도는 동네골목상권 보호를 위한 유통산업발전법 개정을 논의하는 과정에서도 극명하게 드러났다. 1997년 제정된 유통산업발전법은 대규모 점포 개설 조건을 허가제에서 등록제로 바꿨다. 허가제일 때는 지자체 등에 점포 개점을 신청하고, 지자체에 의해서 점포 개설이 막히기도 했었지만, 등록제로 바뀐 후 얼마든지 점포를 열 수 있는 길이 열렸다. 실제로 이 법의 시행 이후 대형마트 수는 급속하게 늘어났다. 1999년 개정안에서는 '유통업자에게 과도한 부담을 주는 각종 규제를 완화하는 한편, 백화점 등 대규모 점포개설자의 편의를 도모' 하기 위해서 법을 개정한다고 아예 못 박았다. 대형마트에 최대한의 자율과 규제 완화라는 혜택을 준 것이다.

하지만 이 같은 흐름은 세계금융 위기를 맞으면서 바뀌기 시작했다. 세계금융 위기 시기에 수많은 자영업자들이 폐업했고, 이들 가운데 상당수는 신빈곤층으로 전락했다. 이 시기 자영업자들의 폐업 건수는 2007년 84만 8천, 2008년 79만 4천에 이르렀다. 그러자 국회에서는 대형마트의 SSM의 골목상권 잠식을 막기 위한 규제법을 여야 할 것 없이 수없이 발의하였다. 하지만 당시 이명박 정부는 중소상인 보호대책을 내놓기는커녕 통상교섭본부장을 국회에 보내 중소상인 보호대책이 "WTO의 서비스협정에 위반된다, 한EU FTA에 위반된다."며 유통산업발전법의 국회처리를 저지하는 행태를 보였다.

결국 2년여의 공방 끝에 2010년 정기국회에서 최소한의 수준에서 겨우 이루어지게 되었다. 전통시장으로부터 500미터 반경의 보호구역에 SSM이 진출하는 경우에 한해 등록심사와 일정한 조건부 등록이 되도록 하는 절충적 방식으로 개정이 이루어졌고 거리 제한은 이후에 1킬로미터로 확대되었다. 하지만 유통재벌 대기업의 골목상권 진출을 규제하기에는 근본적인 한계가 있었다.

현행법은 2013년 1월 1일 국회 본회의에서 통과되어 4월 24일부터 시행되고 있다. 현행법에 따르면, 대형마트의 영업제한 시간이 기존 '오전 0시부터 오전 8시까지'에서 '오전 0시부터 오전 10시까지'로 2시간 연장되었다. 또 '의무휴업일 월 3일 이내' 조항도 '일요일을 포함한 공휴일 월 2회'로 수정되었다. 단, 의무휴업일은 공휴일 중에서 지정하되 이해당사자와 합의를 거쳐 공휴일이 아닌 날을 지정할 수 있도록 하였다.

최근에는 현행법의 맹점을 악용하는 대기업의 변종수법이 문제가 되고 있다. 통계청에 따르면 지난 9월 현재까지 최근 1년 사이에 중소자영업자의 수가 5만 7천 명이나 감소하는 등 경기 불황으로 중소상인들의 어려움이 가중되고 있다. 이런 상황에서 이미 과포화상태인 대형마트와 SSM은 대형마트의 막강한 상품물류체계를 이용하여 이마트 에브리데이 상품공급점, 롯데슈퍼 상품공급점 같은 변종 SSM을 공격적으로 출점시키고 있다. 상품공급점은 기존 대형마트와 SSM이 현행 법률에 규제를 받게 되어 진출이 어려워지자 법의 맹점을 악용한 대기업의 변종 수법이라고 할 수 있다.

중소기업청의 자료에 따르면 상품공급점의 수는 2013년 5월 말 현재 전국적으로 610개에 이른다. 이마트의 자회사인 ㈜에브리데이리테일이 상품을 공급하는 이마트 에브리데이는 353개, 롯데쇼핑㈜이 상품공급을 하는 롯데슈퍼와 하모니마트는 총 256개, 홈플러스㈜의 경우 1곳이다. 매장의 규모도 일반 슈퍼보다 훨씬 큰 1,000제곱미터(약 300평)가 넘는 경우가 절반 이상인 것으로 나타났다. 이처럼 상품공급점은 그 전의 대형마트나 SSM의 증가 속도보다 2배 이상 빠르게 늘고 있다. 이들 상품공급점으로 인해 골목슈퍼, 편의점 등 소매점들이 폐점하는 사태가 발생하고, 연이어 소매점에 상품을 납품하는 해당 지역의 대리점 도매상들의 몰락도 가속화될 수밖에 없는 실정이다.

이에 민주당은 상품공급점의 정의를 신설하고 유통 대기업이 실질적으로 지배하거나 상당한 영향력을 행사하는 경우에는 준대규모 점포의 규제를 받도록 하는 '유통산업발전법 개정안'을 을지로위원회 소속 이언주 의원 대표발의로 발의하고 지난 9월 13일에 기자회견을 열었다. 이날 기자회견에는 전국유통상인연합회, 경제민주화국민운동본부, 전국을살리기비대위와 중소상인살리기 전국네트워크 등이 함께 했다. 개정안에는 상품공급점 관련 조항뿐 아니라 실효성에 문제가 있는 준대규모 점포의 등록제와 한 달에 2회 의무휴업일 조항을 각각 허가제와 의무휴업일 4일로 확대하는 등의 내용을 담고 있다.

정치권과 비판 여론을 의식한 대형 유통업체들은 상품공급사업의 우회로를 찾는 것으로 대응하고 있다. 개별 슈퍼마켓에 직접 상품을 공급하는 대신에 슈퍼마켓단체에 상품을 공급하고, 이 단체에서 개별 슈퍼마켓으로 물건을 보내주는 간접 상품 공급 방안을 추진하고 있는 것이다. 여기에는 변종 SSM이라는 사회적 비판을 최대한 피하고, 상품공급사업도 지금보다 확대할 수 있다는 계산이 깔려 있다고 봐야 한다.

이마트에브리데이리테일과 롯데슈퍼, 한국체인사업협동조합과 한국슈퍼마켓협동조합연합회는 지난 10월 10일 산업통상자원부가 주관한 유통산업연합회 회의에서 이런 간접 상품 공급 방안에 대해 포괄적으로 논의하고 사업을 구체화하기 위해 상호협의를 해가기로 합의했다. 그리고 그 첫 단추로, 11월 14일 도매사업의 상호협력을 위한 양해각서(MOU)가 체결되었다. 이마트에브리데이가 도매사업자들의 단체인 체인사업협동조합에, 롯데슈퍼는 중소 슈퍼마켓 사장들의 단체인 슈퍼마켓협동조합연합회에 각각 상품을 공급하고, 이들 조합이 각 가맹점과 조합에 가입한 슈퍼마켓에 필요한 만큼 상품을 공급한다는 게 골자인 것으로 알려졌다. 또한 기존의 개별계약에 의한 슈퍼마켓 상품공급은 순차적으로 줄여나가기로 의견을 모은 것으로 전해졌다.

대형 유통업체 입장에서는 개별 슈퍼마켓과 직접 거래하는 것이 아니기 때문에 '변종 SSM' 논란을 비껴갈 수 있다는 것이 최대 장점이다. 게다가 협동조합과 같은 단체를 통해 상품을 간접적으로 공급하는 방식이 이들 대형 유통업체의 상품공급사업을 더 확대할 가능성도 있다. 현재 대형 유통업체의 상품공급점은 300여 개 수준에 불과하지만, 슈퍼마켓협동조압연합은 전국 2만 개의 슈퍼마켓이 조합원으로 가입해 있고, 체인사업협동조합이 거래하는 슈퍼마켓은 4만 개에 달하기 때문이다. 또한 PB상품도 많은 상황에서 대형 유통업체가 상품공급사업을 계속하게 되면, 유통업체가 유통망을 통해서 중소기업의 상품을 생산하는 역할까지 확대될 가능성도 있어서 논란이 되고 있는 실정이다.

끝으로 유통산업발전법의 올바른 개정 방향과 관련하여, 서구유럽의 사례들을 살펴보자. 우선 프랑스의 경우를 살펴보면, 현재 215만 명이 거주하고 있는 파리 시내에는 대형마트가 없다. 대부분의 대형마트들은 파리 도시 외곽에 입점해 있고, 파리 시내에는 120여 개에 이르는 소규모상가와 전통시장이 영업하고 있다. 프랑스는 매장면적 1,500제곱미터(인구 4만 명 미만은 1,000제곱미터) 규모의 대규모 점포를 설립하려는 사업자는 해당 지역상업시설위원회에 승인을 위한 개발보고서를 제출하도록 규정하고 있다. 매장면적 6,000제곱미터 이상의 소매점포 개설사업자는 설립에 따른 영향에 대한 구체적인 조사보고서를 해당 지역상업시설위원회에 의무적으로 제출해야 한다. 지역상업시설위원회는 교통 및 환경영향 평가, 해당지역의 유통매장 설치 밀도, 일자리 창출 여부 등을 종합적으로 평가하여 입점에 대한 승인 여부를 결정한다. 또한 총 6인으로 구성되는 지역상업시설위원회에는 선출직 공무원 3인, 지역 상공회의소장, 지역 수공업회의소

장, 소비자단체 대표 등 반드시 해당 지역 중소상인 대표가 참석하게
되어있다.

독일은 매장면적 1,200제곱미터 이상의 대규모 소매점은 법률에 의
해 특별지구 내에서만 개설이 가능하도록 규제하고 있다. '특별지
구'로 지정되는 지역은 우리나라의 신도시와 같이 인구가 급증한 지
역 또는 기존 시장상권만으로는 해당 지역주민의 수요를 따라갈 수
없다고 인정할 수 있는 특별한 사정이 객관적으로 검증된 지역이다.
또한 대형마트가 특별지구 안에서 출점한다 하더라도 '10% 가이드
라인' 규제를 반드시 통과해야 한다. 즉, 사전 조사를 통해 대형마트
의 개설이 기존 소규모 상인들의 매출액에 어떤 영향을 미칠지를 객
관적인 수치로 평가한 후, 예상되는 대형마트의 개설로 인하여 주변
소규모 상인들의 매출액이 기존보다 10% 이상 감소하는 경우에는 출
점이 불가능하다. '10% 가이드라인'을 통과하였더라도 교통영향평
가, 환경영향평가, 기존상권영향평가 등 엄격한 기준의 심사를 통화
해야 한다. 나아가 지방정부는 대형마트의 입점을 허가하기 전에 대
형마트의 진출 계획을 지역신문 등을 통해 반드시 알려야 하는 법적
의무가 존재한다.

제5부

# 미래의 신성장 동력
## -남북 경제협력

# 누구를 위한 지원인가?

## 대북 퍼주기의 진실

벌써 10여 년 전 일이지만, 중앙일보에서 정부 예산의 1%를 통일을 위해 준비하자는 국가 어젠다를 제시한 적이 있다. '업그레이드 코리아'를 위한 '10대 국가과제'를 선정하면서 두 번째 의제로 '예산 1%, 대북 지원에 쓰자'를 내걸었던 것이다.[1] 시민사회의 적극적인 동참으로 100만 서명운동이 전개되었고, 113만 명이 넘는 국민들이 서명에 나섰다. '정부 예산 1%의 대북 지원 기금 적립' 캠페인은 성공적이었다. 일 년 예산의 0.1%에도 훨씬 못 미치는 정부의 대북 지원을 놓고도 '퍼주기'라는 비난이 쏟아졌던 현실에서 매년 예산 1%를 대북 지원에 사용하자는 주장은 분명 획기적인 것이었다.

---

1) 중앙일보, 2002년 1월 17일, 21일, 24일

그런데 찬반을 묻는 자체 전화조사 결과, 찬성 50%, 반대 46%로 팽팽하게 대립했고, 지원 규모에 대해서도 예산 1%가 적정한 규모라는 견해는 27.1%에 그친 반면, 많다는 의견이 61.3%로 거의 1대 3 비율로 대북 지원에 대한 소극적인 태도가 많았다.[2] 대북 지원에 대한 국민적 합의 도출은 그만큼 어려운 과제였다. 사실, 북한에 대한 인도적 지원은 햇볕정책 추진 이전부터 시작됐다. 다만 김대중 정부 들어 민간 차원의 대북 지원이 보다 용이해지고 활발해졌으며 정부 차원의 대북 지원 역시 자주 강조되었을 뿐이다. 그럼에도 김대중 정부와 노무현 정부의 대북 지원 정책에 대해서는 유독 '퍼주기'라는 비판이 강했다.

'퍼주기' 논란은 보수 언론이 만들어 낸 거짓임에도 그것이 사람들의 인식에 영향을 준 것은 북한에 대한 인식의 이중성 때문이다. 즉 북한은 우리와 대치하고 있는 적이면서, 동시에 같은 언어를 쓰고 같은 핏줄을 이어 온 동포이기에 언제까지 총을 겨누고 살기에는 너무나 가까운 존재라는 인식이다. 남북 분단이라는 현실이 낳은 당연한 결과일 것이다.

퍼주기라는 프레임을 통해 대북 정책을 둘러싼 남남갈등이 조장되고 거짓이 먹혀들어 가는 것도 결국 이러한 대북 인식의 차이에서 기인한다고 할 수 있다. 이런 연장선에서 당연히 대북 지원 역시 적대적인 성격을 강조하면 불가의 입장을, 동포와 민족성을 강조하면 찬성의 입장을 표출할 수밖에 없는 것이다. 이것은 여론조사에도 늘 반영

---

2) 김근식, "대북 퍼주기 논란과 남남갈등 : 현황과 과제", 통일문제연구, 2002년 상반기호(통권 제37호)

되는데 시기와 상관없이 약 30%의 국민은 항상 북한을 의심의 눈초리로 경계하고 있으며, 대체로 북한에 대한 긍정적 인식과 부정적 인식이 6:4 정도의 비율로 나타난다고 한다.

그렇기 때문에 북한이 실제로 변할지 혹은 변하지 않을지 진지하게 따져 보기 전에 이미 북한은 변하지 않으리라고 예상하거나 확신하여 적대적 대결 관계로 보는 입장이 늘 있어 왔던 것이다. 그런 입장에 서있는 이들이 대북 지원을 일방적인 '퍼주기'라고 인식하는 것은 당연한 논리적 귀결일 것이다. 한편 북한 지원에 대해 호의적인 관점을 가진 이들에게는 북한에 대한 인도적 지원은 그것이 정부 차원이든 민간 차원이든 별 차이가 없을 것이다. 그럼에도 우리 사회에서 정부 차원의 대북 지원이 늘 논란거리가 되었던 것은 정권에 대한 호불호라는 정치적 구도와 대북인식이 연동되어 나타났기 때문일 것이다.

통일 전 서독이 동독에 지원한 액수는 약 1,045억 마르크(약 60조)원에 달한다고 한다. 그중 서독 정부가 동독 정부에 지급한 규모는 271억 5천 마르크로 27.5%에 달했다. 현재 우리가 내다 버리는 음식물 쓰레기만 해도 1만 5천 톤이며 이것을 처리하기 위해 연간 8천억 정도의 비용이 들어간다고 한다. 그렇게 보면 국민의 정부 대북 지원 총계인 6천억 원은 우리의 1년 쓰레기 처리비용에도 못 미치는 수준이었다. 표에서 볼 수 있듯이 국민의 정부와 참여 정부를 모두 합쳐도 2조 원 남짓이고, 이것을 연간으로 나누면 2천억 원가량 되는데, 과연 퍼주기라고 할 만한 정도일까? 다리 하나 건설하는 비용이 2천억 원을 훌쩍 넘게 드는 경우가 허다한데, 어지간한 다리 하나 구축하는 데드는 비용에도 크게 못 미치는 금액이었던 것이다.

## 과거 정부별 대북 지원현황(출처: 통일부)

| 구분 | | 국민의 정부 | 참여정부 | 계 |
|---|---|---|---|---|
| 정부무상<br>지원액 | 비료 | 2,753억 원 | 5,119억 원 | 7,872억 원 |
| | 긴급구호 | 46억 원 | 1,294억 원 | 1,340억 원 |
| | 민간단체 | 161억 원 | 691억 원 | 852억 원 |
| | 국제기구 | 626억 원 | 961억 원 | 1,587억 원 |
| | 소 계 | 3,586억 원 | 8,065억 원 | 11,651억 원 |
| 식량 차관 | | 2,567억 원 | 6,148억 원 | 8,715억 원 |
| 총 계 | | 6,153억 원 | 14,213억 원 | 20,366억 원 |

\* 식량 차관은 10년 거치, 20년 분할상환, 이자율 1% 조건으로 제공

'퍼주기'라는 설정은 이미 적이면서 동시에 동포라는 대북 인식의 이중적 성격에서 필연적으로 나올 수밖에 없는 주장이기는 하지만, 이제는 그런 관점에서 벗어나야 한다. 이명박 정부는 실용을 표방하면서도 북한에 대해서만은 철저하게 비실용적 태도로 일관하며 남북 관계를 과거로 되돌려 놓고야 말았다. 비록 정치적 현실에서는 적대적 관계로 대치하고 있을지라도 지속적인 경제 교류를 통해 관계를 풀어나가는 노력을 해야 하고, 이념적·정서적 수준에 머무를 것이 아니라 실용적이고 경제적인 관점의 접근을 통해 새로운 관계 설정이 필요하다.

지금까지 대북 지원은 결코 '퍼주기'라고 할 만한 수준이 아니었다. 이제부터야말로 진정한 '퍼주기'가 시작되어야 한다. 북한이 우리 한국경제 3.0의 동반자가 되고 성장동력이 되기 위해서는 더 많은 퍼주기가 필요하다. 도로와 다리를 놓아야 물류가 가능하고 관광 인프라가 조성되어야 관광객 유치를 기대할 수 있는 것과 마찬가지로 북한의 인적, 물적 자원의 성장이 있어야 한국경제 3.0의 동반자로서

기능할 수 있을 것이기 때문이다.

## MB 정부 이후의 북한에 대한 인도적 지원현황

참여 정부 5년간 대북 지원 금액의 연 평균은 1,605억 원인데, 이명박 정부의 5년간 대북 지원 금액은 연 평균 205억 원으로, 참여 정부와 비교해서 정부의 대북 지원(식량 차관 제외)은 1/8로 감소했다. 당국 차원의 직접 지원은 2010년 지원한 신종플루 치료제 지원(112억 원)과 신의주 수재 지원(72억 원)이 다였고, 식량 지원도 신의주 수재 지원 명목으로 쌀 5천 톤을 지원한 것이 전부였다. 사실 인도적 대북 지원은 '정치군사적 상황과 관계없이 인도주의와 동포애적 차원에서 조건 없이 추진'한다는 것이 정부의 방침이지만, 실제로는 인도적 지원조차도 남북 관계에 강하게 연계시키고 분배 투명성, 지원 규모의 적정성 등 방법론적인 문제들을 우선시함으로써 인도주의 지원이 대북 압박 정책의 수단으로 전락하고 말았다.[3]

이명박 정부 출범 이후 대북 지원 정책 방향 전환에 따른 대북 지원 사업 축소와 대북 지원 민간단체 활동에 대한 재평가가 이루어지고, 이후 남북 관계의 파행으로 인해 정부는 민간단체의 대북 지원 사업을 축소했다. 또 북한의 미사일, 핵실험, 남북 관계 상황 변화에 따라 민간단체의 대북 지원 사업 추진 재원 중 자체모금도 열악한 상황인데, 지원의 기준 역시 과거에는 사업 필요성, 타당성, 분배 투명성 확보 등

---

3) 이명박 정부의 인도적 대북 지원 정책의 문제점과 개선 방향, 제303회 정기국회 정책보고서 Ⅲ, 최재성의원실

에 중점을 두어 왔으나, 이명박 정부 출범 이후는 북한 주민의 삶의 질 향상에 기여, 효과성, 투명성, 국민적 합의 등을 '4대 원칙' 으로 적용하여 심사하면서 더욱 어려워졌다. 때문에 민간 차원의 대북 지원은 매년 지원 실적이 거의 절반으로 감소하고 있다. 민간의 대북 지원 금액이 2008년에는 725억 원에서 2009년 377억 원, 2010년에는 200억 원, 2011년에는 131억 원, 2012년에는 118억, 현격히 감소해 왔다.

2009년 5월 25일 북한의 2차 핵실험 이후 채택된 유엔 안보리 결의문(1874호)에서도 '북한에 대한 인도주의 및 개발 목적의 지원' 은 제재대상에서 제외(제19 조1문)했음에도 이명박 정부는 정부 차원의 지원뿐 아니라 민간단체의 모든 대북 지원을 일정기간 전면적으로 중단시켜 아래 표에서 보는 것처럼 2011, 12년에는 실적이 전무하다. 사실 이명박 정부 임기 내내 대북 지원의 방향, 원칙 등에 관해서는 정부의 일방적 잣대만이 존재하였고 민간의 역할과 자율성이 무시됨으로써 10여 년 동안 지속되고 발전되어 온 민간단체의 대북 지원 활동 공간조차도 크게 위축시켜 버렸다. 통일부와 민간단체간의 공식적 정책협의체인 '대북 지원 민관정책협의회'(민관협)조차도 2008년 이후에는 개최된 기록을 찾기 어렵다.

2008~2012년도 남북협력기금 내 민간단체를 통한 지원 예결산내역(단위 백만원)[4]

| 2008 | | 2009 | | 2010 | | 2011 | | 2012 | |
|---|---|---|---|---|---|---|---|---|---|
| 계획 | 결산 | 계획 | 결산 | 계획 | 결산 | 계획 | 결산 | 계획 | 결산 |
| 20,000 | 24,100 | 18,000 | 7,889 | 18,000 | 2,069 | 20,000 | 0 | 20,000 | 0 |

* 출처 : 통일부 〈예산 및 기금운용계획안 개요〉, 2008-2012년 각 연도별 예결산 내역

---

4) 대북 지원 민관협력체계의 평가와 발전 방안, 우리민족서로돕기운동 평화나눔센터 제54회 정책포럼 발표문

뿐만 아니라 지방자치단체의 인도적 대북 지원과 교류협력 사업도 전면 중단의 위기를 맞이하고 있다. 지방자치단체는 중앙정부보다는 비정치적 분야의 인도 지원과 교류협력 사업들을 훨씬 유연하게 추진할 수 있으며, 민간단체보다는 물적, 인적 자원들을 훨씬 풍부하게 보유하고 있다는 점에서, 또한 기업과는 다르게 공익적 사업을 추진할 수 있다는 점에서 남북 교류협력 사업에 있어 매우 중요한 역할을 담당하고 있다. 그런데 지방자치단체 관계자의 방북 또한 2009년 북한의 장거리 미사일 발사 이후 한 차례도 이루어지지 못하고 있으며 제3국에서 북측 인사와의 접촉마저 통제하고 있는 실정이다.

지원 사업이라고 해야, 간헐적으로 수해 지원, 영유아 지원, 말라리아 공동방역 등 일부 영역에 한하여 제한적으로 지자체가 기금을 투입하기도 하였고, 경기도와 인천시가 추진한 유일한 사업인 남북 말라리아 공동 방역 사업은 사실 남측 접경지역 주민들의 질병 예방 차원의 사업이라 예외적으로 추진되는 사업이라고 볼 수 있을 것이다.

이러한 대북 지원은 유엔의 인도적 지원 원칙을 위배했다고 볼 수 있다. 유엔은 국가의 주권 존중과 외국의 내정 간섭적 개입을 부정하는 것에 있는 것이다. 그런데 이명박 정부에서는 이를 자의적으로 해석하여 재난 국가의 요청이 없으면 어떤 인도적 지원 활동도 불가능한 것으로 방침을 정한 것이다. 그런데 중국과 일본에서 지진이 발생했을 때 이들 국가의 지원 요청이 없었음에도 먼저 지원을 하겠다는 의사를 표명한 바 있으면서도, 유독 북한에 대해서만 유엔의 인도적 지원 원칙을 준수해야 한다며 선지원 요청을 대북 지원의 원칙으로 천명한 것이다.

그러나 문제의 핵심은 남북 관계 발전과 정부 차원의 인도 지원을 어떻게 선순환하는 방향으로 연계할 것인가 하는 것이다. 이명박 정부는 지난 정부와의 차별성 강조에 중점을 둠으로써 정부 차원의 인도 지원에 대해 스스로 '퍼주기 프레임'의 덫에서 자유로울 수 없게되어 버렸다. 특히 인도적 지원 문제를 남북 관계 진전의 선물로 정치적 문제와 강하게 연계시킴으로써 남북 관계 경색을 더욱 악화시켰던것이다.

국민의 정부에서는 남북 관계가 최악인 상황에서 출범하였음에도 초기부터 인도 지원을 상호주의와 연계하지 않고 정치군사적 문제와 분리해서 대응하였고, 임기 기간 중 서해 해전과 같은 남북 관계에 여러 악재가 발생하였음에도 이와 연계시켜 협상 수단화하지 않았기에 남북 교류협력이 이어질 수 있었던 것이다.

## 인도적 지원은 계속되어야 한다

대북 지원의 정당성 근거로는 크게 3가지 차원을 들 수 있을 것이다. 우선 대북 지원의 일차적 정당성은 그것이 인류 보편의 가치인 인도주의와 같은 민족으로서의 동포애 실현이라는 의미가 있다. 두 번째 정당성은 그것이 곧 한반도의 긴장완화와 화해협력에 기여하는 평화유지 비용 평화투자 비용이라는 의미가 있을 것이다. 세 번째 정당성은 향후 통일된 민족의 미래를 대비하는 통일의 인적 물적 인프라를 조성하는 과정적 차원에서도 설명될 수 있다. 이는 모두 최종적으로 민족 화해의 증진에 기여한다는 공통의 기능을 갖는다. 언젠가는 통일을 이루어야 하고 언제나 그것을 준비해야 하는 우리에게 식량난이나, 재해로 아사 위기에 처한 북한을 방치하는 것은 그 임무와 기회를 방기하는 것이다.

〈인도적 대북 지원의 원칙〉 즉, 인도적 물자는 조건 없이 지원되어야 하되, 지원물자가 수요자에게 정확히 전달되어야 한다. 분배모니터링이 확보된 상황에서는 남북 관계나 국내 여론보다는 북한의 인도적 상황이 최우선적으로 고려되어야 한다. 북한의 인도적 위기상황에 대한 사후 지원이 아닌 예방 우선의 지원이 필요하고, 주는 측과 받는 측 모두의 이익을 제고할 수 있는 방향으로 추진되어야 한다. 북한에 대한 지원과 3세계에 대한 지원은 그 출발점과 도착점이 다를 수밖에 없는 현실을 직시해야 할 것이다.

남한의 '지원 식량의 전용 우려'와 북한의 '지원을 통한 주권 침해 우려'가 상충하고 있기에 이에 대한 상호간의 단계적 합의가 필요한 것이다. 지난 정부에서 지원된 식량은 차관 형식이며, 비료는 정치적 대가성으로 지원된 것임으로 투명성 문제를 제기하기 어려운 측면이 있었다. 즉 식량 지원을 무상 지원으로 전환하고 대가성이 없는 인도적 지원으로 추진하겠다면 북측과 투명성 확보 문제를 본격적으로 협의해 나갈 수 있을 것이다.

최근 민간단체들의 소규모 식량(밀가루) 지원에 대하여 통일부가 형식적이고 일률적인 분배 투명성 확보를 요구하는 것은 민간의 자율적 지원 활동 영역을 침해하는 것이며 정부 차원에서 북한 당국과 협의해야 할 투명성 확보 방안을 민간에게 미뤄 버리는 자기 책임을 방기하는 일이라고 할 수 있다.

또한 현행 법규상으로는 전략물자 등 민감 품목이 아니면 반출이 모두 허용되는 포괄주의(negative system)인데, 실제로는 극히 일부 영유아용 지원 품목 이외에는 반출을 허용하지 않는 열거주의 (positive system)로 운용함으로써 인도적 지원을 어렵게 하고 있다.

통일부 '인도적 대북 지원 사업 처리에 관한 규정' 제2조(정의) '대북 지원 사업' 이라 함은 인도적 목적으로 시행하는 다음 각 호의 1에 해당하는 사업을 말한다.

1. 이재민의 구호와 피해 복구를 지원하는 사업
2. 식량난 해소를 위한 농업개발 지원에 관한 사업
3. 보건위생 상태의 개선 및 영양결핍 아동과 노약자 등을 지원하는 사업
4. 자연재해 예방 차원에서 산림복구 및 환경보전 노력을 지원하는 사업
5. 기타 통일부 장관이 인정하는 사업 제8조(기금지원 사업의 요건과 지원자금의 규모)

그리고 제1항의 요건에 해당하는 사업 중 다음 각 호의 어느 하나에 해당하는 대북 지원 사업은 우선적으로 기금을 지원할 수 있다.

1. 북한의 농업 생산성 향상에 기여하는 대북 지원 사업
2. 보건, 의료 관련 대북 지원 사업
3. 사회복지분야 관련 대북 지원 사업
4. 북한 인력개발 지원 관련 대북 지원 사업
5. 북한의 자활·자립을 촉진하는 중장기적 개발 지원 관련 대북 지원 사업

6. 분배 투명성 확보나 제고에 기여한다고 인정되는 대북 지원 사업

남북 관계는 대단히 정치적인 관계이기 때문에 인도적 문제가 '정치적 수단으로 사용되기도 한다. 즉 인도적 지원을 대북 협상 수단으로 사용하였고, 그간 당국 간 대화를 유지하거나 이산가족 상봉 등의 대가로 식량을 지원하는 등 인도 지원 문제를 정치 군사적인 문제와 연계시키기도 해 온 것은 주지의 사실이다. 이명박 정부 출범 후 인도적 문제로 개최된 남북 회담은 2009년 2회, 2010년 4회로 모두 적십자 회담으로 진행되었다. 남북적십자 회담은 남북 당국자가 참여하는 사실상의 당국 간 회담으로, 이들 회담을 통해 2009년과 2010년 두 차례 이산가족 상봉 행사가 개최된 바 있다. 박근혜 정부에서도 조속히 인도적 지원, 이산가족 상봉을 의제로 인도 분야 당국 간 대화를 재개해야 한다.

정치 · 군사 분야에서의 남북 대화는 현실적으로 성사도 쉽지 않고 합의를 도출해 내는 성과를 내기 어렵다. 그러나 인도적 분야의 대화는 북한의 호응을 비교적 쉽게 얻을 수 있고 이산가족 상봉이라는 가시적 성과를 내기도 용이하다. 인도적 대북 지원은 북한의 인도적 위기에 대한 대응 문제이지만, 동시에 퍼주기라는 식의 인식과 남남갈등의 주요한 이슈가 되는 문제이다. 따라서 대북 지원의 효과성과 효율성, 정당성 등을 제고하기 위한 사회적 합의가 필요하다고 할 수 있다. 이명박 정부는 이전 정부가 추진한 대북 지원의 효과성 및 분배 투명성의 문제를 들고 개선안을 제시하였지만 전혀 실행되지 않았다. 따라서 대북 지원의 개념을 재정립하고, 분배 투명성 제고방안,

지원 규모와 방식, 시기, 유형 등에 대한 등에 대한 원칙 및 매뉴얼을 확정하는 데 있어 정부 주도의 일방적인 정책 추진을 지양하고 민관 협력을 통해 국민적 공감대를 넓혀 가는 데 주력해야 할 것이다.

인도적 지원은 정치, 경제적 문제와는 무관하게 지속되어야 하지만, 극단적인 대치 상황을 풀어 정치적 경제적 교류협력을 순환시키는 물꼬가 되기도 한다. 인도적 지원은 이 선순환의 마중물이기도 한 것이다.

# 대결의 바다를 상생의 바다로[5]

서해바다는 한반도 불안정의 핵심으로 자리 잡았다. 언제라도 군사적 충돌이 벌어질 수 있고 어디서든 남북의 교전이 가능한 정전체제의 불안전성의 불씨를 살려 놓은 곳이 바로 서해 바다이기 때문이다. 전쟁의 불씨는 한반도의 긴장에 근거하고 있고, 그 긴장에는 바로 북방한계선(NLL) 문제가 자리 잡고 있다. 이미 남과 북은 서해 북방한계선을 둘러싼 갈등으로 1999년 연평해전과 2002년 서해교전 그리고 2009년 대청해전을 치룬 바 있다.

그런데 천안함 사태와 연평도 포격으로 이제 남북 관계는 완전히 파탄지경에 이르렀고 남과 북은 강 대 강의 대결 고조를 이어 가고 있는 것이다. 군 훈련 강행과 보복응전 다짐이 상호 교환되면서 이제 한반도는 서해바다를 중심으로 상시적 전쟁 위험지역으로 간주되고 있

---

5) 이 절은 김근식, "서해 북방한계선(NLL)과 한반도 평화에의 접근: '서해평화협력특별지대' 구상을 중심으로, 동북아연구를 참조하여 정리하였음.

다."[6] 2007년 남북정상회담에서 합의한 바 있는 '서해 평화협력특별지대' 구상은 물거품이 되어 버렸다. 한반도 긴장은 최대로 고조되었고 남북 관계는 1992년 기본합의서 이전 체제로 회귀하고 만 것이다.

사실 천안함 사태는 본질적으로 한반도 정전상태의 불안정성에서 비롯된 구조적 산물이다. 남북이 전쟁을 완전 종료하지 못하고 일시 중단한 상태에 군사적 대치와 긴장이 온존되는 정전체제의 산물이기 때문이다. TV에서 늘 보듯이 평범한 일상생활 중에도 포탄이 날아오고 아파트 유리창이 깨지는 이스라엘과 주변 아랍 국가들은 그야말로 전투의 일상화이다. 사실 정전상태나 휴전상태에서 소규모 전투가 일상적으로 전개되지 않는 것이 이상할지 모른다. 최근 연평도 포격 사태는 우리도 자칫 전투의 일상화 상황을 맞을 수도 있다는 두려운 현실을 자각하게 된다.

우리가 중동지역과 같은 전투의 일상화를 막아 내는 다양한 해법을 고민해야 한다. 그것이 소극적 평화, 방어적 평화라고 하더라도 전쟁보다는 나을 것이다. 적대적 남북 관계와 불안정한 정전상태를 온존한 채 군사적 차원의 보복과 조치만으로는 결코 서해바다에서 지속적인 평화는 달성되지 않는다. 때문에 서해 바다의 평화를 위해 시급히 해결해야 할 과제는 무엇보다 NLL 문제이다. 유독 남북의 군사적 대치와 충돌의 위험성이 서해에 상존하고 있는 이유는 바로 북방한계선이라는 쟁점 때문이다. NLL은 정전상황에서의 가장 첨예한 이슈라는 점에서 예민하게 다루어져야 할 문제임에도 불구하고, 남북정상회담

6) 김근식, "대북 퍼주기 논란과 남남갈등: 현황과 과제", 통일문제연구, 2002년 상반기호(통권 제37호), p222

회의록까지 공개하면서 국내정치의 소모적인 정쟁 거리로 전락시켜
버리고 말았다.

　NLL을 가지고 소모적 정쟁에 써먹고 있는 동안에도, 해상경계선을
둘러싸고 남북의 양보 없는 대립과 대치가 지속되고 있고 군사적 충
돌은 늘 일촉즉발의 상태에 놓여 있다. 탈냉전 이후 남북의 군사적 충
돌은 모두 서해상에서 일어났고 북한의 대남 군사적 위협도 거의 매
번 서해상에 이루어졌다. 1999년의 연평해전과 2002년의 서해교전
그리고 2009년의 연평해전에 이어 2010년 천안함 침몰과 연평도 포
격에 이르기까지 남북 국지적 교전 상황은 어김없이 서해에서 일어났
고 그 기저에는 NLL 논란이 자리 잡고 있는 것이다.

　논란이 되고 있는 서해 북방한계선은 1953년 8월 당시 주한 유엔군
사 3관이던 클라크 사령관이 남측 선박의 북상을 막기 위해 임의적으
로 설정하고 일방적으로 시행된 경계선이다. 역사적 기원에서 볼 때
NLL은 남북의 합의 없이 일방적으로 그어지고 시행된 해상경계선임
을 알 수 있다. NLL의 명칭에서 볼 수 있듯이 영토선이나 경계선이 아
니라 북방한계선(North Limit Line)으로 되어 있는 것도 그 같은 배경
에서 비롯된 것이다. 그러나 다른 한편으로 NLL은 이후 역사적 전개
과정을 통해 사실상 남과 북의 실질적 해상 경계선으로 작용해 왔음
을 부인할 수 없다. 북한은 휴전 직후 유엔의 NLL과 유사한 해군 경비
구역선을 설정하였고 1963년 5월 군사정전위원회 회의에서 북한 간
첩선의 NLL 월선과 침투에 대하여 항의하는 유엔에 NLL을 넘지 않았
다는 주장을 함으로서 NLL의 존재와 준수 태도를 보였다고 한다.

　그런데 2009년 1월 인민군 총참모부의 전면적 대결태세 선언 때에

는 북은 NLL을 인정하지 않고 자신들이 설정한 해상 군사분계선만 인정한다고 주장했다. 이처럼 북한은 NLL을 인정하지 않겠다는 태도를 취함으로써 군사대치의 첨예한 불씨로 살아난 것이다. 이제 NLL은 '인정과 협의의 원칙'이 아니면 해결하기 어려울 것이다. 천안함 사태와 연평도 사태를 교훈 삼아 서해바다를 평화의 바다로 바꾸고 이를 통해 한반도 평화를 진전시켜 항구적 평화로 나아가는 평화체제의 디딤돌로 삼으려면 그 기저에 자리 잡고 있는 NLL 문제를 평화적으로 해결하는 데서부터 시작해야 한다. 즉, 북이 존재하는 현실로서 서해상 NLL을 인정하고 우리는 미래를 보고 논의해야 할 이슈로서 NLL을 받아들인다면 이 문제는 군사적 대치와 대결 대신 평화적 해결과 접근이 가능하게 될 것이다.

이 같은 원칙은 사실 1992년 남북이 협상으로 도출한 기본합의서 정신에 부합한다. 남과 북은 서해상의 평화와 협력을 통해 NLL 문제를 평화적으로 해결하기 위한 현실적 접근법에 이미 합의한 바 있다. 2007년 남북정상회담의 10.4 선언이 밝히고 있는 평화접근법이 바로 그것이다. 남북 관계의 질적 발전을 담보해 내고 이를 토대로 서해상에서 평화협력지대를 만들어 실천함으로써 NLL 문제를 비롯한 한반도 평화의 진전을 이루어 내겠다는 구상이었던 것이다. 또 분명히 NLL을 기준으로 평화지대를 만들고자 하는 데 대해서는 대선에 출마했던 모든 후보들이 반대하지 않았던 사항이다. NLL을 영토선으로 하고 이 선을 중심으로 평화지대를 만들어 서해 어로자원을 지키는 것이야말로 남북이 모두 이익을 얻는 것이다. 이는 경제적 이익을 통해 평화를 유도하는 소극적 평화이다. 소극적 평화(negative peace)

는 정전체제에도 불구하고 전쟁이 억지되고 군사적 충돌을 방지하며 한반도에 긴장완화가 유지되는 상태를 의미한다. 한반도 평화는 '소극적' 평화를 넘어 '적극적' 평화로 그리고 궁극적으로는 '항구적' 평화로 나아가는 것이 바로 한반도 평화체제의 완성이라 할 수 있다.[7]

---

7) 김근식, "대북 퍼주기 논란과 남남갈등: 현황과 과제", 통일문제연구, 2002년 상반기호(통권 제37호), p234

# 한국경제 3.0은 '한반도 경제' 로

## 남북 경제협력은 한국경제의 미래

"1GHz CPU, 4GB 내장메모리가 탑재되어 있고, 7인치 800x480 해상도의 디스플레이와 200만 화소 카메라 등이 장착됐으며 안드로이드 4.0 OS(아이스크림 샌드위치)로 구동된다. 마이크로소프트 오피스 패키지 역시 설치되어 있다." 이런 사양의 안내로만 본다면 우리의 전자상가에서 흔히 볼 수 있는 고급 태블릿 pc라고 생각할 것이다. 그런데 이것은 애플 아이패드 에어보다 나은 면이 있다고 할 정도로 가격대비 성능이 좋다는 호평을 받았다는 북한제 '삼지연' 태블릿 pc의 사양이다.[8]

이처럼 북한도 IT산업에도 눈을 돌리고 있고, 다양한 경제개방과 개

---

8) "북한 태블릿 '삼지연' 아이패드보다 낫다" - 머니투데이, 2013. 11. 9

발을 서두르고 있는 것으로 보인다. 특히 김정은 국방위원회 제1위원장이 가장 공을 들이는 경제개발 청사진이 경제특구라고 한다. 북한이 추진하는 경제개발구(지방급)는 총 13곳이다. 평안북도 1곳(압록강경제개발구) 황해북도 2곳(신평관광개발구와 송림수출가공구) 자강도 2곳(만포경제개발구, 위원공업개발구) 강원도 1곳(현동 공업개발구) 함경남도 2곳(흥남공업개발구, 북청농업개발구) 함경북도 3곳(청진개발구, 어랑농업개발구, 온성섬관광개발구) 양강도 1곳(혜산경제개발구) 남포직할시 1곳(와우도수출가공구) 등이 경제개발구로 지정됐다고 알려졌다.

신문에 따르면 현재까지 지정된 나선, 황금평·위화도, 개성공단, 금강산 관광특구 등의 특수경제지대와 달리 전면적인 해외자본 유치를 상정하고 있는 것이 특징인데, 북한의 경제개발구 프로젝트는 계약 기간만 50년, 총 투자 규모는 15억~16억 달러에 달해 북한판 '신성장 동력'이라 부를 만하다고 한다.[9]

세계 무역량에서 아시아 지역이 차지하는 비중은 2008년 26.2%에서 2010년 30.0%로 증가 한중일 3국의 경제적 위상은 날로 증대되고 있다. 특히 역내 교역량 확대에 따라 동북아 국제물류는 지속적으로 성장할 것으로 전망하고 있다. 2010년 중국 동북 3성의 경제성장률은 13.6%로 중국 전 지역 평균치인 10.3%를 넘어서며 고성장을 지속하고 있는데 중국의 동북지역은 지리적 특성상 한반도를 통해야만 바다로 나아갈 수 있으며 최근에는 항구를 빌려 바다로 나간다(借港出

---

9) "북한, 13개 경제개발구·신의주 특구 발표"-해외자본 유치 위해 압록강·만포·흥남 등 지정, 한국일보, 2013. 11. 22

海)'는 전략을 수립한 것으로 알려져 있다.[10] 이처럼 동북아 지역의 경제성장 및 국제 교역량 증가에 따라 한국, 중국, 일본은 동북아 지역의 경제물류의 중심인 이 지역의 경제적 이니셔티브를 선점하기 위해 치열한 경쟁을 벌이고 있는 상황이다. 기업들은 남북 관계 개선에 대비한 전략을 미리 수립하고 이러한 북한의 투자환경의 변화를 포착하여 중요한 기회를 외국 기업에게 선점당하지 않도록 준비해야 한다. 특히 우리나라는 대외 무역 의존도가 높은 반면 국제 화물 운송수단에 있어서는 남북이 분단된 상황에서 선택의 여지가 없어 무역량의 99.7%를 해운에 의존하는 실정이다.

많은 사람들이 이제 한국경제의 성장 동력은 북한에 있다고 생각한다. 북한이 열리면 중국이나 러시아까지 참여하는 국제적 참여를 유도할 수 있는 동북아의 지역적 경제성장을 내다볼 수 있다. 나진항은 유일한 항구로 물류의 중심이 필연적으로 될 수밖에 없다. 나진항을 이용해서 무역을 한다는 것은 대단한 일인 것이다. 또 북한이 가지고 있는 여러 가지 자원을 개발하고, 농지를 이용하여 식량문제를 해소하고 북한의 인력을 씀으로써 한반도의 새로운 미래를 만들어 갈 수 있을 것이다. 실로 남북정상 간의 만남이 지속적으로 계속 이뤄졌으면 엄청난 시너지 효과를 만들어 낼 수 있었을 것이다.

남북 경제협력은 1998년부터 2007년까지 10년 동안 꾸준히 발전해 왔으나 이명박 정부 출범 이후 당국간 관계가 냉각되면서 위기를 맞이하였다. 1998년 11월 18일 시작된 금강산관광 사업은 2008년 7월

---

10) "금강산 관광 13주년: 남북경협의 경제적 가치의 재발견", VIP Report 2011. 11. 15, 현대경제연구원

11일 관광객 사망사건으로 중단 이후 천안함, 연평도 사건 등을 거치면서 더욱 악화된 남북 관계는 아직까지 회복되지 못하고 겨우 명맥을 유지하고 있는 정도였다.

남북 경제협력이 어느 한쪽에게 일방적으로 이익이나 손해를 주는 것이 아니라 양측 모두에게 이익이 된다는 점은 과거 10년간의 경험을 통해 직접적으로 확인되었다. 개성공단 입주 기업, 금강산관광으로 한 때 호황을 누렸던 강원도 접경지역 주민 등 남북 경제협력의 효과를 체험 한 당사자들이 사업의 재개를 촉구하는 현실을 보면 알 수 있다.

지금까지 남북 경제협력의 가치는 늘 정치적 · 이념적 대결구도에 의해 축소 왜곡되어버리고 말았다. 남북 경제협력은 이제 단기적 성과에 매몰되어 과소평가되거나, 감정적인 접근이 아니라, 장기적인 경제성장의 관점에서 바라보아야 한다. 즉, 남북 관계개선 및 교류, 협력을 위한 논의의 활성화가 먹거리의 창출이라는 경제적 관점을 통해 바라보아야 하는 것이다.

성장동력이라는 관점에서 바라보면 남북 경제협력은 블루오션을 창출할 수 있는 다양한 잠재적 가능성이 있다. 즉, 성장의 한계에 이른 다른 나라와 달리 우리의 특수한 현실에서 만들어지는 남북 경제협력은 경제활동 공간을 확대하고 규모를 확장하면서 성장 잠재력 확충, 경제활동 촉진, 경제 위기 극복 등 다양한 경제적 동기들이 부여될 수 있다는 점이다.

남북 경제협력은 정치적 · 이념적 대결구도를 완화하고 경제적, 현실적 실리 추구를 통해 토지 · 노동 · 자본 등 모든 생산 요소의 효율적 활용을 극대화 할 수 있을 것이며, 이는 한반도를 축으로 경제적 활력을 불어넣고 나아가 동북아 전체의 경제 활력을 도모할 수 있을 것이다.

특히 남북 경제협력은 우리의 국토분단 및 압축 성장 과정에서 형성된 고립된 경제구조, 과도한 대외 의존도를 개선하여 새로운 경제성장의 계기를 만들 수 있을 것이다. 우리의 수출 중심의 고도성장에서 고착화된, 경제활동에서 수출입이 차지하는 높은 비중은 필연적으로 외부 충격에 취약한 경제구조일 수밖에 없다. 안정적이고 지속적인 경제성장을 위해서는 반드시 내수 경제 규모의 확충이 요구되는 것이다.

이미 우리는 70, 80년대의 수출주도의 고도 성장기인 한국경제 1.0, 신자유주의 경제인 한국경제 2.0을 지나면서 1990년대 이후 잠재성장률이 계속 둔화되고 있는 실정이다. 이제 토지사용료, 물류비 인건비 부담을 줄여 고비용 저효율의 경제구조를 개선하고 지속가능한 경제발전을 이루는 한국경제의 3.0으로 나아가기 위해서는 분단 경제의 극복은 필수적이라고 할 수 있다.

사실 남북 경제협력의 잠재적 경쟁력은 무궁무진하다고 할 수 있다. 그동안 세계 유일의 분단국가라는 점은 경제발전의 제약조건으로 작용해 왔으나 분단을 극복하는 특수한 과정 자체가 새로운 성장 동력으로 전환될 수 있기 때문이다. 즉 남북 경제협력은 한반도의 위험요인과 디스카운트를 경쟁력(Korea Advantage)으로 전환하는 과정에서 남과 북에 새로운 성장의 기회를 제공하면서 다른 나라들이 따라할 수 없는 우리나라만의 특수한 경제성장 전략이 될 수 있다는 점에서 중요한 것이다.

구체적으로는 남과 북은 상호보완적인 요소를 가지고 있다. 쉽게 보더라도 북쪽의 지하자원과 남쪽의 농업환경은 상호 보완적인 자연환경을 가지고 있다. 인구 분포에 있어서도 남북 통합적으로 파악할 때 성별 연령별 인구분포의 불균형이 해소되는 상호보완적 인구 구조를 가지고 있다. 또 그동안의 다른 체제 아래에서 성장한 서로 다른 발전의 속도는 생산요소의 상호보완을 가능하게 한다. 즉 북한의 토지와 노동의 여건 우리의 자본의 상호 보완적 생산요소의 결합은 성장 잠재력 확충과 산업의 체질 강화에 기여할 것이다. 이러한 상호보완적인 인구 지리적 특성, 생산요소의 특성은 단일한 경제공동체가 되었을 때의 시너지 효과의 잠재력을 짐작할 수 있는 대목이다.

아울러 남북경협은 휴전선을 통해 사실상의 섬나라로 제한받았던 반도의 특성을 되돌려 놓게 된다. 즉 우리나라가 섬나라 경제를 벗어나 대륙과 연결됨으로써 중국, 러시아, 유럽과의 거리를 획기적으로 단축하고 육로를 통한 교류는 막대한 물류비 절감 효과를 얻을 수 있을 것이다. 대륙철도와 도로를 연결한 육상 물류망을 기존의 해운 항공 물류 망과 통합하면 한반도는 명실상부한 동북아 물류의 중심으로 부상할 수 있을 것으로 전망할 수 있다.

우리의 국토면적은 세계 108위이고 인구수는 25위 수준이지만 남북을 합하면 국토면적은 세계 84위, 인구수는 18위로 상승해서 OECD 가입국 가운데서는 인구수 기준으로 미국, 일본, 멕시코, 독일, 터키 다음으로 6위에 올라서게 된다. 이는 경제활동 영역의 확대로 인한 생산과 소비 규모 증가, 내수경제 규모 확대를 통해 성장 잠재력이 획기적으로 향상될 수 있음을 의미한다.

# 신성장 동력으로서의 남북 경제협력

남북 경제협력은 실질적이고 구체적인 신성장 동력을 가지고 있다. 첫째, 언어·문화적 공통성, 양질의 노동력과 저렴한 임금, 낮은 세금과 토지사용료, 육상을 통한 물류환경 측면에서 높은 경쟁력 보유, 제조업 경쟁력 강화를 들 수 있다. 둘째, 산업 전반의 성장을 촉진하는 인프라를 확충함으로써 남북 공생발전의 토대를 구축할 수 있는 SOC 수요기반이 확대된다. 넷째, 세계 자원 확보 경쟁에 대응하여 서로 없는 것을 채워 주는 유무상통 방식으로 상생의 경제협력 모델을 추구하며, 자원 자주개발률을 제고할 수 있다. 넷째, 사실상의 섬나라를 대륙에 연결함으로써 중국, 러시아, 유럽과의 거리를 획기적으로 단축 동북아 물류산업의 환경을 개선할 수 있다. 다섯째 한반도의 안정과 평화를 상징함으로써 코리아 디스카운트를 방지하고 지역 경제 활성화에 기여하는 한반도 관광 인프라 확충 중 등 5가지 분야에서 새로운 경제성장 동력을 제공할 수 있는 것이다.

그런데 이미 오래전부터 북한경제의 중국 예속을 우려할 정도로, 북한의 경제개발의 이니셔티브를 중국을 비롯한 외국 기업들이 선점하고 있는 상황이다. 우리의 유수한 통신기업들이 있는데도 불구하고, 북한의 휴대전화 망은 이집트의 오라스콤 텔레콤과 북이 합작 설립한 고려링크가 거주 지역의 92.9%를 점하고 있고 서비스 가입자 수는 100만 명을 넘어선 것으로 알려지고 있다.

특히 외국의 기업들이 북한 SOC 건설 사업을 선점하면서 한국기업들이 사업 기회를 놓칠 수 있다는 우려가 제기될 정도이다. 언론에 따르면 북한의 SOC건설 수요는 북은 2010~2020년까지 공업지구 교통망, 에니지, 농입 개발 등 4개 분야에 종 1,000억 달러를 투자하여 경제적 면모를 일신하겠다는 계획을 수립하고 있다. 신의주-남포-평양의 서남방면과 라선-청진-김책으로 이어지는 동북방면의 양대 축으로 개발하고, 중국/러시아 한국과의 연계를 고려해 신의주, 나선, 개성 등 3개 지역을 중심으로 기반시설을 확충하겠다는 계획을 세우고 있다. 최근에는 황금평 나선 등 접경지역의 경제특구를 중심으로 인프라 건설이 활발하게 진행되고 있다.

**북한의 주요 SOC 건설계획[11]**

| 구분 | 내용 | 소요자금 |
|------|------|----------|
| 도로 | 총 연장 2,490km 건설 · 개건 | 150억 달러 |
| 철도 | 총 연장 4,772km 건설 · 개건 | 96억 달러 |
| 발전 | 60kW급 화력발전소 10기 건설 | 50억 달러 |
| | 송전망 1,500km 건설 | 10억 달러 |
| 공항 | 형양국제공항 연인원 1,200만 명 규모로 확장 | 12억 달러 |

남북 경제협력이 확대될수록 SOC 수요가 증가하고, SOC 확충으로 성장의 토대가 마련되어 경제협력의 수준이 높아지는 선순환 구조가 형성될 것이다. 따라서 남북 경제협력이 활발하게 진행될수록 에너지 · 교통 · 통신 등 3대 SOC인프라 협력은 필수불가결한 요소로 제기되고 있는 것이다. 한반도종단철도(TKR), 시베리아횡단철도(TSR),

---

11) 자료 통일 뉴스 (2011) '대풍그룹의 2010~2020 북 경제개발 중점 대상'

중국횡단철도(TCR)가 연결되면 국제화물운송수단의 역할 분담으로 동북아 협력의 물류의 주도권을 확보하는 계기가 될 수 있음과 동시에 남북 경협 사업의 수익성을 제고하는 효과가 있을 것이다. 북한을 통과하는 파이프라인 천연가스(PNG)의 도입단가는 액화천연가스(LNG)나 압축천연가스(CNG)로 변환하여 배로 들여오는 방식에 비해 저렴하다는 것이다.

북한 역시 가스관 통과에 따른 수수료 수입을 기대할 수 있어 천연가스관 연결 사업은 남-북-러 모두가 원-윈 할 수 있는 사업이다. 또 이러한 사업을 통해 당사국 간 분쟁 발생에 대비하는 대책을 마련하는 과정에서 동북아 협력체제를 한 단계 높은 수준으로 발전시킬 수 있을 것이다.

한국건설산업연구원(2010)은 '남북한 건설분야 협력사례 분석과 북한내 산업단지 개발방안'에서 6개의 산업단지가 건설될 경우 남한 경제에는 86조 2,000억 원의 생산유발 효과가 발생하고, 산업단지 건설사업 규모는 43조 9,000억 원으로 추정된다고 보고 있다. 또 한국은행(2010)의 '대북 SOC 투자의 산업연관 효과 분석'에 따르면 북한의 토목 건설에 1조 원을 투자하면 남한 경제에 1조 9,637억 원의 생산유발 효과가 발생한다고 한다. 북한의 SOC 건설사업으로 인한 생산유발 효과는 남한의 경기 활성화 및 고용 증가에 크게 기여할 것으로 판단되는 것이다.

또 남북 경제협력의 중요한 신성장 동력으로서의 기능은 우리의 자원 부족을 해결해 주는 것이다. 세계적으로 자원 확보 경쟁이 치열해지고 자원민족주의가 강화되면서 안정적 자원 확보에 대한 필요성이 증가하고 있다. 그런데 우리는 자원의 해외 의존도가 높아서 국민경제 전체가 국제 자원가격 변동의 경향을 크게 받기 때문에 자주개발률 제고가 시급한 상황인 것이다. 2010년 우리의 광산물 수입액은 300억 달러로 총 수입액의 7%를 차지하며 광산물의 자급률은 7.6%(금속광은 1.4%)에 불과한 것으로 보고되고 있다.

그런데 현재 북한에 매립자원 중에서 경제성이 기대되는 주요 광물의 잠재가치는 약 984조 원으로 남한의 약 24배 규모라고 알려져 있다. 북한에는 약 200여 종의 광물자원이 매장되어 있으며 특히 경제성이 높은 희토류 미 정부가 선정한 '10대 중점 확보 희유금속/중 텅스텐, 몰리브덴I 망간, 마그네슘 코발트 크롬 등 6종이 부존 중인 것으로 추정하고 있다.

### 주요 광물자원의 경제적 가치 비교

| | 잠재가치 (억 원) | | 북/남(배) |
|---|---|---|---|
| | 북 | 남 | |
| 금 | 613,274 | 13,093 | 46.8 |
| 은 | 19,124 | 5,162 | 3.7 |
| 동 | 92,791 | 1,631 | 56.9 |
| 철 | 3,045,300 | 22,717 | 134.1 |
| 아연 | 260,680 | 6,892 | 37.8 |
| 몰리브덴 | 16,669 | 7,470 | 2.2 |
| 인상흑연 | 12,049 | 732 | 16.5 |
| 인회석 | 388,326 | 732 | - |
| 마그네사이트 | 26,797,320 | 0 | - |
| 무연탄 | 5,194,350 | 0 | 3.3 |

자료 : 광물자원공사(2011)

이런 상황에서 만약 광산물 수입 물량의 10%를 북에서 조달한다고 가정할 경우 남측은 연간 17억 달러 이상의 수입 비용을 절감할 수 있고, 마그네사이트 규사 규석 흑연 등 광산물 4종을 북에서 전량 조달한다고 가정할 경우 연간 1억 달러의 이익 달성이 가능하다고 보고 있다. 뿐만 아니라, 물류비 절감, 무관세 효과 등으로 인한 수입가격과 대북 반입가격의 차이로 광물자원 수입에 소요되는 비용이 절감될 수 있다. 아울러 자원개발 협력을 통해 북측 산업 기반시설 건설에 소요되는 투자금의 일부를 충당할 경우 남측은 투자회수기간 단축 및 리스크 감소 효과를 가져온다.

이러한 환경은 산업 기반시설 건설을 위한 초기 투자자금 확보에 어려움을 겪고 있는 북한은 보유 자원을 활용하여 경제 건설을 추진할 수 있을 것이며, 남한의 자본과 기술/북한의 자원과 노동력이 결합되는 경제협력이 이루어지면 남과 북 모두에게 새로운 성장 동력 제공되는 것이다. 자원개발 협력 사업은 남북 상호 간의 경제적 의존도를 높임으로써 긴장완화 및 관계개선의 선순환구조를 형성할 수 있을 것이다.

## 제2, 제3의 개성공단을 만들어야 한다

10.4 정상선언은 6.15 공동선언의 계승과 발전에 그 역사적 의미가 있다. 특히 정치군사적 차원에서 남북 관계의 질적 발전을 모색하는 첫걸음이었던 것이다. 화해와 번영이 함께하는 바람직한 남북 관계의 구상은 10.4 정상 선언으로 서해 일대에 공동의 번영이 대원칙이

었고 이는 어느 한쪽이 일방적으로 주는 관계가 아니었으며 아울러 경제적으로 투자를 장려하고 기반시설 확충과 자원개발을 추진하는 것이었다.

남북 3대 경협 사업은 금강산 관광, 개성공단지구의 개발, 그리고 철도의 연결 등이었다. 그중에서 개성공단 사업은 남북 관계의 가장 큰 가시적 성과였다. 때문에 개성공단의 성패는 이 시대 남북 관계의 상징이자 최후의 보루라고 해도 좋을 것이다. 개성공단은 단순한 경제 협력뿐 아니라 교착 상태에 빠져 있는 남북 관계 복원을 위한 거의 유일한 통로이기도 하기 때문이다. 과거 남북 관계가 극도로 악화되고 심지어 군사적 충돌이 일어났을 때도 개성공단은 문을 닫지 않았었다. 그만큼 개성공단은 남북한 모두가 지키고 유지하려고 노력해 온 남북 교류와 협력의 역사적 현장이었다.

그런 중요한 의미를 지닌 개성공단이 4월 3일 북한의 일방적인 통행제한 조처로 중단되고 해제되는 우여곡절을 겪고 있다. 개성공단 업체들의 부도 사태가 눈앞에 다가오고 있으며 공단 시설의 불능화가 가시화되면서 남북경협의 대표적 사업이 물거품처럼 사라질 위기에 처한 것이다. 개성공단이 닫힌 시간만큼 개성공단에 투자했던 우리 기업들의 손해는 늘어나고 남북 간 평화의 거리는 멀어지게 되어 있다. 개성공단 사태의 해결을 위해 민주당 의원들과 종교계 인사들이 남북 대화의 물꼬를 다시 트고 남북경협의 정상화와 한반도 평화의 재건을 기원하는 3000배를 올리기도 했다. 이를 통해 남북의 책임 있는 대책과 북한이 실무회담에 응할 것, 개성공단 입주기업의 방북 허용, 6·15공동행사 등 교류 성사를 위한 대화 등을 촉구한 바 있다.

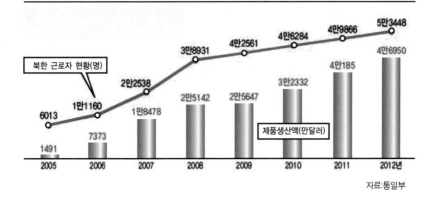

개성공단 생산액 및 북한 근로자 현황

자료:통일부

　개성공단은 경제협력을 통한 신뢰와 상호 이익을 도모하려는 그동안 남북 관계의 진전이 이룩해 낸 상징적 성과물이다. 개성공단을 통해서 얻는 직접적인 이익은 첫째는 중소기업에 아주 직접적인 이익이다. 개성공단에서의 생산물들은 무엇보다 큰 가격 경쟁력으로 이익을 도모할 수 있다. 둘째로 개성공단이 갖는 의미는 경제를 통해 남북 관계의 평화적 관계를 지속시킨다는 점에서 매우 중요하다.[12] 개성공단이 원만하게 유지된다는 것은 우리 한반도의 리스크를 줄이는 데 기여하는 것이며 이는, 평화가 직접적인 이익을 주는 평화산업이라고 해도 좋을 것이다. 특히 우리나라에 여러 가지 신인도를 평가할 때 대단히 좋은 근거가 되고 영향을 주게 된다. 아울러 개성공단이라는 지역을 통해 남북이 협력해 가시적인 성과를 만들어 낸다는 것은 통일로 나아가는 초석이 될 것이다.

---

12) "북한은 한국경제의 성장 동력", 월간말, 2009. 01

개성공단은 착공 8년이 지나도록 비록 전체 3단계 계획 중 1단계에 머물고 있으나, 꾸준히 이어 가면서 개성공단 입주기업 수와 연간 생산액은 2008년 18개 업체, 1,491만 달러에서 2010년 121개 업체, 3억 2천만 달러로 성장하였다. 통일부 남북 교역액 현황 자료에 따르면 2012년 1월부터 올해 3월까지 남북한 전체 교역액은 25억 1천 131만 달러로 집계됐다. 같은 기간 개성공단 사업을 통한 남북 교역액은 25억 2만 달러였다. 이 기간 남북 전체 교역액에서 개성공단 사업이 차지하는 비율은 99.55%로 절대다수를 차지한 것이다. 개성공단이 사실상 남북 교역의 전부라고 해도 과언이 아닌 것이다.

불안한 남북 관계에도 불구하고 개성공단이 그동안 유지되어 왔던 가장 큰 이유는 양질의 노동력과 저렴한 임금으로 인한 경제적 이익이 크기 때문이었다. 2011년 10월 현재 개성공단의 최저임금은 월 63.8달러로 코트라에서 조사한 중국 평균 최저임금 167달러의 38% 수준에 불과했다. 그런데 중국은 올해 31개의 성, 시, 자치구 가운데 21곳에서 최저임금이 평균 20% 이상 오르는 등 고임금 정책을 펴고 있어 중소기업의 이윤율이 크게 악화되고 있다. 그러나 개성공단의 경우 북측 노동자들은 언어장벽과 이직률이 없고 숙련도가 높다는 점에서 중국 및 베트남 노동자들에 비해 높은 경쟁력을 가지고 있다.

더구나 개성공단은 세제상 혜택, 토지이용료, 물류비용 측면에서 중국·베트남 등 다른 생산기지에 비해 유리한 환경을 제공하고 있다. 개성공단은 입주기업들에게 14%의 기업소득세율을 적용한 반면, 중국과 베트남은 외국인 기업에 대한 우대 제도를 폐지하고 25%의 세율을 적용하고 있다. 2007년 3.3㎡당 14만 9,000원에 분양됐던 공장

부지는 2009년 전매 제한이 폐지된 이후에도 여전히 남한의 1/10 수준에 거래되고 있다고 한다. 개성공단이 3단계까지 완성되면 남측 협력업체 수는 6만 9000개, 협력업체 등을 포함한 거래 규모는 연간 9조 원에 이를 것으로 추정될 정도로 희망적인 경제협력 사업이다.

한편, 관광산업은 다른 산업에 비해 고용창출 효과가 크고 지역경제 활성화에 기여도가 높은 미래 유망 산업으로 각광받고 있다. 더욱이 관광산업은 한번 브랜드가 형성되어 자리를 잡으면 원가 부담이 낮고 수익률이 높은 고부가 서비스 산업으로 일자리 창출과 경제순환 등 국가 경제에서 차지하는 비중이 지속적으로 증가한다. 실제로 서비스산업 관광 지출로 인한 취업 유발효과는 10억 원 당 22.9명으로 산업 평균인 13.4명의 2배 수준에 이른다.[13]

남북 경제협력의 문제에서 가장 중요한 것은 남북 경제협력은 이데올로기나 남북의 이념적 관점이 아니라 이제 새로운 국부 창출의 원동력을 제공하는 신성장 동력 사업이라는 실용적 관점의 전환이다. 이제는 이념과 냉전적 질서를 극복하고 공존공영 정책을 일관되게 추진하기 위해서는 남북 경제협력이 서로에게 이익을 가져다 준다는 국민적 공감대 확산이 중요한 것이다. 남북 경제협력은 상호보완적인 생산요소의 결합으로 성장 잠재력을 강화함으로써 불확실한 세계경제와 남한의 내수시장의 변동 등의 환경에 대한 대응력을 제고할 수 있을 것으로 보인다.

다음으로 장기적 성장전략 차원에서 민간 경제협력 사업을 일관되

---

13) '관광산업의 경제효과 분석', 한국문화관광연구원(2010)

게 유지하는 실리적 접근이 요구된다. 특히 민간과 정부는 상호보완적인 측면이 있으므로 당국 간에는 비록 관계가 냉각되는 경우에도 민간 차원의 교류는 더욱 활발히 촉진하여 남북경협의 윤활유 역할을 할 수 있도록 배려하는 지혜가 필요해 보인다. 민간 교류의 확산은 남과 북이 서로를 더 잘 이해할 수 있는 경제 환경과 정보를 제공함으로써 관계 개선에 도움이 될 수 있기 때문이다.

특히 금강산 관광 재개는 정부의 남북 관계 개선 의지를 극적이고 상징적으로 보여 줌으로써 분위기를 전환시키고 대화의 모멘텀을 제공하는 기회가 될 것이다. 한국경제 3.0은 아마 한반도경제, 평화경제일 것이다. 남북통일을 통해 생산과 소비가 선순환 되어 내수를 통한 경제의 안정은 물론, 세계경제에 우뚝 서는 위용을 자랑하게 될 것이다.

# 제6부

# 한국경제 3.0으로 가는 길

# 시스템 전환은 빠를수록 좋다

최근 복지 공약의 이행 여부가 논란의 중심 주제로 등장했다. 현 정부가 연평균 26조 원 규모의 복지지출 증가를 공약으로 내걸었지만 이를 구현하기 위한 재정방안은 구체적으로 마련되지 않은 까닭이다.

우리나라는 무한한 잠재력을 가진 나라이다. 불과 60여 년 전만 해도 전쟁의 폐허 속에서 국제원조를 받아야 했던, 세계에서 가장 가난한 국가였는데, 이제는 세계 10위권의 경제 규모를 자랑하는 국가로 성장하여 세계경제의 대표적 성공 모델로 꼽히고 있다. 원조를 받던 국가에서 원조를 하는 국가로 발전한 나라는 한국이 유일하다고 한다. 지금은 아니지만 한때는 경제성장률 세계 1~2위를 다퉜다.

그런데 안 좋은 쪽으로도 세계 1~2위를 다투고 있다는 것이 문제이다. 몇 가지만 나열해 보면 저출산 세계 1위, 자살률 OECD 1위, 고용불안 1위, 남녀 임금 격차 세계 1위, 연간 노동 시간 세계 2위(몇 년 전까지는 1위였다), 복지 지출은 OECD 끝에서 2등이다.

주목해야 할 점은 이들 항목들이 모두 하나의 고리로 연결되어 있다는 것이다. 그 연결고리의 핵심에 복지문제가 있다. 출산율이 낮은 것은 육아복지와 교육 복지와 관련 있고, 자살률이 높은 것은 고용 복지 문제, 즉 일자리 불안 때문이다. 복지의 문제가 우리나라 현재 겪고 있는 심각한 문제들에 고스란히 반영되어 있다고 할 수 있다.

## 출구가 없는 대한민국

한국경제 2.0 시대를 지나면서 신자유주의적 경제 정책을 강도 높게 추진한 결과 사회적 약자들은 점점 더 한계 상황에 몰리게 되었다. 고용 불안에 시달려야 했고 구조조정으로 직장에서 쫓겨난 많은 이들이 영세 자영업자로 전락했지만, 갈수록 악화되는 경기침체 속에서 그마저도 유지하기조차 어려워지고 말았다. 결국 빚이라도 내어 생활을 해야 하는 막다른 골목에 다다르게 되었다. 자영업자들은 망하고 1인당 가계 부채는 세계적인 수준으로 올라갔다. 국민들이 기댈 곳조차 없는 신세로 전락하게 된 필연적 결과가 자살률의 급격한 증가이다. 즉 세계 1위의 자살률은 결국 우리나라의 후진적 복지구조가 만들어 낸 부산물이라는 것이다. 2011년 자료에 의하면 OECD 국가 중 국민 10만 명당 자살이 두 번째인 일본은 15.7명임에 반해 우리는 훨씬 큰 27.4명이나 된다. 지금 대한민국의 국민들은 출구가 없는 나락으로 내몰리고 있는 것이다.

## 서민을 두 번 울리는 박근혜 정부

현실이 이러함에도 박근혜 정부는 아직 줄.푸.세 수준의 재벌 프랜들리 정책에서 벗어나지 못하고 있다. 수출 기업의 이윤이 늘어나면 그 과실이 국내시장과 국민들에게 퍼져 나갈 것이므로 기업의 국제경쟁력을 떨어뜨리는 기업의 조세부담을 늘려선 안 된다는 신자유주의의 신화를 벗어 버리지 못하고 있다.

우리 국민은 지난 대통령 선거에서 경제민주화와 복지 공약을 내놓고 서민생활을 향상시키겠다는 박근혜 대통령 후보를 뽑았다. 그런데 당선된 대통령이 '증세 없는 복지 확대' 라는 그럴듯한 말을 내걸어 놓고는, 자신의 공약을 지키지 못하겠다고 하는 형국이다. 경제민주화 공약이야 이미 대선이 끝나기도 전에 찬밥이 되어 버렸고, 이제 복지공약 차례인가 보다.

세수가 부족해서 복지지출을 늘이지 못한다는 명분 아래, 정부는 오히려 중산층 서민에게 감면해 주던 세금까지 규모를 축소하겠다고 한다. 재벌 기업에게 부담을 주는 세율 인상은 안 하는 대신 세금 감면제도에 손을 대면서 중산층 봉급생활자, 자영업자의 세금이 올라가게 되었다. 대선 공약을 뒤집은 새 정부가 복지 축소로 서민을, 세금 인상으로 중산층을 두 번 울리고 있다.

국민은 이번 정부에 '한국경제 3.0' 으로의 시스템 업그레이드를 기대했는데, 새 정부는 '한국경제 2.03' 의 마이너 체인지에 머무르고 있다. 이와 같은 상황이라면 이 정부 하에서 한국경제의 시스템 전환은 기대난망이다.

## 시스템 전환은 빠를수록 좋다

한국경제가 시스템 위기라는 것은, 현재의 신자유주의 시스템으로는 위기가 심화될 뿐, 위기를 극복할 수 있는 길이 없다는 것을 의미한다. 한국경제는 극심한 구조적 불균형에 빠져 있다. 그것은 한국경제1.0 시대에 만들어진 수출주도형 재벌경제체제와 2.0 시대에 만들어진 신자유주의적 개방경제체제에 기인하는 것이다.

그 결과 한국경제는 점점 더 경제력이 소수의 재벌들에게 집중되는 현상이 강화되고 있다. 2012년 한 해 동안 삼성전자와 현대자동차, 기아자동차 3개 기업이 전체 법인의 이윤 총액의 28%에 해당하는 이익을 거두었다. 이는 지난 2009년 14%와 비교할 때, 3년 사이에 비중이 두 배로 오른 것이다.

그러나 더 심각한 문제는 이들 소수의 재벌 기업들의 고공행진이 경제성장으로 연결되지 못하고 있다는 데 있다. 같은 기간 GDP 성장률은 국제금융 위기를 겪은 직후 경기가 상대적으로 반등하였던 2009년을 제외하곤 모두 4% 미만이었다.

한국은 이미 저성장과 고령화, 양극화 등 거의 모든 선진국들이 안고 있는 문제에 직면하기 시작한 것이다. 우리 정부의 재정은 조세부담률이 낮고 재정 규모가 크지 않을 뿐더러, 복지지출 규모 역시 OECD국가 중 꼴찌에서 두 번째다. 2009년 OECD 자료로는 우리나라의 공공 복지지출은 9.4%에 불과하고, 이는 OECD 평균 22%의 절반에도 미치지 못한다. 대한민국과 경제 규모가 비슷한 나라들만 비교하면 우리가 최하위다.

그러니까 정부의 재정 능력이 대단히 제한적인데다가 이렇다 할 사회안전망이 채 갖춰지기도 전에 우리는 선진국 문턱을 넘으려는 상황이다. 마치 등산용 물통 하나 달랑 들고 타클라마칸 사막에 들어가고 있는 형국이랄까. '창조경제'를 두고 하는 말이다.

정부는 '창조경제'가 대단한 보검이나 되는 듯이 홍보하고 있지만, 기실 김대중 정부에서도 벤처 생태계의 조성과 창업지원 등 IT붐을 일으켰던 것을 모르진 않을 것이다.

박정희 대통령이 산업의 '쌀'이라는 철강산업을 일으켜 근대화를 추진했다면, 김대중 대통령은 미래산업의 '포도당'인 IT산업을 일으켜 지식정보화를 이끌었다.

벤처 창업은 물론 서비스산업의 대폭발을 이뤄내 우리 경제의 성장동력의 부재 문제와 극단적 양극화의 문제를 해결해 나가려면, 시장경제 분야뿐 아니라, 사회적 경제 분야와의 연계가 필수적이다. 그런데도 박근혜 정부는 서비스산업 R&D를 촉진하겠다며 어떻게 하면 재벌 대기업의 투자를 끌어들일까만 골몰하고 있다.

과연 이 정부에 우리가 처한 상황에 대해 진단과 처방이 있는가? 아니 보다 정확히 말한다면 박근혜 정부의 경제정책에 철학과 혼이 있는가? 국민들 눈엔 그저 우왕좌왕할 뿐이다.

한국의 경제 관료들은 몇 년째 대외경제 여건이 호전되기를 학수고대해 왔다. 그러나 대외경제 여건이 좋아진다고 우리 경제가 좋아지는 것일까? 수출해서 기업하는 재벌 대기업들에게는 좋은 소식일지 모르나, 대기업의 호황이 국민경제의 호황으로 이어지지 못한 지는 이미 오래되지 않았던가.

한국경제 지금 너무 개방되어 있고, 기축통화국도 아니기 때문에 거시경제정책을 쓰는 데 한계가 있다. 미국처럼 자원이 풍부한 것도 아니고, 일본처럼 국민들의 저축이 쌓여 있는 것도 아니다. 지금 정부가 이렇게 손 놓고 있을 시간이 없다. 이대로 가다가는 한국경제에 또다시 경제 위기가 오지는 않을까 걱정이다.

시스템 전환은 빠르면 빠를수록 좋다. 더 이상 주저할 시간적 여유가 없는 것이다.

그렇다면 과연 어떻게 해야 이 시스템 위기를 극복하고, 한국경제를 지속가능한 기반 위에 올려놓을 수 있을 것인가?

# 한국경제 3.0의 모티브를 찾아서

**'정부의 실패' 와 '시장의 실패' 를 넘어**

그렇다면 한국경제가 가야 할 다음 스테이지는 어디인가?

그것에 대해 말하기 전에 한국경제가 지나온 역사를 간단히 살펴보자. 물론 일제 식민지경제와 해방 후 원조경제 시기는 논외로 하자.

60년대 박정희 시대로부터 80년대에 이르는 '한국경제 1.0' 의 시대에 한국경제는 강력한 국가권력의 지도하에 인력과 자원을 집중시켜 수출주도형 재벌경제체제를 확립하였다.

그러나 이 시기 정부 주도로 강력히 추진된 경제개발계획과 중공업화정책으로 민간 부문의 자율성이 과도하게 억압되고 자원의 효율적 배분이 이뤄지지 못하는가 하면, 정경유착과 재벌의 선단식 문어발 경영이라는 고질적 병폐를 낳아, 지금까지도 한국경제에 그 그늘을 드리우고 있다. '한국경제 1.0' 시대의 정부는 그야말로 무소불위의 강력한 권한을 가졌으나, 그 결과는 '정부의 실패' 였던 것이다.

90년대 이후 한국경제는 세계적으로 대세가 되어 온 신자유주의를 수용하고, 때론 그에 대응하며 신자유주의형 개방경제체제인 '한국경제 2.0' 시대를 맞았다.

시장개방, 감세와 규제완화, 공기업 민영화 등으로 대표되는 신자유주의 정책이 국내의 저항에도 불구하고 과감히 수용되었고, 모든 이가 시장에서의 자유경쟁과 자기책임으로 내몰렸다.

이 시기 지난 30년 동안 정부에 의해서 육성되어 온 재벌들은, 글로벌화된 신자유주의의 조류와 국내의 탈권위주의 민주화 흐름에 편승하여, 국가권력으로부터 독립된 시장의 권력을 형성하게 된다. 이렇게 만들어진 신자유주의 경제정책은 IMF 경제 위기를 맞아 다국적 자본의 압력으로 더욱 진행 속도를 높여 현재에 이르고 있다.

그러나 신자유주의 개방경제체제로 표현되는 '한국경제 2.0'은 그 명암이 뚜렷하다. 세계경제와 완전한 동조가 이루어지기도 하였지만, 끊임없는 세계경제의 위기의 여파를 직접 받아 내야 하는 상황이 되었다. 1997년 아시아 금융 위기와 2008년 글로벌 금융 위기 등이 그것이다.

아울러 신자유주의 개방경제체제에서는 시장권력의 무한대의 탐욕에 의해, 성장은 이루어지되 고용은 늘어나지 않는 '고용 없는 성장'과 국내적 국제적 양극화의 심화가 더 이상 경제의 시스템 자체를 유지할 수 없을 정도의 수준으로 일어나고 있다. 바로 '시장의 실패'인 것이다.

이제 우리는 더 이상 '시장의 실패'를 감내할 수도, 다시 '정부의 실패'로 돌아갈 수도 없다. '한국경제 3.0'이 필요한 이유이다.

## 한국경제 3.0의 모티브를 찾아서-사회민주주의 모델

2008년 글로벌 금융 위기와 그에 뒤이은 유럽 재정 위기를 지켜보며, 많은 사람들이 신자유주의의 종말을 예감하기도 했지만, 다른 한편에서 그와 같은 전 세계에 걸친 미증유의 경제 위기에 굳건히 버티고 있는 '나라' 또는 '지역'들에 주목하게 된다. 우리 국회에서도 19대에 들어와 유럽식 사회민주주의 정책이 적극 제안되기도 하고, 독일을 배워 보자는 흐름이 나타나기도 했다.

먼저 북유럽의 사회민주주의형 복지국가들 모델을 보자.

스웨덴, 노르웨이, 핀란드, 덴마크 이런 나라들이다. 이 나라들은 100년 가까이 보편적 복지제도를 시행해 온 경험을 가지고 있다. 국민의 조세부담율도 높고 정부의 복지재정 규모도 높은 수준인데 비해 국가채무 비중은 낮아서 탄탄한 재정을 기반으로 글로벌 금융 위기와 유럽 재정 위기에서 벗어나 있다. 최근 『이코노미스트(Economist, 2013)』도 스웨덴을 비롯한 북유럽 국가들을 새로운 자본주의 모델로 긍정적으로 평가하고 있다. 일종의 복지 자본주의(welfare capitalism)로 이념을 넘어 실용적 관점에서 문제를 혁신적으로 해결해 왔다는 것을 인정한 셈이다.

북유럽 국가들의 복지제도는 대단히 완성도가 높다. 교육과 일자리, 연금 및 사회보장에 이르기까지 하나의 체계를 이루고 있다. 이는 오랫동안 조세와 복지정책들에 대해 국민참여와 민주적 의사결정을 통해 사회적 합의를 이루어 낸 결과다. 위기에 대해 선제적으로 자기조절을 해 온 것이다.

그러나 이들 나라들은 인구 규모가 작은 데 비해, 조세부담율은

50%에 달한다. 즉 GDP 대비 재정지출의 비중이 굉장히 높아서, 한국 경제가 이 모델로 직행하기는 힘들다. 그럼에도 핀란드의 교육개혁, 덴마크의 협동조합과 농업정책은 우리에게 시사하는 바가 크다.

### 한국경제 3.0의 모티브를 찾아서-보수주의 모델

다음은 독일의 보수주의적 복지국가 모델이다. 최근 OECD 주요 국 가들의 GDP 대비 복지지출의 비중을 살펴보면(표1), 대부분의 유럽 국가들이 서로 비슷해진 것을 확인할 수 있다. 이것이 유럽 통합의 결 과이기도 하겠지만, 북유럽 국가들은 비중을 줄여 왔고 남유럽 국가

〈표1〉 OECD 주요국가별 복지지출 비중 변화 (GDP %)

| | 국가 | 1990 | 1992 | 1994 | 1996 | 1998 | 2000 | 2002 | 2004 | 2005 | 2006 | 2007 | 2008 | 2009 | 2010 | 2011 | 2012 |
|---|---|---|---|---|---|---|---|---|---|---|---|---|---|---|---|---|---|
| 감소 | 스웨덴 | 30.2 | 34.7 | 34.4 | 31.6 | 30.2 | 28.4 | 29.3 | 29.5 | 29.1 | 28.4 | 27.3 | 27.5 | 29.8 | 28.3 | 27.6 | 28.2 |
| | 핀란드 | 24.1 | 33.2 | 32.6 | 30.6 | 26.3 | 24.2 | 24.9 | 26.1 | 26.2 | 25.8 | 24.7 | 25.3 | 29.4 | 29.4 | 28.6 | 29.0 |
| | 네덜란드 | 25.6 | 26.0 | 24.7 | 22.6 | 21.4 | 19.8 | 20.5 | 21.2 | 20.7 | 21.7 | 21.1 | 20.9 | 23.2 | 23.5 | 23.7 | 24.3 |
| | 노르웨이 | 22.3 | 24.2 | 23.9 | 22.6 | 23.7 | 21.3 | 23.7 | 23.2 | 21.6 | 20.3 | 20.5 | 19.8 | 23.3 | 23.0 | 22.6 | 22.1 |
| 유지 | 독일 | 21.7 | 25.5 | 26.3 | 27.2 | 26.5 | 26.6 | 27.3 | 27.2 | 27.3 | 26.1 | 25.1 | 25.2 | 27.8 | 27.1 | 26.2 | 26.3 |
| | 스페인 | 19.9 | 21.8 | 22.0 | 21.3 | 20.6 | 20.2 | 20.1 | 20.8 | 21.1 | 21.1 | 21.3 | 22.9 | 26.0 | 26.5 | 26.0 | 26.3 |
| | 영국 | 16.7 | 19.9 | 20.1 | 19.6 | 18.9 | 18.6 | 19.3 | 20.4 | 20.5 | 20.3 | 20.4 | 21.8 | 24.1 | 23.7 | 23.9 | 23.9 |
| | 미국 | 13.6 | 15.2 | 15.4 | 15.3 | 14.9 | 14.5 | 15.9 | 16.1 | 16.0 | 16.1 | 16.3 | 17.0 | 19.2 | 19.9 | 19.7 | 19.4 |
| 증가 | 프랑스 | 25.1 | 26.6 | 28.0 | 29.7 | 29.7 | 28.6 | 29.4 | 30.1 | 30.1 | 29.8 | 29.7 | 29.8 | 32.1 | 32.2 | 32.1 | 32.1 |
| | 이탈리아 | 19.9 | 20.8 | 20.7 | 21.9 | 22.8 | 23.1 | 23.9 | 24.6 | 24.9 | 25.0 | 24.7 | 25.8 | 27.8 | 27.8 | 27.6 | 28.1 |
| | 그리스 | 16.6 | 16.2 | 17.1 | 18.0 | 18.5 | 19.3 | 20.3 | 20.1 | 21.1 | 21.3 | 21.6 | 22.2 | 23.9 | 23.3 | 23.5 | 23.1 |
| | 포르투갈 | 12.5 | 14.1 | 15.7 | 17.0 | 17.2 | 18.9 | 20.6 | 22.2 | 23.0 | 23.0 | 22.7 | 23.1 | 25.6 | 25.6 | 25.2 | 25.0 |
| | 일본 | 11.1 | 11.9 | 13.2 | 14.3 | 15.2 | 16.3 | 17.5 | 18.0 | 18.5 | 18.4 | 18.7 | 19.9 | 22.4 | ... | ... | ... |
| | 한국 | 2.8 | 2.9 | 3.0 | 3.4 | 5.1 | 4.8 | 5.1 | 6.1 | 6.5 | 7.4 | 7.6 | 8.3 | 9.4 | 9.2 | 9.2 | 9.3 |
| OECD 평균 | | 17.6 | 19.4 | 19.7 | 19.5 | 19.3 | 18.9 | 19.7 | 19.8 | 19.7 | 19.5 | 19.2 | 19.9 | 22.1 | 22.0 | 21.7 | 21.7 |

자료: OECD, stat.

들은 비중을 늘여 왔다. 그런데 유독 비중의 변화가 거의 눈에 띠지 않는 나라가 독일이다.

독일은 벌써 19세기 말 비스마르크 시대에 연금제도를 가장 먼저 도입한 나라이다. 북유럽 국가들이 사회부조형이라면, 독일은 사회보험형이다. 북유럽이 최저보장형의 보편주의가 원칙이라면, 독일은 기여한 수준에 따라 혜택에 차등을 두는 등가주의가 원칙이다.

독일의 복지지출 비중이 안정적으로 유지되는 데는 바로 이러한 보수주의 모델의 사회복지제도가 완비되어 있기 때문이기도 하지만, 독일이 유럽 통합과 통화 단일화의 최대 수혜국인 이유도 있을 것이다. 넓어진 유럽시장에서 벌어들이는 유로화 덕에, 발권은행은 브뤼셀에 있지만 기실은 독일이 기축통화국으로서의 지위를 누리고 있다고 봐야 한다. 다만 그것을 가능하게 해 주고 있는 독일의 강소기업에 대해 주목할 필요가 있다.

2000년대 중반 독일 사회당과 녹색당의 적록연립정부는 에콜로지 세제개혁을 단행한다. 에콜로지 세제개혁은 한편으로는 에너지와 환경의 보전과 저탄소 사회의 실현을 모색하면서 다른 한편으로는 사회보장제도에 있어서 정부의 역할을 한층 강화한 것으로, 21세기형의 세제로서 환경세제의 도입에 대해 세심히 살펴볼 필요가 있다.

### 한국경제 3.0의 모티브를 찾아서-큰 사회론

다음은 영국의 보수당 정부의 큰 사회론이다.

2010년 5월 총선에서 승리한 영국 보수당의 데이비드 캐머런은 이렇게 말했다. "우리는 정부와 시민사회 조직들이 같은 목표를 가지고 있다고 믿는다. 그것은 더 건강한 사회를 만드는 것이다. '큰 사회(big society)' 정책은 이들이 더 큰 역할을 담당할 수 있게 하는 것이며, 정부의 엘리트들로부터 길거리의 일반인들에게 가장 크고 획기적으로 권력을 이양하는 것을 목표로 한다."

보수정당의 수장이 지금까지의 '시장'의 확대라는 전통적 정책이 아니라, '사회'의 역할을 키우자는 정책을 내놓은 것이었다. 지금까지의 '작은 정부, 큰 시장'이라는 신자유주의 정책이 '시장의 실패'로 귀착된 지금, 시장을 보완하는 기능으로서 '사회적 경제'에 주목한 것이고, 이를 보수당 특유의 작은 정부론과 결합시켜 '작은 정부, 큰 사회론'으로 제시하였다.

캐머런 내각은 실제로 90년대 이래 지속적으로 증가해 온 복지지출을 동결시키고, 수상 직속으로 제3섹터청을 두어 내각부장관으로 하여금 직접 관장하게 하는 등, 큰 사회정책을 진두지휘하고 있다.

여기에 유럽과 한국의 문화적 차이를 엿볼 수 있다. 유럽의 전통에서는 협동조합 등 지역공동체와 시민사회의 활동, 개인의 자원봉사와 기업의 사회공헌활동의 강조 등은 모두 우파적 전통에 속한다. 노동자계급과 노동조합을 중심으로 한 유럽 좌파의 사회민주주의 전통이 워낙 강했던 이유도 있겠지만, 시장에서의 자유경쟁을 주장하는 흐름 외에는 모두 싸잡아 좌파로 몰아 버리는 우리나라 주류들의 인식체계와는 너무도 다르다.

한국의 보수우파의 시각에는 국제정치에서 보수의 본류라고 할 수 있는 영국 보수당이, 정체성을 잃고 한국의 박원순 서울시장이나 민주당 출신 진보적 자치단체장들이나 하고 있는 좌파 정책을 펴고 있다고 개탄스러워할지 모른다.

그러나 유럽의 시각으로 보면 캐머런의 '큰 사회론'은 '시장의 실패'라는 보수의 위기를 맞아 보수주의로부터 물려받은 오래된 유산 중에 하나를 빼어든 것에 다름 아니다.

### 일본 민주당 정권의 '사회보장과 세의 일체개혁'

2012년 초 일본 민주당 정권은, 잃어버린 20년으로 불리는 경제 침체를 극복하고 인구의 고령화와 비정규직의 증가, 빈곤과 격차의 해소를 위해 '사회보장과 세의 일체개혁' 안을 발표한다.

'고독사', '무연사회', '소자고령화', '격차사회' 등으로 표현되는 일본 사회의 고질적인 병증은 일찍이 80년대부터 나카소네 내각이 신자유주의 정책을 적극 수용하면서부터 시작되었다고 해도 과언이 아니다. 국철 민영화와 파견근로제 도입 등 신자유주의 정책은 일본 기업의 종신고용의 전통을 해체시키고 20년 장기 불황을 가져오는 단초가 되었다.

90년대엔 정권 주체가 교체되었음에도 불구하고 비자민연정은 저성장의 문제를 신자유주의 경제체제의 구조적인 문제로 파악하지 못하고, 토건예산 등 정부 지출의 확대 같은 낡은 거시정책의 처방으로 풀어보려다 오히려 경제를 장기 침체의 늪으로 빠져들게 하고 말았다. 4대강 사업에 재정을 쏟아부은 이명박 정부를 보는 듯하다.

2000년대에 들어와서 자민당 정권은 우정 민영화로 대표되는 고이즈미 개혁을 단행하지만, 신자유주의적 해법을 극대화한 것일 뿐 일본경제의 근본적 처방이 되지 못했다. 그 결과 '잃어버린 10년'은

'잃어버린 20년'이 되었던 것이다.

그런 의미에서 일본 민주당의 집권 후 야심적으로 만든 '사회보장과 세의 일체개혁' 안은, 비록 일본 민주당의 실권으로 색이 바래기는 하였지만, 일본에서는 처음으로 '잃어버린 20년'에 대한 진보적 처방이 제시되었다는 데 의미가 있다.

일체개혁안은 기존에 실시하여 온 기초연금 외에 소득비례연금과 최저보장연금을 결합하는 형태로 공적연금을 확대하고 정부가 세금으로 월 7만 엔까지 최저보장연금을 지원하고, 고용보장, 의료보장, 사회안전망의 정비는 물론 육아와 교육복지 확대를 통한 세대 간 복지 불공평의 해소에 이르기까지 과감한 개혁안을 제시하였다.

그러나 그 재원 마련을 위한 세제개혁안에 대해서는 다소 부족한 면을 지적하지 않을 수 없다. 20세기 후반의 대량생산 대량소비 시대에 확대되었던 소비세의 세율 인상과 재산세와 상속증여세의 최고세율 인상에만 의존하고 있다는 점이다. 이에 대해서는 독일의 에콜로지 세제개혁을 깊이 있게 연구해 볼 필요가 있다고 본다.

일본 민주당은 이 일체개혁법안을 자민당과 공명당의 반대 속에서도 국회를 통과하였고, 이 법안에 따라 '사회보장제도개혁국민회의'가 구성되어 사회보장과 세의 일체개혁안의 국민적 합의를 도출하기 위해 활동하고 있으며, 아베 총리도 우선 소비세율 인상 등 일체개혁안의 내용을 실행해 나가고 있다.

**다음은 '지역'이다-협동조합과 사회적 경제로부터**

요즘 협동조합에 대한 관심이 부쩍 늘어났다. 글로벌 금융 위기 후

UN은 2012년을 '세계협동조합의 해'로 선포하고, 우리나라도 UN사무총장을 배출한 나라답게 협동조합기본법을 제정해 올해부터 시행되고 있다.

그런데 왜 세계는 협동조합에 관심을 돌리게 된 것인가? 글로벌 금융 위기로 신자유주의가 한계를 노정하였으며, 그로 인해 세계는 시장경제에 대한 보완 또는 대안으로서 사회적 경제를 주목하고 있다.

이탈리아의 트렌티노는 세계에서 손꼽히는 협동조합이 발달해 있는 지역이다. 소비자협동조합, 노동자협동조합 등 일반 협동조합이 95,000개, 주택조합이 11,000개, 사회적 협동조합이 18,000개, 신용협동조합이 422개나 되며, 총 GRDP의 10%가 협동조합에 의해 생산된다. 인구 53만 중에서 22만 7,000명이 협동조합의 조합원이다.

농업협동조합은 전체 농산물 생산의 90%를, 신용협동조합은 전체 여수신액의 60%를, 소비자협동조합은 전체 유통 규모의 37%를 점하고 있다. 이렇게 협동조합이 다양하게 발달해 있는 트렌티노의 1인당 GDP는 유럽연합 도시들 중 3위, 유럽 평균보다 20%나 높은 30,700유로다.[1]

협동조합 등 사회적 경제 영역이 발달한 지역에서 시장경제 시스템이 오히려 더 잘 작동하고 있으며, 더 효율적임을 보여 준다. 이탈리아의 트렌티노처럼 협동조합이 잘 발달해 있는 지역 성공 사례는, 이 외에도 스페인의 몬드라곤, 빌바오, 캐나다의 퀘벡 등이 있다.

---

1) 김종걸, "트렌티노와 스코틀랜드로부터의 상상", 월간 자치행정, 2012년 5월호

일본도 협동조합이 잘 발달해 있는 나라이다. 일본 생협의 조합원 수는 2,665만 명으로 유럽 18개국 조합원수의 97%에 달한다. 작년도 매출액은 3조 3,452억 엔으로 우리의 4대 생협 매출액 합계의 60배가 넘는다. 근로자협동조합의 조합원수도 6만 8천 명으로 프랑스의 2배나 된다. 이러한 사회적 경제 영역의 축적된 힘이 일본 국민들을 20년 장기 불황으로부터 견뎌 내게 한 것은 아닐까?

그런가 하면 스코틀랜드는 협동조합과 사회적 기업, 자선단체들이 잘 조화를 이룬 지역이다. 스코틀랜드에는 약 3,000여 개의 지역공동체가 협동조합과 사회적 기업 등 다양한 형식으로 존재하지만, 유사 조직 간에 협력이 잘 되고 있다.

사회적 경제 영역의 다양한 지역공동체들 간의 자원을 결합시켜 보다 질 좋은 사회서비스를 제공하려는 스코틀랜드 정부의 의지와 노력도 있지만, 그보다 더 평가되어야 할 것은 오랜 역사적 경험을 통해 지역공동체 간의 쌓여진 상부상조와 협동의 전통이다.

그런데 놀랍게도 스코틀랜드 정부가 이들 제3섹터 지원을 위해 지출하는 예산은 불과 150만 파운드, 한화로 27억 원 정도다. 한국 정부가 사회적 기업 육성을 위해 연간 1,700억 원을 쓰는 것을 생각하면 놀라운 일이 아닐 수 없다.[2]

---

2) 김종걸, '새로운 성장과 사회통합전략: 사회적 경제', 2013

# 공공이 함께하는 자유시장경제

그러면 한국경제 3.0은 어디에서 출발할 것인가?

당연히 한국적 현실에서 출발하여야 한다. 조세부담율 20.2%에 복지지출 비중은 9.3%, OECD 평균의 절반 수준인 나라에서 하루아침에 북유럽형 사회민주주의 모델의 복지국가가 될 수는 없을 것이다. 뿐만 아니라 아직 독일식의 보수주의 모델의 복지국가도 버겁다. 그렇더라도 정부의 역할을 지속적으로 확대시켜야 하는 것은 자명하다.

## 복지도 글로벌화되는 시대

OECD의 통계는 90년대 이후 주요 선진국들의 복지비 지출이 어느 정도 평준화되어 가고 있는 것을 보여주고 있다. 복지비 지출 비중이 매우 높았던 북유럽 국가들은 오히려 지출 규모를 조정하고 있고, 비중이 낮았던 미국이나 일본은 글로벌 금융 위기 뒤부터 지출 규모를 대폭 늘이고 있다. 결과적으로 대부분의 선진국들은 복지지출 비중은 대략 20~30%선 안에 있다. 이것 역시 신자유주의에 따른 경제의 글로벌화의 또 다른 면일 것이다. 즉 복지의 글로벌화라고 해야 할지도 모른다.

복지제도도 점차 국가 간 상이점이 줄어들고 있다. 북유럽 모델과 서유럽 모델, 남유럽 모델과 영미 모델 등 학계에서 분류하고 연구해온 모델들이 서로 비슷해져 가고 있다는 뜻이다.

북유럽 모델의 대표국가인 스웨덴의 복지비 지출 비중은 이제 세계 최고의 자리를 프랑스에 내어주고 있다. 보수주의 전통이 강하게 남아 있던 독일도 2005년 에콜로지 개혁을 하며 북유럽형 최저보장제를 도입하고 있다. 심지어 복지의 후진국이라는 미국도 지금 의료보장제도 개혁으로 몸살을 앓고 있고, 일본도 일체개혁안을 통해 유럽국가에 가까운 복지제도 도입을 논의하고 있다.

이와 같은 상황에서 우리가 아직도 작은 정부냐, 큰 정부냐를 두고 논쟁하는 것은 아무런 의미가 없다. 대한민국만한 나라에 대한민국만큼 작은 정부가 지구상에 어디에 있는가? 지금은 작은 정부를 키워 나가되, 그것을 얼마나 효율적이고 똑똑하게 만들 것인가를 고민하여야 할 때라고 본다.

따라서 한국경제 3.0은 당연히 공공의 역할이 강화된 시장경제체제가 되어야 할 것이다.


## 공공이 함께하는 자유시장경제

그럼 이제 한국경제 3.0에 대해 말해 보자.

한국경제 3.0은, 한국경제 1.0의 정부의 실패와 한국경제 2.0의 시장의 실패로 돌아가지 않을 지속가능한 경제시스템을 지향한다. 정부의 역할을 높이되 시장의 기본질서를 침해하지 않으며, 대신 시장의 권력화와 불안정화를 막을 사회적 경제 영역이 강화된 자유시장경제체제를 말한다.

이를 좀 더 개념화해서 표현한다면, '공공(公共)이 함께하는 자유시장경제(Free Market Economy within Public and Community)' 라고 할 수 있겠다. 여기서 공공(公共)이란, 공적(公的, Public) 영역과 공적(共的, Community) 영역을 모두 포함하는 개념이다.

먼저 공적(公的) 영역에는 정부와 지방자치단체의 역할이 해당된다.

시장에서 경쟁에 낙오되는 사람들에 대한 사회안전망, 경제활동능력을 상실한 사람들에 대한 사회보장, 보육과 교육, 의료 등 사전적 사회보장 등을 통해 시장을 보완하자는 뜻이다.

우선 복지비의 지출구조를 개혁해야 한다. 현재 우리의 복지시스템은 복지서비스 중심으로 구성되어 있어서 기초부조와 사회보험의 비중을 높여 나가야 한다. 맞춤형 복지제도라는 말이 그럴 듯이 들리지만, 아무리 잘 맞추어도 없어지지 않는 복지 사각지대의 문제를 해결하는 길은 보편적 복지제도로 바꾸는 것이다. 아울러 복지서비스의 전달체계의 관료주의적 병폐도 해결해야 할 문제다.

교육과 일자리의 기회를 공평하게 제공하는 것도 복지정책의 긴요한 문제이다. 빈곤과 격차 문제에 대해 사후적으로도 대비해야겠지만, 교육과 일자리, 건강에 대해 사전적으로 기회를 보장하는 것으로도 후대의 복지 부담을 줄이는 방법이 된다. 복지 혜택의 세대간 격차도 이를 통해 해소할 수 있을 것이다.

그러나 앞서 말했듯이 우리나라는 국민 조세부담율과 복지비 지출 비중이 매우 낮은 나라이다. 장기적인 계획을 가지고 이것을 끌어올리지 않으면 안 된다. 현재의 조세구조를 그대로 두고 복지비 지출을 늘리는 데는 한계가 있기 때문이다.

따라서 여야와 정부는 물론 노사와 납세자 대표, 전문가들이 모두 참여하는 '사회복지와 조세개혁을 위한 범국민협의기구'를 만들어 사회적 합의를 통해 '사회복지와 조세개혁을 위한 종합계획'을 수립하고 실행해 나가야 할 것이다.

### 사회적 경제-지역공동체를 강화해야

다음으로 공적(共的) 영역은, 사회적 경제 영역으로서 지역공동체를 강화하자는 것이다.

한국경제의 또 다른 위협요소는 내수시장이 매우 협애하다는 것이다. 한때 세계시장을 주름잡았던 일본의 무역 의존도가 30% 정도인데 비하면, 우리의 무역 의존도 110%는 지나치게 높고, 그 가장 큰 해악이 바로 양극화의 심화인 것이다.

그렇지 않아도 저성장과 경기 침체로 자영업자와 골목상권이 말라죽어 가고 있는데, 마지막 단물마저 빨아들이려고 대규모 유통기업들이 달려들고 있으니, 몰락하는 자영업자들에 대한 복지 부담까지 정부가 져야 하는 상황이 오고 있다.

2012년 3월 베니스에서 개최된 국제협동조합연맹 국제심포지움에서는 협동조합의 경제사회적 효과에 대해 다음과 같이 정리하고 있다.

첫째, 시장의 실패를 보정한다. 즉 서로 다른 형태의 소유구조, 서로 다른 목적을 추구하는 기업의 존재는 그 자체로서 시장경쟁을 촉진시킨다.

둘째, 경제적 안정성을 제고한다. 특히 금융과 농업처럼 미래의 예측가능성이 적고 불안정한 시장에서 그 효과가 크게 나타난다.

셋째, 수익은 낮지만 사회적으로 필요한 서비스를 조합원을 위해 제공한다.

넷째, 장기적 시야에 다른 경영으로 조합원과 지역사회에 도움을 준다.

다섯째, 더 공정한 분배과정을 통해 경제안정화에 기여한다.

여섯째, 지역내 사회적 자본의 형성에 도움을 주며, 시민사회를 발전시켜 나가는 중요한 수단이 된다.

일곱째, 고용과 소득 창출에 친화적이므로 결과적으로 정부의 공공정책 부담을 경감시킨다.

사회적 경제 영역에는 물론, 협동조합뿐 아니라, 사회적 기업, 경제활동을 하는 비영리단체가 포함되는데, 국제협동조합연맹이 정리한 일곱 개의 효과는 이들 조직에도 일맥상통한다고 해도 무방할 것이다. 보통의 영리기업과는 달리 사회적 경제조직은 일종의 '하이브리드 조직'으로 사회적 목적과 경제적 목적이 결합된다고 볼 수 있겠다.

우리나라에서도 이미 IMF 위기 직후부터 복지부에서 지원해 온 자활기업, 사회적 일자리 창출을 목적으로 고용노동부가 지원하고 있는 사회적 기업, 안전행정부의 마을기업, 그리고 올해부터 협동조합기본법의 발효로 정책적 지원을 받기 시작한 협동조합 등 사회적 경제조직이라고 할 수 있는 것이 여러 종류 만들어져 있다. 그러나 몇몇 우수사례를 제외하고는, 정부의 예산지원에 의해 명맥을 유지한다고 할 정도로 열악한 환경이다.

사회적 기업만 봐도 지원예산이 모두 5천 억이 넘는데도, 예비 사회적 기업까지 합치더라도 사회적 기업의 숫자는 2,500개 정도다. 영국의 사회적 기업이 5만 5천 개인데 비하면 매우 적은 숫자다.

사회적 기업, 마을기업, 자활기업 등 지원예산을 모두 합치면 8천 억 정도가 되는데, 그럼에도 불구하고 활성화되지 못하는 이유는 무엇일까? 우선 부처 간의 칸막이를 허물어야 한다는 것을 주문하고 싶다.

협동조합의 제6원칙은 협동조합 간의 협동을 규정하고 있으며, 제7원칙은 지역사회에 대한 공헌을 규정하고 있다. 따라서 협동조합(사회적 기업)은 다른 협동조합(사회적 기업)과 우선 거래를 하며, 그 다음으로는 지역사회의 기업과 거래를 하게 된다. 사회적 기업은 이윤 극대화만을 추구하는 자본주의적 기업활동과는 차원이 다르게 행동해야 하는 것이다. 그런데 한국의 협동조합이나 사회적 기업들은 서로 거래하지도 돕지도 않는다. 심지어 예산을 지원해 주는 관료조직에 부속되는 경향도 나타나고 있다.

대한민국은 협동조합, 사회적 기업, 마을기업 등 근거 법령을 완비하는 등 법제도상으로나 예산지원 규모에 있어서도 세계의 첨단을 걷고 있으면서도, 정작 해당 사회적 경제조직들은 제대로 작동하지 못하고 있다.

여기에 농업협동조합, 산림조합(이상 농림부), 수산업협동조합(해양수산부), 엽연초생산협동조합(기획재정부), 신용협동조합(금융위원회), 새마을금고(안전행정부), 소비자생활협동조합(공정거래위원회), 중소기업협동조합(중소기업청) 등 개별 입법에 의해 설립된 협동조합을 포함하면 그 규모는 대단히 커지지만, 이들이 협동조합적 방식으로 지역사회에 기여하고 있다는 평가는 그다지 높지 않은 것 같다. 이들 조직들은 협동조합의 자율성보다는 각각의 산업 분야에 대한 정부의 정책 수단으로 만들어지고 작동하고 있는 것이다.

한데 이 조합들을 모두 합치면, 조합수 3천여 개에 2천 8백만 조합원, 출자금액 18조, 경제사업 매출액 42조이다. 이렇게 흩어져 있는 사회적 경제조직들의 역량을 협동조합의 원리에 맞게 제대로 작동하도록 연결시킨다면, 그래서 중앙과 연결된 협동조합이 아니라 지역공동체와 결합된 협동조합으로 다시 태어나게 된다면, 지금의 얄팍한 예산지원에 의존해서 지역공동체로서의 협동조합을 싹틔우려는 것보다 수십 배, 아니 수백 배의 효과를 거두게 될 것이다.

지금 우리가 해야 될 일은 이들에 대한 정부 각 부처의 영향력을 차단하고, 부처 간의 칸막이를 터서 서로 상부상조하도록 지도하는 한편, 조합원들을 교육시켜 그 일을 자율적으로 할 수 있게 만드는 일이다. 이 일은 어느 한 부처에 맡겨서 해결될 수 있는 일이 아니다. 정부는 물론 입법부의 여야 각 정당과 협동조합 등 사회적 경제조직의 대표들까지 참여하는 범정부적인 '사회적경제발전위원회'를 설치하고, 개별 법령으로 분산되어 있는 여러 협동조합법령을 기본법 체계에 맞게 정비하는 한편, 사회적 경제조직에 대한 심의감독기능, 구성원들에 대한 교육훈련기능 등을 담당할 관련 조직의 신설방안과 그 지원방안에 대해 사회적 합의를 이끌어 내고 또한 적극 추진해 나가야 할 것이다.

## 경제민주화를 넘어 경제민주주의로

우리는 4부에서 경제민주화의 추진 배경과 경과, 그리고 남은 과제들에 대해 이미 살펴보았다. 지난 대선을 전후하여 논의되어 온 경제민주화는 재벌개혁과 금산분리, 그리고 갑을상생관계의 구축 등 경제력 집중을 완화하고 심화된 양극화를 보정하는 데 집중되어 왔다. 이것이 한국경제 3.0으로 가는 중요한 관문이라는 것은 당연한 일이겠으나, 경제민주화는 그것으로 충분한 것일까?

한국경제 3.0을 통해 '시장'이 '공공(公共)'에 의해 보호되고 보완된다는 전제라면, 경제민주화는 더 나아가 경제에 있어서의 민주주의의 원칙으로 발전해 나가야 할 것이다. 그것이 바로 '경제민주주의'다.

경제민주주의는 정치적 민주주의와 다르다.

정치적 민주주의는 대의정치를 기본으로 하고 있고, 선거제도와 의회제도를 통해서 이루어진다. 사회가 복잡다단해지고 인터넷과 스마트폰 등 개인의 커뮤니케이션 수단이 발달하면서, 정치적 민주주의에 있어서도 대의민주주의를 보완하는 직접민주주의적 제도의 도입이 시도되고 있지만, 경제민주주의야말로 대의제적 접근이 매우 어려운 분야이다.

자유시장은 모든 경제주체들의 경제행위와 의사결정이 밤낮없이 수시로 이루어지는 곳이기 때문에, 대의제적 위임이나 다수결의 원리보다는 모든 경제주체들의 참여와 사회적 합의가 중요한 것이다.

경제민주주의를 앞서 실천해 온 나라들이 있다. 바로 북유럽 국가들이다. 스웨덴, 노르웨이, 핀란드, 덴마크, 네덜란드, 벨기에, 룩셈부르크 등이다. 이 나라들은 일찍이 경제 위기가 올 때마다 네덜란드의 노사정위원회와 같은 사회적 합의기구를 통해 국가경제, 사회복지, 교육 등의 개혁에 합의해 왔다.

이 나라들은 국가의 주요 정책에서부터 지역이나 학교의 작은 문제에 대한 의사결정에 이르기까지 모든 당사자들이 참여하는 위원회에서 끝없이 토론한 끝에 합의점을 도출해 낸다. 우리가 북유럽 국가에서 배워야 할 점은, 북유럽식 복지국가 모델이 아니라, 경제민주주의일 것이다.

우리는 지금 '한국경제 3.0'으로의 전환을 내외적으로 요구받고 있다. 그것은 우리 공동체의 생존을 위해서도, 나아가 새로운 발전을 위해서도 반드시 필요하다.

앞서 말한 대로 '한국경제 3.0'으로의 전환을 위해서는 '공공(公共)' 즉 정부와 지역공동체의 역할의 강화가 무엇보다 중요하다. 또 이를 위해서 사회적 합의기구로서 '사회복지와 조세개혁을 위한 범국민협의기구'와 '사회적경제발전위원회'를 만들자고 제안하였다.

이제부터 시작해 보자. '한국경제 3.0'도 '경제민주주의'도 우리의 의지로 시작해 보자.

우리 국민은 대단한 가능성과 역량을 가지고 있다. 민주주의와 경제성장을 동시에 이루어 낸 저력 있는 국민이다. IMF 위기도 극복하고 IT 강국을 만들어 낸 국민이다.

여기서 국민은 추상적인 집합체로서의 국민이 아니다. 살아 숨쉬고

자신을 위해 일하고 자식을 기르는 하나하나의 개인, 깨어 있는 시민이며 이 나라의 주권자이다.

한국경제를 여기까지 끌고 온 것은 군부도 재벌도 관료도 어느 권력자도 아니다. 대한민국 국민이다. 온갖 희생을 무릅쓰고 대우 한번 제대로 받지도 못하면서 한국경제를 위해 묵묵히 일해 온 국민에게, 그러나 죄송하게도 국가는 해 준 것이 없다. 우리 국민은 스스로 자신의 문제를 해결해 왔을 뿐이다. 그러나 이젠 국민에게 더 이상 희생할 체력이 남아 있지 않다.

얼마나 슬프고도 위대한 국민인가? 이제 한국경제의 운명을 그 국민에게 다시 맡기자. 그들과 함께 우리의 운명을 개척해 나가자.

'한국경제 1.0'도 '한국경제 2.0'도 모두 국민의 희생 위에 발전이 이뤄져 왔다면, '한국경제 3.0'은 국민의, 국민에 의한, 국민을 위한 한국경제가 되어야 할 것이다.

| 참고문헌 |

- 경제민주화와 재벌 개혁을 위한 시민연대(준), 「1%를 위한 재벌경제에서 모두를 위한 경제민주화로」, 1012. 6. 22
- 경향신문, "복지 수준 높인다는 확신 주면 몇 만 원 더 감당할 수 있다", 2013. 08. 19
- 고마무라 고헤이, 『일본의 복지정책』, 한울, 2006
- 공정거래위원회, '2013년 대기업집단 주식소유현황 및 소유지분도 분석 결과', 2013. 5
- 국민일보, "나랏빚 국채·특수채 잔액 800조 첫 돌파", 2013. 08. 19
- 국회경제민주화포럼, 한국경제정책연구회, "경제민주화 대토론회", 2012. 9. 19
- 국회예산정책처, 『알기 쉬운 조세제도』, 2012
- 구기성, "가계 부채 문제의 현황과 정책적 대응방안", 『예산춘추』 27호
- 국회예산정책처, 〈감세정책의 세수효과 실적치〉, 2012. 8
- 국회입법조사처, 〈외국의 역외 탈세 방지 제도 조사〉, 2013. 06. 14
- 국회입법조사처, 〈소득세 과세표준구간 및 세율에 대한 쟁점〉, 2012
- 국회입법조사처, 〈프랑스 최고세율 75% 관련〉, 2012. 12. 17
- 기획재정부, 「보도참고자료」, 2012. 7. 19
- 김광수경제연구소, 『한계가족, 한국경제의 현주소』, 더팩트, 2013
- 김근식, "대북 퍼주기 논란과 남남갈등: 현황과 과제", 통일문제연구, 2002년 상반기호(통권 제37호)
- 김근식, "서해 북방한계선(NLL)과 한반도 평화에의 접근: '서해평화협력특별지대' 구상을 중심으로", 『동북아연구』, 2010. 12. 10
- 김재일, 김종호 외(2011), 「중앙-지방의 사회복지 재정 분담제도 개선방안 연구」
- 김정주, "신자유주의의 파산과 세계경제 위기", 『진보평론』 51호

- 김종걸, 「트렌티노와 스코틀랜드로부터의 상상」, 『월간 자치행정』 2012. 5
- 김종걸, 「한국의 대안모델, 사회혁신과 사회적 경제」, 『글로벌 금융 위기 와 대안모델』 논형, 2012
- 김종걸, 「일본의 사회적 경제: 현황·제도·과제」, 2013
- 김종걸, 「새로운 성장과 사회통합전략: 사회적 경제」, 2013
- 김태일, 『국가는 내 돈을 어떻게 쓰는가』, 웅진지식하우스, 2013
- 김택환, 『넥스트 이코노미』, 메디치미디어, 2013
- 김현미, 박원석, 민주사회를 위한 변호사 모임, 참여연대, "세일 앤 리스 백, 하우스 푸어 문제 해결할 수 있나?", 2012. 9. 17
- 노엄 촘스키, 조지프 스티글리츠 외, 『경제민주화를 말한다』, 위너스북, 2012
- 녹색연합, 「토건국가 진단과 탈토건 사회로의 모색」, 2012. 03. 14
- 머니투데이, "북한 태블릿 '삼지연' 아이패드보다 낫다", 2013. 11. 9
- 민주통합당, 「내 삶과 대한민국을 바꾸는 민주통합당의 정책 비전」, 2012. 3. 21
- 박원섭, 참여연대 조세재정개혁센터, "역외탈세, 빈 구멍을 막아라!", 2013. 6. 17
- 복지국가소사이어티, 『역동적 복지국가의 길』, 도서출판 밈, 2011
- 선대인, "국민이 공감하는 세수 늘리는 법", 『이투데이』, 2013. 08. 16
- 선대인, 『문제는 경제다』, 웅진지식하우스, 2012
- 손낙구, 『부동산계급사회』, 후마니타스, 2008
- 오건호(2013), 「1990년대 이후 스웨덴 재정·복지개혁 내용과 평가」
- 우리민족서로돕기운동, 「대북지원 민관협력체계의 평가와 발전 방안」, 2012. 8. 16
- 월간 말, "북한은 한국경제의 성장 동력", 2009. 01

- 유승무, "신자유주의시대 한국 사회의 사회적 양극화 현상", 『불교사회복지연구』 제13호
- 윤호중, 「법인세율 조정 및 비과세감면 조정에 관한 연구」, 2012 국정감사 정책자료집
- 을지로위원회, 「을을 지키는 길(路), 100일을 평가한다 I」, 2013. 8. 20
- 이상민, 『일자리전쟁: 디플레이션 시대를 준비하라』, 청년정신, 2013
- 이용섭, 『성장과 행복의 동행』, 메디치미디어, 2013
- 장하나 외, "민주당, 경제민주화 더 잘할 수 없는가?", 2013. 5. 20
- 장하준, 『나쁜 사마리아인들』, 부키, 2007
- 제윤경, 이헌욱, 『약탈적 금융사회』, 부키, 2012
- 조지프 스티글리츠, 『불평등의 대가』, 열린책들, 2013
- 조지프 스티글리츠, 『인간의 얼굴을 한 세계화』, 21세기북스, 2008
- 조혜경, "미중 주도하의 세계경제 성장구조와 신자유주의적 함정", 2005. 4
- 주은선, "1990년대 스웨덴의 공적연금 개혁의 의미", 『스칸디나비아연구』 제5호, 2004
- 중소기업중앙회, 2012 중소기업 위상지표, 2012. 12
- 중앙일보, 2002년 1월 17일, 21일, 24일
- 최재성, "이명박 정부의 인도적 대북 지원정책의 문제점과 개선방향", 『제303회 정기국회 정책보고서 III』
- 통계청, 2013 고용동향, 2013. 6
- 통일 뉴스(2011), '대풍그룹의 2010~2020 북 경제개발 중점 대상'
- 한겨레신문, "법인세 부담 OECD 4위 뒤에 숨은 진실", 2012. 7. 19
- 한국개발연구원(KDI), 「재정지출의 생산성 제고를 위한 연구」, 2004
- 한국문화관광연구원(2010), '관광산업의 경제효과 분석'
- 한국보건사회연구원(2012), 「주요국의 사회보장제도: 스웨덴」

- 한국수출입은행, 「남북협력기금 통계(2012년 9월말 현재)」, 2012
- 한국은행, 「부채경제학과 한국의 가계 및 정부부채」, 2012. 4
- 한국일보, "북한, 13개 경제개발구 · 신의주 특구 발표-해외자본 유치 위해 압록강 · 만포 · 흥남 등 지정", 2013. 11. 22
- 한국조세연구원(2011), 「재정의 지속가능성 관련 제도적 장치」
- 한국조세연구원(2012), 「비과세 감면 정비 현황 및 제언」
- 한국조세연구원(2012), 「재벌 연구개발비 지원제도 현황 및 제언」
- 한국조세연구원(2013), 「북유럽 국가들의 복지 · 산업 정책」
- 한창호, "복지국가의 흥망성쇠, 일본에게 배울점", 『이코노미 저널』, 2012. 11. 22
- 헬레나 노르베리 호지, 『오래된 미래』, 중앙북스, 2007
- 현대경제연구원, "금강산 관광 13주년: 남북경협의 경제적 가치의 재발견", VIP Report 2011. 11. 15
- 홍성태, 『토건국가를 개혁하라』, 한울, 2011

- Helliwell, Hohn F., Richard Layard, and Jeffrey Sachs, eds. 2013, World Happiness Report 2013. New York: UN Sustainable Development Solutions Network.
- OECD, stat. (http://stats.oecd.org/index.aspx)
- OECD, Revenue Statistics(2012)
- Swedish Tax Agency(2012), Taxes in Sweden 2012: An English Summary of Tax Statistical Yearbook of Sweden.
- The Economist(2013), "The Economist Special Report: The Nordic Countries". 2013. 1. 31